WENN EINE LÖWIN SPRINGT

Lion's Pride, Band 6

EVE LANGLAIS

Copyright © 2020 Eve Langlais

Englischer Originaltitel: »When A Lioness Pounces (A Lion's Pride Book 6)

Deutsche Übersetzung: Birga Weisert für Daniela Mansfield Translations 2020

Alle Rechte vorbehalten. Dies ist ein Werk der Fiktion. Namen, Darsteller, Orte und Handlung entspringen entweder der Fantasie der Autorin oder werden fiktiv eingesetzt. Jegliche Ähnlichkeit mit tatsächlichen Vorkommnissen, Schauplätzen oder Personen, lebend oder verstorben, ist rein zufällig.

Dieses Buch darf ohne die ausdrückliche schriftliche Genehmigung der Autorin weder in seiner Gesamtheit noch in Auszügen auf keinerlei Art mithilfe elektronischer oder mechanischer Mittel vervielfältigt oder weitergegeben werden.

Titelbild entworfen von: Yocla Designs © 2016/2020
Herausgegeben von: Eve Langlais www.EveLanglais.com

eBook ISBN: 978-1-77384-165-6
Taschenbuch ISBN: 978-1-77384-166-3

Besuchen Sie Eve im Netz!
www.evelanglais.com
www.facebook.com/eve.langlais.98
twitter.com/evelanglais

Prolog

Auf der anderen Seite des Meeres, eingebettet in eine liebliche Landschaft, die vom Fortschritt nicht beeinträchtigt war, schlängelte sich eine Straße durch einen grünen Wald, die zu einem Anblick der Verwüstung führte.

Weite Felder brannten, die Spitzen des Weizens wie Fackeln, ihr Rauch war eine beißende Erinnerung an die Vergeudung der Ressourcen des Landes. Reetdächer brannten. Die Menschen schrien und brüllten, als sie aus ihren Hütten flüchteten und sich an ihre wenigen übriggebliebenen Besitztümer und ihre Familie klammerten.

Ihre Häuser waren nicht das Einzige, was in Flammen stand. Die Überreste des Schlosses brannten munter, die Flammen und der Rauch stiegen hoch in den Himmel. Das leuchtende, grüne Flackern mit einem Hauch von Violett bedeutete, dass in dem Feuer nicht nur Holz und Stoff verbrannten, sondern auch Chemikalien und Tränke, von denen viele recht selten, einige sogar unersetzlich waren. Ihr Verlust war wirklich unendlich bedauerlich.

Scheiße.

Das Schimpfwort passte wirklich zur Stimmung, einer

dunklen und hässlichen Stimmung. Der Feind hatte im Herzen des Reiches zugeschlagen. Hatte jahrzehntelange, teilweise ererbte Arbeit zerstört und dann die Flucht ergriffen. *Wie können sie es wagen zu fliehen, bevor ich Vergeltung üben kann?*

Es gab nur eine Lösung.

Das Meer zu überqueren, um sie zu verfolgen. Flucht war keine Option. Jemand würde bezahlen ... und, nur so zum Spaß, auch noch jeder, der sich in den Weg stellte.

Kapitel Eins

Als Gaston ihr das erste Mal begegnet war, hatte sie ihn nicht mal angesehen. Sie hatte ihm nur einen kurzen Blick zugeworfen und sich dann wieder von ihm abgewendet.

Und das mir. Dem gefährlichsten Lebewesen im ganzen Raum. Dem Klub und seinen Dienern hingegen zollte sie mehr Aufmerksamkeit und natürlich war sie mit ihrem sogenannten König der Löwen gekommen, der ihn verurteilen sollte. Sie war ein wunderbar kuscheliges Ding mit dunklen Haaren und hellen Augen. Und auch ausgesprochen attraktiv gekleidet – das waren alle die Damen mit ihren schwarzen Leggings, die sich an jede ihrer Kurven schmiegten und ihre Figuren subtil zur Geltung brachten, während die bauchfreien T-Shirts kaum über ihre Brüste reichten und den Blick auf ihre bloßen Taillen freilegten, was ziemlich ablenkend wirkte.

Es war das perfekte Outfit für einen Kampf. Gaston wusste es sehr zu schätzen, wenn jemand vorbereitet war und keine Angst hatte. Es kam häufig vor, dass sich die Dinge zur Gewalt hin entwickelten. Seine Diener, die

Whampyre, die er geschaffen hatte, hatten sich gegen ihn gewandt.

Unerhört. Besonders für einen Meister wie ihn selbst, der seine Leute immer gut behandelt hatte. Und doch war vielen seiner Handlanger das Gehirn gewaschen worden. Sie hatten sich zur Meuterei entschieden. Und versagt.

Das war vor ein paar Wochen gewesen und seitdem hatte es mehrere subtilere Attacken gegeben. Seine Konten waren gesperrt worden. Die Polizei war bei seinen Geschäften vorbeigekommen. Es waren alles ziemlich banale Dinge gewesen.

Bis heute Abend. Jetzt bedrohte eine neue Gefahr die Stadt, und diese betraf nicht nur ihn, sondern leider auch den König der Löwen, Arik.

Er verzog das Gesicht, als ihm klar wurde, dass er sich mit einem Tier duzte. *Wie konnte das passieren?* Seit er in das Land der Löwen gezogen war und festgestellt hatte, dass ihr König es aktiv regierte. Es war ziemlich erfrischend, es zur Abwechslung mal mit jemandem zu tun zu haben, der zumindest annähernd intelligent war. Das hielt ihn jedoch nicht davon ab, den König am Schwanz zu ziehen, wann immer er die Gelegenheit dazu bekam.

Und heute war Gaston Ariks Ruf gefolgt, denn er konnte die Gefahr nicht ignorieren, die in den U-Bahn-Tunneln lauerte. Nicht wenn er die Monster kannte, die dort im Schatten warteten. *Früher waren es meine Monster.*

Doch seine Haustiere hatten sich von ihrem Joch befreit.

Arik wusste natürlich nicht, dass sie ursprünglich zu Gaston gehörten. Dieser komische Kerl, da traf er auf etwas, das selbst ihm zu merkwürdig vorkam, und er wusste genau, an wen er sich wenden musste. An den Hohen Rat. Und wen hatten diese alten Männer gerufen?

Es gab nur sehr wenige Leute, die Gaston dazu bringen konnten, ihnen zu gehorchen.

»Ich weiß genau, dass die Kreaturen, von denen er redet und die sich in der Kanalisation herumtreiben, dir gehören. Du bist der Einzige, der sie macht.«

Weil er der Einzige war, der den korrekten Zauberspruch kannte. »Na und?«

»Und du wirst dafür sorgen, dass sie gefunden und vernichtet werden. Wir können nicht zulassen, dass die Menschen sie finden.«

Natürlich nicht, denn das würde bedeuten, dass sie Fragen stellen, und Fragen führen dazu, dass man entdeckt wird, und das heißt einen Haufen Spaß für diejenigen, die zusehen. Aber es bedeutete auch Mistgabeln und Silberkugeln.

Da er sich im Moment um Wichtigeres als hysterische Menschen zu kümmern hatte, gab er sich geschlagen und tat, was von ihm verlangt wurde. Gaston führte das örtliche Löwenrudel in den Untergrund. Die Spur, die seine Haustiere hinterlassen hatten, war nicht schwer zu verfolgen.

Die Tunnel der U-Bahn waren ein faszinierender Ort voller schattiger Ecken und Spalten. Einige der Tunnel führten zu Bahnsteigen und versteckten Lagerräumen, aber es gab auch welche, die nirgendwohin führten. Sackgassen, die sich perfekt als Nest eigneten.

Und ein Nest war es auch, das er dort fand. »*Illuminet.*« Er flüsterte das mächtige Zauberwort und ein Licht von der Größe einer Murmel entzündete sich und begann zu schweben. Sofort verlor der Raum seine schützende Dunkelheit. Runde Gesichter mit starren Augen blickten ihn an, als er den Lichtstrahl über ihre Köpfe schweben ließ. Die kleinen Körper, die mit bunten Lumpen bekleidet waren, saßen eng aneinandergedrängt, und sie sahen so harmlos aus.

Arik stand mit gerunzelter Stirn neben Gaston. »Das sind sicher nicht die Kreaturen, die die Leute angreifen. Sieh sie dir doch an. Sie zittern vor Angst.«

»Sie zittern vor Wut.«

»Die sind doch kaum einen Bissen wert«, stellte Luna, eine von Ariks Gefolgsleuten, fest.

»Der Schein kann trügen.«

»Das scheint mir hier der Fall zu sein«, knurrte Arik leise.

»Sie sehen eher aus wie Gartenzwerge«, stellte irgendjemand fest.

Als eine der Kreaturen zwinkerte, erreichte die Anspannung in dem Raum ihren Höhepunkt.

»Jetzt hast du es geschafft«, murmelte Gaston.

Die Wut der Kabbalus – oder Kobolde, wie sie häufiger bezeichnet wurden – explodierte. Winzige Körper dehnten sich mit berserkerhafter Energie aus und streckten die rundlichen Kabbalusglieder, bis sie mindestens zwei Meter groß waren. Ihre Haut wurde dunkelgrün und war mit Warzen und Striemen verziert, wobei jedes Wesen ein einzigartiges Muster trug. Einige hatten sogar Hörner und Stoßzähne.

»Schon besser«, rief eine ausgesprochen weibliche Stimme voller Aufregung.

Derjenige mit den hässlichsten Zügen – eine in der Gruppe begehrte Eigenschaft – hob den Arm und zeigte auf sie, während er einige Geräusche gurgelte. Das führte dazu, dass sich viele auf die Brust schlugen, und ihre wilden Augen glühten vor Hunger. Die Kabbalus waren verwildert und kehrten zu ihrer primitiven Art zurück; sie waren nicht mehr fürs Haus geeignet. Das war schade. Sie waren großartig dafür geeignet gewesen, die Abwasserkanäle in der Nähe seines Hauses und seines Geschäftssitzes zu patrouillieren, bis sie eines Tages einfach verschwunden waren. Wie die Meuterei seiner Whampyre war auch ihr

Weggehen untypisch. Die kleinen Kreaturen waren unglaublich loyal, wenn man sie gut behandelte. Und er behandelte seine Mitarbeiter gut.

Wilde Kabbalus waren Schädlinge, die ausgerottet werden mussten. Er konnte sich nicht daran erinnern, wann es das letzte Mal passiert war.

Der Löwenkönig und seine Truppen flohen nicht, als die koboldhaften Kreaturen angriffen. Im Gegenteil, die meisten von ihnen lächelten und einer rief sogar: »Verdammt, der große Hässliche gehört mir.«

Er hatte noch nie eine solche Begeisterung für die Schlacht gesehen. Was Reba, die Frau, die ihn weiterhin ignorierte, anbelangte, so war es faszinierend, ihr zuzusehen. Krauses Haar, dunkel mit einem Hauch von Rot, umrahmte ihr Gesicht, ihr Ausdruck war ungestüm. Ihr Outfit erwies sich als perfekt für den Kampf. Wie hoch sie ihr Bein schwang, der Fuß in eleganten Turnschuhen, als sie Jodin, den Kabbalus, der seine Rosen gepflegt hatte, am Kinn traf. Er ging zu Boden und stand nicht wieder auf.

Sein Stellvertreter, Jean Francois, stand an Gastons Seite und beobachtete das Blutbad. Sein Diener entschied sich dafür, seine menschliche Gestalt zu behalten und nicht die Gestalt eines Whampyrs anzunehmen – für die Unwissenden: Das bedeutete, als grauhäutige Fledermaus oder *Gargoyle* zu erscheinen, je nachdem, wie sie sich verwandelten. Keine zwei Whampyre waren jemals gleich, außer in einer Hinsicht: Sie waren Killer und sie lebten von Blut. Im Gegensatz zu dem, was einige Gerüchte besagen, waren sie keine Vampire, obwohl ein Teil ihrer Erschaffung auf diesem speziellen Virus beruhte.

»Ich glaube, wir haben die Stärke dieser Tiere unterschätzt«, stellte Gaston fest, als die Löwen sich nicht einmal die Mühe machten, in ihre andere Gestalt zu wechseln, um das Nest der Kobolde zu zerstören.

»Sie erscheinen dir nur so stark, weil die Bewohner dieses Nestes anscheinend nicht ganz bei Kräften sind. Sieh doch nur, wie schlecht sie kämpfen. Ich würde wetten, dass irgendein Virus sie erwischt hat. Wahrscheinlich der gleiche, der sich unter den anderen der Kolonie letzten Monat ausgebreitet hat.« Und mit Kolonie meinte er die Whampyre, die für Gaston arbeiteten.

»Aber falls es einen Virus gab, bist du davon nicht betroffen«, bemerkte er und hätte fast applaudiert, als Reba ihre Fingernägel in ein ziemlich ekelerregendes grünes Gesicht schlug und dann süß lächelte, bevor sie den Kopf packte, ihn herunterzog und die harte Spitze ihres Knies hineinrammte. *Knirsch.*

»Worum auch immer es sich handeln mag, es betrifft niemanden, der einigermaßen intelligent ist. Auch wenn das mich bei den beiden da überrascht hat.« Jean Francois sah hinüber zu Derrick und Leif, zwei weitere loyale Untergebene, die überlebt hatten, als er unter seiner Belegschaft für Ordnung gesorgt hatte.

»Vielleicht sollten wir den Tieren helfen.« Gaston hätte es gern getan, besonders als ein ziemlich großer Kabbalus von hinten nach der Frau griff, die er ständig beobachten musste.

Ich sollte eingreifen und ihr helfen.

Aber anscheinend hatte sie seine Hilfe nicht nötig. Sie drehte sich herum, ergriff den Kopf des Kobolds, zerrte ihn über ihre Schulter und warf ihn auf den Boden. Dann stürzte sie sich auf ihn. Der wilde Ausdruck auf ihrem Gesicht raubte ihm den Atem.

Sie ist großartig. Und es irritierte ihn, dass sie anscheinend nicht mal wusste, dass es ihn gab. Und das lag nicht daran, dass er nicht versucht hätte, auf sich aufmerksam zu machen.

Jean Francois pfiff leise. »Und wobei genau möchtest du ihnen helfen? Sie sind doch fast fertig.«

Mit einer Geste seiner Hand zeigte Gaston auf die Toten um ihn herum. »Das muss alles aufgeräumt werden, bevor die Behörden der Menschen Wind davon bekommen.«

»Wir haben das Aufräumkommando schon gerufen«, teilte Arik ihm mit, wobei der Löwenkönig mit dem goldenen Haar immer noch makellos aussah. Während in vielen Kulturen die Männer als Verteidiger und Kämpfer gesehen wurden, war das bei den Löwen anders. Bei ihnen waren es die Löwinnen, die die aktive Rolle einnahmen, sie waren die Jägerinnen und Beschützerinnen. Und obwohl Löwen natürlich Furcht einflößend sind, sind sie auch ein wenig faul. Ein männlicher Löwe kommt erst in die Gänge, wenn wirklich etwas Großes passiert. Wohingegen die Löwinnen aus jeder Mücke einen Elefanten machen, einfach nur, weil es ihnen Spaß macht. Oder zumindest waren das die Informationen, auf die Gaston gestoßen war, als er kürzlich Erkundigungen über sie eingeholt hatte.

Er wusste zum Beispiel, dass das örtliche Löwenrudel aus dem Alpha Arik bestand, der sich selbst als König des Beton-Dschungels bezeichnete. Dann gab es Hayder, seinen Beta, und Leo, seinen Omega. Hinzu kam Jeoff, der die Sicherheitsfirma leitete, die sie zum Schutz des Löwenrudels engagierten.

Aber sie hatten nicht nur Jeoff, einen Werwolf mit einem kleinen Rudel, das er als Ordnungshüter einsetzte. Sie hatten die Löwinnen, die wildeste Streitkraft, die es gab. Sie kümmerten sich um Gastons abtrünnige Angestellte und Gaston bekam nicht einmal einen Tropfen Blut auf seinen Anzug. Sie lösten sein Problem und verlangten keine Bezahlung.

Aber das bedeutete nicht, dass er sich nicht bedanken sollte. Zumindest bei einer Person.

Er trat über die Leichen und näherte sich der mokkahäutigen Schönheit. Sie hatte etliche Blutspritzer an ihrem Körper. Das tat ihrer Schönheit jedoch keinen Abbruch. Eigentlich roch sie irgendwie lecker und bevor jemand die Nase rümpfte, sollte er anmerken, dass er eine Affinität zu toten Dingen hatte.

»Miss Reba Fillips. Ich bin Gaston Charlemagne. Ich glaube nicht, dass wir zuvor das Vergnügen hatten, einander kennenzulernen.« Er verbeugte sich kurz vor ihr.

Sie beugte sich vor, um einen Schnürsenkel zu binden, und die Vorderseite ihres Hemdes klaffte weit genug auf, sodass er ihre Brüste in ihrer ganzen uneingeschränkten Pracht bewundern konnte.

Es war falsch, sie anzustarren. Das hielt ihn jedoch nicht davon ab. Also erwischte sie ihn natürlich dabei, wie er sie anstarrte.

Sie zog eine Augenbraue hoch. »Wenn du mich noch weiter anstarrst, muss ich dir das in Rechnung stellen.«

Ein echter Mann entschuldigte sich nicht dafür, die Kurven einer Frau bewundert zu haben, aber er konnte ihr für andere Dinge Komplimente machen. »Ich muss sagen, dass ich deinen Kampfstil sehr bewundere.«

Sie sah ihn von oben bis unten an. »Ich bin von dir hingegen weniger beeindruckt. Ich hatte mir dich irgendwie imposanter vorgestellt.« Sie ließ den Blick unter seine Gürtellinie wandern.

Ein freches Ding. Wie wunderbar. Er konnte nicht umhin, sie strahlend anzulächeln. »Hätte ich mich eingemischt, hätte ich dir vielleicht den Spaß verdorben, wie damals im Klub.« Anscheinend wurde es von den Löwen als ausgesprochen unhöflich angesehen, wenn man sie betäubte, bevor die Gewalt ausbrach.

Ihre Mundwinkel zuckten. »Das stimmt natürlich auch wieder. Hättest du wieder alle zum Einschlafen gebracht, hättest du es jetzt wahrscheinlich mit einem Haufen verärgerter Kätzchen zu tun. Ich weiß anstrengende körperliche Betätigung durchaus zu schätzen.«

Das war ganz offensichtlich eine Anspielung. »Ich kenne da einige ausgesprochen interessante und schweißtreibende Übungen, wenn du es gern mal versuchen möchtest.« Er war noch nie zuvor mit einer Gestaltwandlerin zusammen gewesen, hauptsächlich weil er es für verwerflich hielt, sich mit einem Haustier zu verabreden, doch vielleicht musste er seine Meinung darüber ändern. *Sie ist vielleicht eine Katze, aber mit Sicherheit alles andere als zahm.*

»Das Einzige, was mich jetzt interessiert, wäre eine Dusche.« Sie rümpfte die Nase. »Ich rieche nach Tod.«

»Ich weiß.« Einfach göttlich. »Ich wohne nicht weit von hier entfernt. Wenn du möchtest, kannst du dort duschen.«

»Meine Wohnung ist näher.«

»Aber bei mir ist alles *größer*.« Ja, es konnte schon sein, dass er diese Worte geschnurrt hatte.

Und sie ... lachte. »Du solltest mal besser an deinen Sprüchen arbeiten, Süßer. Viele Dinge klingen sexy, wenn du sie mit deinem Akzent sagst, aber abgedroschen bleibt abgedroschen.«

Vielleicht hatte er ein wenig übertrieben. Normalerweise musste er nicht viel tun, um die Frauen herumzukriegen. Ein einfaches Hallo reichte in der Regel aus. Manchmal sah er eine Frau auch einfach nur an, und schon schmolz sie dahin. Jedoch nicht diese Frau. Diese Frau schien ganz und gar nicht interessiert an ihm.

Vielleicht verschwendete er seine Zeit. »Stehst du überhaupt auf Männer?«, fragte er sie.

»Nur weil ich deinen Schwanz nicht reiten will,

bedeutet das längst noch nicht, dass ich auf Mädchen stehe. Ich mag Männer. Nur eben dich nicht.«

Er hätte gern gefragt warum, aber der Zauberspruch, der sie mit einer schalldichten Zone umgab, damit niemand ihr Gespräch hören konnte, war dabei abzuklingen. Und außerdem würde er nicht betteln.

Zumindest hatte er das ursprünglich nicht vorgehabt, aber sie war eine Herausforderung. Er fand sie faszinierend. Er musste sie unbedingt wiedersehen.

Wenn sie sich doch nur darauf einlassen würde.

Sie ignorierte die Blumen, die er schickte, und seine Bitten, ihn anzurufen. Sie ignorierte die SMS, die er ihr schickte, und seine Einladungen zum Essen.

Das war völlig inakzeptabel. Sie war ein Rätsel, das er unbedingt lösen wollte. Eine Herausforderung, der er sich unbedingt stellen wollte. Als Arik sich also mit ihm in Verbindung setzte und ihm sagte: »Es geschehen schon wieder äußerst merkwürdige Dinge. Könntest du dir die bitte mal ansehen?«, stimmte er sofort zu, aber nur unter einer Bedingung.

Kapitel Zwei

»Wo willst du denn hin?«, fragte Stacey, eine ihrer besten Freundinnen, als Reba durch die Eingangshalle im Erdgeschoss des Wohnblocks stolzierte.

»Der Chef zwingt mich dazu, in den Klub zu gehen.«

»Oh nein, wie schrecklich.« Ihre beste Freundin griff sich ans Herz.

»Ja, wie schrecklich. Der liegt am anderen Ende der Stadt und ist so gar nicht mein Stil.« Ihr Stil bestand eher darin, sich in der Nähe ihrer Wohnung zu betrinken.

»Hast du vor, dir den Besitzer zur Brust zu nehmen?«, fragte Joan, eine andere Freundin, die sich über die Lehne des Diwans umgedreht hatte und sie ansah.

»Es ist wohl eher so, dass er sich sie zur Brust nehmen möchte«, grinste Melly, die sich gemütlich auf einen der Sessel fläzte. »Ist er nicht derjenige, der dir diesen ganzen Blödsinn geschickt hat?«

»Wenn er denkt, ich wäre käuflich, werde ich ihn eines Besseren belehren müssen.« Mal im Ernst, Blumen und Pralinen. Wenn er ihr wirklich den Hof machen wollte, hätte er wenigstens Diamanten und Designerschuhe geschickt. Schließlich hatte man als Mädchen bestimmte Standards aufrechtzuerhalten.

»Bis später, Mädels.« Sie winkte, bevor sie das Gebäude verließ und in das Taxi stieg, das sie gerufen hatte. Sie schäumte noch immer vor Wut.

Ich kann nicht glauben, dass ich diesen aufgeblasenen Arsch besuchen muss. Aber Arik brüllte, und Reba gehorchte. Das bedeutete nicht, dass sie sich benehmen würde.

Die Pfennigabsätze von Rebas eleganten Designer-Pumps – ein Paar Jimmy Choos, das jeden Penny wert war – klapperten. *Meine kostbaren Schuhe. Fass sie an und ich reiß dir das Gesicht ab.*

Die Pumps waren wie für ihre Füße gemacht und da sie eher klein war, freute sie sich über die zusätzlichen Zentimeter, die sie ihr bescherten. Natürlich änderte ihre winzige Größe nichts an ihrer wilden Einstellung. Sie besaß viel Selbstbewusstsein, ihr eigenes Auto und eine gesunde Liebe zu sich selbst. Und dieses Selbstbewusstsein sorgte dafür, dass Reba beim Gehen ihre üppigen Hüften schwang, und der lockere Stoff ihres kurzen Rocks rauschte, als sie an der Schlange von Leuten vorbeistolzierte, die darauf warteten, in den Klub zu kommen.

Die Schlange war für Schafe und diejenigen, die eine gewisse Geduld besaßen. Reba war sich ziemlich sicher, dass sie ihren Anteil an Geduld gegen einen Keks eingetauscht hatte, als sie noch ein Jungtier war. Folglich war Geduld keine ihrer Tugenden, also wartete sie nicht, bis sie an der Reihe war.

Sie ignorierte die Proteste der nicht mit Ehrfurcht Gesegneten und stellte sich vor ihnen auf, nur um festzustellen, dass ihr der Zugang von einem breiten Kerl verwehrt wurde, der ein schwarzes Golfhemd mit dem Logo der *Rainforest Menagerie* trug; darunter war das Wort *Personal* gestickt.

»Stopp.«

Hallo? Glaubt er wirklich, er kann sich mir in den Weg stellen?

Dass sie größenmäßig nicht im Vorteil war, war Reba ganz egal. Sie sah hinauf und bedachte den Türsteher mit einem Blick. *Dem Blick.* Er besagte: »Geh aus dem Weg, du Idiot.« In diesem Fall handelte es sich bei dem Idioten um einen großen Menschen, der dumm genug war, abwehrend die Hand hochzuhalten und sie nicht durchzulassen.

Oh nein. Das hat er jetzt nicht wirklich getan.

Doch er bestand darauf, seinen Fehler noch zu verschlimmern. »Du kommst hier nicht rein.«

Das Wort *Nein* kannte sie nicht. Ihre Mama hatte versucht, ihr Respekt und Grenzen beizubringen. Ihr Vater hingegen hatte immer gesagt, es wäre nur Einstellungssache, ob man etwas tun konnte oder nicht. Und jetzt ratet mal, auf wen sie gehört hatte? Schließlich hatte Reba ja nicht umsonst eine ganze Schublade voller T-Shirts, auf denen *Daddy's Girl* stand.

»Ich werde erwartet«, erklärte sie ihm. Das stimmte mehr oder weniger. Und selbst wenn es nicht gestimmt hätte, wie konnte er es wagen, sich ihr in den Weg zu stellen?

Du darfst ihn nicht schlagen. Erinnere dich daran, dass Arik gesagt hat, ich solle mich versichern, dass ich auch ein gutes Motiv für alles habe, was ich tue. Offenbar hatte er sich mit Charlemagne auf eine Art Verhaltensregel für Angriffe geeinigt. Die darauf hinauslief, dass man nicht zuerst zuschlagen sollte. Auch wenn es verlockend war. Trauriges Miau.

Sie war artig und steckte ihre Hände hinter den Rücken, aber das stoppte das Zucken ihrer Hüften nicht und sie konnte praktisch eine Geisterversion ihres Schwanzes hinter sich fühlen.

Ich spüre, wie eine Verwandlung aufkommt.

Sie durfte sich nicht gehen lassen.

Der Idiot runzelte die Stirn. »Mir hat niemand etwas von besonderen Gästen gesagt, also stell dich hinten an.«

Ich? Mich hinten anstellen? Tut mir leid, Arik, aber sie hatte gerade allen Grund der Welt auszurasten. Der Mensch dachte, er könnte sie daran hindern, den Klub zu besuchen. Diese Unverfrorenheit durfte nicht ungestraft bleiben.

Mit schlangenhafter Schnelligkeit griff sie nach dem Handgelenk des Idioten und riss ihn nahe an sich heran, nahe genug, sodass er die bernsteinfarbenen Augen ihrer inneren Bestie in ihren Augen leuchten sehen konnte. Sie zeigte ihm auch ein bisschen Reißzahn. »Stell dich mir nicht in den Weg. Ich habe schon größere Männer als dich zum Weinen gebracht.« Ihr war es immer ein bisschen peinlich, wenn sie weinend nach ihren Mamis riefen.

Der große Türsteher grinste verächtlich.

Sie hätte fast vor Freude gekichert. Sie hörten einfach nie auf sie. Da war der Spaß vorprogrammiert.

Sie verbog ihm die Hand mit einem scharfen Ruck und der Idiot schlug auf dem Boden auf, das Gesicht schmerzverzerrt. Sie brach ihm nicht das Handgelenk, doch das erforderte ziemlich viel Willenskraft. Wenn sie es mit den Schafen zu tun hatte, vergaß sie manchmal ihre eigene Stärke.

Arik hatte ihr verboten, sie so zu nennen.

Arik hatte ihr auch verboten, sich auf den Pizzalieferanten zu stürzen, bis er kreischte. Als ob sie und die Crew auf ihn hören würden. Es war Teil ihres Freitagabend-Rituals, zusammen mit der Mutprobe, nackt die Straße entlangzulaufen. Aber jetzt, wo ihre Meisterin Meena weg war und die Polizei nur darauf wartete, sie wegen unsittlicher Entblößung zu verhaften, mussten sie sich eine neue dreifache Löwenwette ausdenken, wenn die Tequila-Flasche sich ihrem Ende neigte. Noch immer auf den Knien wimmerte der Idiot. Hoppla. Da hatte sie ihn doch wirklich für eine Sekunde vergessen. Als sie den Kopfhörer des Türstehers entdeckte, lehnte sie sich zu ihm hin und flüsterte: »Fertig oder nicht, ich komme«, bevor sie den Menschen losließ.

Er setzte sich auf und schoss ihr einen mürrischen Blick zu, aber er versuchte nicht, sie aufzuhalten, als sie den Klub betrat. Ein kluger Mann. Sie hätte ihre guten Manieren vergessen, wenn er etwas versucht hätte.

Siehst du, Chef, ich habe mich zurückgehalten. Sie hatte aufgehört, bevor sie ihn zum Weinen gebracht hatte.

Als sie eintrat, befand sie sich in einer Vorhalle mit Bänken an den Wänden, deren Oberfläche eine dunkle Farbe hatte, die aber mit Neonsymbolen und seltsamen Buchstaben bemalt waren. Eine seltsame Dekoration, die sie weitgehend ignorierte – obwohl sie sich eine mentale Notiz machte, dem Klub ihre Visitenkarte zu schicken. Wer auch immer die Farben für diesen Ort konzipiert und ausgewählt hatte, hätte im Studium der Innenarchitektur durchfallen müssen. Dieser Klub brauchte in hohem Maße Hilfe, aber sie war nicht hier, um ihre Dienste anzupreisen – noch nicht. Das stand für Montag auf dem Plan.

Heute war sie in Rudelangelegenheiten hier. Sie stolzierte zu der Tür, die in den eigentlichen Klub führte. Zwei farbenprächtig gekleidete Frauen – menschliche Frauen in Bikinioberteilen und winzigen, hüftbetonten Shorts, die sich besser für einen Strip-Klub eigneten – starrten sie an. Sie hielten Klemmbretter an ihre Brust gedrückt, die sich neben Rebas eigener Brust sicher unzulänglich anfühlte; an ihr war alles echt und sie hatte ein Dekolleté, das dazu gemacht war, Dinge zu verschlucken, ein großartiger Platz zum Aufbewahren ihres Telefons und ihres Geldes.

Die Mädchen, die die Tür zum Allerheiligsten bewachten, trugen Knöpfe im Ohr, und obwohl die Musik es Reba unmöglich machte, etwas zu hören, sagte jemand offensichtlich etwas, da sie sie angafften. *Ich glaube, jemand hat ihnen gerade mitgeteilt, wer zu Besuch kommt.* Irgendwie schmeichelhaft, so wie sie ihren Rockstar-Stil betrachteten. Reba blies ihnen einen Kuss zu und lachte, als sie zurückschreckten.

Was war es, das sie dazu brachte, sie so anzustarren? Hatte der Idiot über die gemeine Frau gejammert? Bewunderten sie ihre tollen Schuhe?

Wen kümmerte es? Eigentlich war es ihr egal, denn niemand wollte jemals spielen. Anscheinend spielte Reba zu grob. Luna war nicht die Einzige, die Spielzeug zerbrach. »Meine Damen.« Sie schnurrte das Wort, als sie die zweite Tür erreichte. Die Mädchen auf beiden Seiten schreckten zurück.

Ein Ruck an der Klinke öffnete eine Tür und als sie hindurchtrat, bemerkte sie, dass Mitarbeiter in schwarzen T-Shirts auf sie zukamen. Große Kerle mit großen Muskeln.

Schön. Zumindest zeigten sie genügend Respekt, um mehr als einen zu schicken. Einer Dame gefiel es, geschätzt zu werden. Bevor sie sie dazu bringen konnte, Sopran zu singen, blieben sie ziemlich abrupt stehen, drehten sich um und verschmolzen wieder mit den Schatten, aus denen sie gerade getreten waren. Wahrscheinlich weil ein gewisser verstohlener Typ hinter ihr stand, allerdings war er nicht so gut, dass sie ihn nicht bemerkt hätte. Sein faszinierender Geruch – von der Art, in der sie sich am liebsten gewälzt hätte – hatte ihn verraten.

»Hättest du nicht noch ein wenig warten können? Ich hatte gehofft, etwas trainieren zu können«, beschwerte sie sich. Warum legte es nur jeder darauf an, ihr den Spaß zu verderben?

»Hätte ich gewusst, dass du kommst, hätte ich mein Personal damit beauftragt, einen Pfad aus Rosenblättern für dich auszulegen, und ich hätte dich persönlich an der Tür begrüßt«, sagte er mit einer Stimme, die ins Abendprogramm des Radios gehörte – und die schmutzige Dinge flüsterte, wenn sie mit ihrem batteriebetriebenen Freund allein im Bett war.

Als hätte sie Gaston Charlemagne, den mysteriösen neuen Bewohner ihrer Stadt, vorgewarnt. So lief das bei ihr nicht. »Warum Zeit verschwenden?«, verkündete Reba. Arik hatte ihr eine Aufgabe gegeben – *Finde heraus, was Charlemagne in meiner Stadt macht* – und anstatt seine Blumen dem örtlichen Altenheim zu spenden oder die exotischen Pralinen, die er geschickt hatte, in die Luft zu schmeißen in Richtung der Löwinnen, die von den Sofas sprangen, um sie zu fangen, ging sie es direkt an und verfolgte ihn bis zu seinem Arbeitsplatz. Die *Rainforest Menagerie*, Benotung auf *Menagerie*. Es schien, als bediente Mr. Charlemagne diejenigen, die einen hedonistischeren Lebensstil bevorzugten.

Zumindest früher. Als er sein erstes Geschäft eröffnete, war der Klub nur für Paare und alleinstehende Damen. Aber seit dem Vorfall mit seinem abtrünnigen Personal war er zu einer allgemeineren Klub-Atmosphäre übergegangen. Das bedeutete, keine Leute, die in Käfigen über dem Boden rummachten, und bessere Musik zum Tanzen.

Sie machte auf dem Absatz kehrt und betrachtete die schlanke Gestalt von Gaston Charlemagne. Er war über einen Meter achtzig groß und tadellos mit einer schwarzen Hose gekleidet, deren Vorderseite perfekt geknittert war, er trug dazu ein Hemd in tiefem Mitternachtsblau und ein Lächeln, das schon so manches

Höschen hatte feucht werden lassen. Gut, dass sie keines trug.

Er sieht zum Anbeißen aus.

Und er roch sogar noch besser.

Genau wie bei der ersten Begegnung mit ihm musste sich Reba fragen, wovon zum Teufel alle sprachen, wenn sie behaupteten, dass er keinen Duft hatte. Für sie roch er völlig in Ordnung. Mehr als gut. Dekadente Schokolade mit einem Hauch von rauchigem Geheimnis. Das Aroma ließ ihre Geschmacksknospen aufblühen.

Ich will mal einen Bissen von ihm nehmen.

»Mach ruhig.« Er entblößte seinen Hals. »Beiß ruhig zu.«

Und diese Einladung war um einiges weniger gruselig als die Tatsache, dass – ER MEINE VERDAMMTEN GEDANKEN GELESEN HAT!

Oh verdammt, nein. Das war ganz offensichtlich Teufelswerk. Und da sie ein braves, katholisches Mädchen war – wenn es zählte, dass sie das entsprechende Outfit mit einem kurzen Rock und kniehohen weißen Strümpfen besaß –, wusste sie genau, was zu tun war.

Sie machte ein Kreuz mit den Fingern und streckte sie vor sich aus, um ihn zu vertreiben. »Raus aus meinem Kopf, du ekelhafte Kreatur.«

»Wie bitte?«

»Hinfort mit dir, du Seelenräuber. Du bekommst weder meinen Körper noch mein Blut.« Okay, ihren Körper vielleicht schon, aber ihr Blut würde sie behalten, vielen Dank.

Er zog eine dunkle Augenbraue hoch, die genauso schwarz war wie das Haar auf seinem Kopf, aber ohne rötlichen Glanz. »Was zum Teufel redest du da? Du weißt schon, dass ich kein Vampir bin, richtig?«

Zumindest behauptete er das. Als würde ein echter Vampir es zugeben. »Ich weiß nicht, was du bist, aber ich werde nicht zulassen, dass du meine Gedanken liest.« Besonders weil ihre Gedanken in eine Richtung gingen, die damit zu tun hatte, wie sie ihm die Klamotten auszog.

Und sich dann auf ihn stürzte, um ihn abzulecken. Ein langer, rauer Zungenstrich von diesen sinnlich geschwungenen Lippen bis hinunter zu dem Lutscher unter seiner Gürtellinie.

Es war vielleicht ihre innere Katze, die diesen Gedanken begonnen hatte, doch sie war es, die ihn beendete – und wahrscheinlich wurde dieser Gedanke genau in diesem Moment von ihm gelesen! Sie sah zu ihm hinüber und wackelte dann strafend mit dem Finger. »Den letzten Gedanken brauchst du gar nicht zu beachten, das werde ich nicht machen.«

»Was wirst du nicht machen?«

»Woran ich gedacht habe.« Und es war ein Gedanke, der ihr schon im Kopf herumschwirrte, seit sie in den Schächten der U-Bahn mit ihm gesprochen hatte. Sie hatte ihn hauptsächlich deshalb abgewiesen, weil sie sich selbst in seiner Gegenwart nicht trauen konnte. Charlemagne hatte etwas unglaublich Anziehendes an sich. Selbst den anderen Löwinnen war das aufgefallen.

Sie sollten ihn besser nicht anrühren.

Seine Lippen zuckten amüsiert. »Und woran hast du genau gedacht, *chaton*?«, fragte er mit einem Schnurren, um das ihn selbst ihre innere Löwin beneidete.

»Tu nicht so, als wüsstest du das nicht. Es ist mir durchaus klar, dass du Gedanken lesen kannst.« So stand es nämlich in den Vampirbüchern, die sie gelesen hatte.

Als sie das sagte, musste er lachen. »Das kann ich nicht.«

»Und woher wusstest du dann, dass ich dich beißen wolltest?«

»Weil du es klar und deutlich gesagt hast.«

Sie blinzelte. »Habe ich das?« Verdammt.

»Aber jetzt wünsche ich mir, du hättest den Gedanken ausgesprochen, der dir einen kurzen Moment gekommen ist. Woran mag eine Dame wohl denken, wenn sie ihre Lippen leckt und ihre Körpertemperatur steigt?«

»Eine Dame.« Sie musste lachen. Nur gut, dass er nicht wusste, dass ihre anderen Lippen auch ganz feucht waren. Andererseits, wenn er es wüsste, wüsste er vielleicht etwas damit anzufangen.

Böses Kätzchen. Schließlich war sie zum Arbeiten hier und nicht, um sich zu amüsieren.

»Hast du die Blumen und Geschenke erhalten, die ich dir geschickt habe?«

Mit anderen Worten: Warum ignorierst du mich? Sie lächelte. »Nein.« Das war eine dreiste Lüge und er wusste es, sprach sie aber nicht darauf an.

»Es überrascht mich, dich hier zu sehen.«

»Das ist ziemlich merkwürdig, da du doch nach mir gefragt hast.«

»Aber ich hätte nicht damit gerechnet, dass du kommst. Bis jetzt bist du mir aus dem Weg gegangen.«

»Ich bin eben nicht leicht zu kriegen.« Daraufhin musste sie einfach grinsen.

Allerdings ließ er ihr in ihrem kleinen Wortgefecht nicht die Oberhand. »Aber jetzt hast du dich in dein Schicksal ergeben. Du bist *gekommen*.« Ihr entging nicht, wie er das Wort betonte.

Es sorgte dafür, dass sie wohlig erschauderte und es ihr schwerfiel, sich daran zu erinnern, warum mit diesem Typen nichts laufen konnte. Er brachte ihren Motor nämlich wirklich auf Touren.

Spring ihn an.

Einen Typen anspringen, der vielleicht ein Vampir war

und über diese merkwürdigen Fledermaustypen herrschte? War sie verrückt geworden?

Ja.

»Ich brauche jetzt erst mal etwas zu trinken«, murmelte sie. Und zwar am besten ein Getränk mit vier Teilen Alkohol und null Teilen Fruchtsaft. Wozu brauchte man unnötige Füllstoffe?

»Lass mich es dir besorgen.«

Wie konnte sich das bei Charlemagne nur so verdorben anhören? Und warum gefiel ihr das? Es ließ sich nicht leugnen, dass sie seine Art von kühnem Auftreten eher genoss, denn sie neigte auch zu gewagten Schritten. Nichts erschreckte sie, nicht einmal dieser Mann, weshalb sie ihre Hand auf seinen Unterarm legte, nur um überrascht zu reagieren. Da er sich nicht an dem Kampf in der Kanalisation und auch nicht an dem in seinem Klub beteiligt hatte, hatte sie wohl fälschlicherweise angenommen, dass er vielleicht körperlich nicht sehr fit wäre. Der starke Bizeps unter den langen Ärmeln seines Jacketts strafte diese Vermutung jedoch Lügen.

Sie drückte seinen Bizeps. »Wie ich sehe, geht da jemand ins Fitnessstudio.«

»Ein Mann sollte immer darauf vorbereitet sein, sich anstrengender körperlicher Arbeit widmen zu müssen.«

»Ausdauer ist natürlich wichtig, aber«, sie warf ihm unter gesenkten Wimpern einen langen Blick zu, »wenn jemand wirklich weiß, was er tut, braucht er nicht allzu lange.«

Daraufhin lachte er laut auf. »Das stimmt natürlich, aber Ausdauer kann in anderen Situationen durchaus hilfreich sein.«

»Ich gehe nicht davon aus, dass zu diesen anderen Situationen ein Ringkampf im Matsch mit nichts weiter bekleidet als einem Lendenschurz dazugehört.« Als sie zwischen den Gästen des Klubs hindurchschlenderten, blieb ihr Blick an einem großen Kerl hängen. Da sie die Akte gelesen hatte, kannte sie seinen Namen. Jean Francois, angeblich Gastons Stellvertreter und eine Art seltsames Wesen, das eine Kreuzung zwischen einem Fledermaus-Typen und einem Gargoyle war. Wie hießen die noch mal? Wampers? Oder war es Wichser? Sie wusste es nicht, deshalb war sie hier, um mehr zu erfahren. Vor allem, um mehr über die seltsamen Dinge zu erfahren, die in der Stadt passierten.

Während der Besprechung hatten Arik und seine engsten Mitarbeiter über Gaston Charlemagne und sein seltsames Personal geredet. Was sie bis jetzt wussten: Charlemagne war aus dem Ausland in ihre Stadt gezogen und kurz danach waren die Probleme aufgetreten. Der Mann selbst schien eine Art übernatürliches Wesen zu sein. Nur eben kein Gestaltwandler. Eine Theorie besagte, dass er ein Vampir war. Total cool. Eine andere nannte ihn einen bewusstseinskontrollierenden Außerirdischen, der ihnen einen außerirdischen genetischen Code implantieren wollte. Auch irgendwie cool.

Der Mann hatte so viele Geheimnisse und sie wollte sie alle herausfinden – sogar die, die unter seiner Kleidung versteckt waren. Einige hatten die Theorie, er wäre der Teufel und hätte einen Schwanz. Reba hatte sich inoffiziell freiwillig gemeldet, um das herauszufinden.

Charlemagne war nicht der Einzige, der das Rudel interessierte. Seine Mitarbeiter, alles Wesen, die man so noch nie zuvor gesehen hatte, waren ein Rätsel. Sie verwandelten sich vielleicht in eine hybride fledermausähnliche Kreatur, aber sie waren nicht wie die kleinen nachtaktiven Insektenfresser, vor allem wenn man die Tatsache berücksichtigte, dass sie Blut tranken.

Nun, Reba war einem kleinen frischen Snack nicht

abgeneigt. Ihre Löwin war kein verdammtes Kaninchen, das sich von Salat und Karotten ernährte. Ein gesunder Appetit erforderte Eiweiß – und nicht nur die Sorte, die von männlichen Würsten stammte. Aber Blut aus den Adern eines Menschen saugen? Oder eines Wandlers? Das fand sie eher widerlich.

Man isst nichts, das spricht. Eine Lektion, die allen Gestaltwandlern in sehr jungem Alter beigebracht wurde, besonders den Raubtier-Wandlern. Trotzdem ließen die Vogelwandler ihre Kinder nicht in die gleichen Schulen gehen. Da macht man einmal einen Witz darüber, dass man einen Schwan zum Thanksgiving-Essen serviert, und schon ist die ganze Rasse beleidigt.

Aber zurück zu Charlemagne und seiner Crew, die jetzt viel kleiner war als am Anfang, als er in die Stadt des Rudels gezogen war. Es schien, als hätten einige seiner *besonderen* Mitarbeiter eine Entführungs- und Mordserie eingeleitet und hätten dabei Gestaltwandler gefressen, die zu ihrem und anderen Rudeln gehört hatten. Eine ziemliche Taktlosigkeit, und während die Täter verschwunden waren, blieb der Mann, der sie beschäftigt hatte, zurück, und Mr. Charlemagne schien zu glauben, dass er über ihren Gesetzen stand.

Schnaub! Ja, dem war nicht so. Reba war hier, um ihm den Kopf zurechtzurücken, ein paar Antworten zu bekommen und vielleicht ein paar Freigetränke. Als Löwin würde sie sich dabei amüsieren – auf seine Kosten natürlich.

»Falls die Dame sich persönlich von meinen Fähigkeiten im Ringen überzeugen möchte, kann ich dir versichern, dass ich sie dir nur allzu gern zeigen würde. Höchstpersönlich.«

Sie warf dem Klubbesitzer einen schnellen Blick zu und lächelte schwach. »Tut mir leid, aber du bist nicht mein

Typ.« Ihr Typ brüllte normalerweise. Nur schade, dass sie danach nie lange blieben. Irgendetwas an Reba schien ihnen Angst zu machen.

Weicheier. Dabei wusste doch jeder, dass Luna die Gewalttätige war, wohingegen Reba Klasse hatte.

Hust. Daraufhin musste die verdammte Löwin gleich wieder einen Fellball hochwürgen.

»Ah, ja, das hätte ich mir denken können. Du bevorzugst hörige Männer, die sich deinen Befehlen unterwerfen. Du hast recht, wir passen nicht zusammen, da es mir Spaß macht, selbst die Befehle zu erteilen.« Er bedeutete ihr, vor ihm die Treppe hinaufzugehen, und als sie an ihm vorbeiging, schlug er ihr auf den Hintern und sagte in rauem Ton: »Und zwar ganz besonders im Bett.«

Sie hätte nicht sagen können, was heißer war, seine Worte, der Klaps oder die Tatsache, dass er dank der Art, wie sie mit hüpfendem Rock die Treppe hinaufsprang, wahrscheinlich einen wirklich guten Blick auf ihre Aktiva hatte.

Sieh dir alles genau an und weine, denn diese Oberschenkel werden sich nicht so schnell um dich legen.

Für die Mission gab es ein paar Regeln von Arik – Nummer eins war, keine Kämpfe zu beginnen. Nummer zwei war die gleiche wie Nummer eins. Und Nummer drei war kein Sex mit Charlemagne oder dessen Mitarbeitern. Wenn es nicht notwendig war – sie fügte den letzten Teil selbst hinzu, da Arik es sicherlich vergessen hatte. Reba würde sich gegebenenfalls für das Team opfern, wenn nötig.

Zum Teufel, ich würde es mir von ihm besorgen lassen, nur weil er hübsch anzusehen ist. Er war so großspurig wie ein Löwe, und ihr gefiel seine direkte Art.

Die Treppe führte zu einem kleinen Absatz und einer Tür. Der Kerl, der sie bewachte, ein Kerl ohne Geruch, trat zur Seite und sie schwebte durch die Tür, da sie das Layout des Klubs bereits von der Besprechung her kannte. Seit ihrer Begegnung mit ihm hatte sie ihn absichtlich gemieden, da sie sich der wahnsinnigen Anziehungskraft, die von dem Kerl ausging, nur allzu bewusst war und entschlossen war, sie nicht zu beachten. Bis der Chef ihr befahl herzukommen.

Nun, da sie keine Wahl hatte, wollte sie das Beste daraus zu machen. Es war wirklich schlimm, dass sie in einen Klub gehen musste, um Informationen zu besorgen. Was sie alles für die Arbeit auf sich nahm. Seufz.

Kicher.

Trotz der schlecht gewählten Dekoration gab sie zu, dass es ein nobler Schuppen war. Die wichtigsten Einrichtungen für die *Rainforest Menagerie* befanden sich auf der Hauptebene – zwei Tanzflächen, ein paar Barbereiche, eine Lounge mit Sofas, bezogen mit unechtem Leder, leicht abwaschbar, und die Toiletten, ein paar Unisexräume mit großen Kabinen, die es einem erleichterten, eine Nummer auf dem Klo zu schieben. Das hatte sie jedenfalls gehört. Nur weil Reba hier noch nie gefeiert hatte, galt das noch lange nicht für die anderen im Rudel.

Nur das DJ-Pult und die Verwaltungsräume waren im ersten Stockwerk gelegen.

Damit es umso einfacher ist, seine Geschäfte zu überwachen, möchte ich wetten. Und was sah er, wenn er nach unten schaute? Als der Klub noch die hedonistischere Seite der Menschen bediente, hatte er da zugesehen? Es sich währenddessen vielleicht selbst besorgt?

Sie hätte ihn fast gefragt. Aber nur fast. Er würde es sicher als Einladung verstehen, also verzichtete sie darauf, als sie ihm einen Blick unter fast geschlossenen Wimpern zuwarf.

»Warum habe ich nur den Eindruck, dass du schon

wieder schmutzige Gedanken hast?«

Wie konnte er das nur wissen? »Vielleicht liegt es daran, dass das der Fall war. Schade, dass du diesen nicht lesen konntest.« Sie lachte leise, während sie sich von ihm abwandte, um sich richtig umzusehen.

Die schwache Lampe, die in einer Ecke stand, war die einzige Beleuchtung des großen Raumes. Doch eine schwache Beleuchtung bedeutete nicht, dass sie nichts sehen konnte. Tatsächlich half es ihr wohl eher dabei zu erkennen, was unten geschah. Eine Fensterreihe gab den Blick auf die volle Tanzfläche und den Rest des Klubs frei und sie stellte sich ganz nahe davor und sah hinab auf den Laden, den Charlemagne in so kurzer Zeit aufgebaut hatte. Die Tatsache, dass er den anfangs fast ausschließlich als Sex-Klub genutzten Klub zum Tanzklub umfunktioniert hatte, hatte seiner Beliebtheit wohl keinen Abbruch getan.

»Heute ist ziemlich viel los.«

»Hier ist jeden Abend ziemlich viel los, aber mein Erfolg als Unternehmer ist nicht der Grund, weshalb du hier bist.«

»Das stimmt.« Sie wirbelte herum. »Ich bin hier, um mehr über dich zu erfahren.« Jedes noch so intime Detail, angefangen mit seiner Schuhgröße. Sie blickte hinab und stellte fest, dass seine Füße eine ordentliche Größe hatten. Und was seine Hände anging? Lange, schmale Finger, und an der linken Hand trug er einen Ring, keinen Ehering, sondern einen breiten, maskulinen Ring mit großem Stein.

»Also handelt es sich um ein Verhör?«

»Man könnte es so nennen.«

»Und was, wenn ich mich weigere, dir etwas zu sagen? Was willst du dann tun?«

Er neckte sie absichtlich und sie konnte nicht umhin anzubeißen. »Dann muss ich dich wohl foltern, um es herauszubekommen.«

»Das klingt äußerst vielversprechend.« Und wieder schienen seine Worte sie nahezu zu liebkosen.

Und das brachte sie ziemlich aus dem Konzept, besonders weil sie sich wünschte, dass auch seine Hände sie liebkosten. Um sich abzulenken, setzte sie sich auf den Schreibtisch, schlug die Beine übereinander und neigte den Kopf. »Hattest du mir nicht etwas zu trinken versprochen?«

»Und Versprechen sind immer bindend und sollten nie auf die leichte Schulter genommen werden.«

Das stimmte, denn ein gebrochenes Versprechen bedeutete, dass man mit rasierten Augenbrauen und einem mit Permanent-Marker gemalten Schnurrbart aufwachte. Arme Stacey. Sie war wochenlang verschleiert herumgelaufen, hatte aber ihre Lektion gelernt. Gib niemals einem Mädchen das Versprechen, mit ihr Schnulzen anzusehen und Eiscreme zu essen, und lass sie dann wegen eines Mannes sitzen.

»Soll das heißen, du hast bezüglich des Getränks gelogen?«

Seine Lippen zuckten amüsiert. »Irgendwelche Wünsche?«

Wie wäre es mit etwas Großem, Dunklem und Gutaussehenden? *Benimm dich.* »Ich nehme alles, egal ob geschüttelt, gerührt oder sogar von meinem Busen geleckt.« Und dazu musste sie gar nicht nach ihren Brüsten greifen, um sie zusammenzudrücken. Sie trug heute ihren *guten* BH, den, der sogar die Schwerkraft besiegte. »Tequila trinkt man am besten als Body Shot.«

»Wollen wir uns nicht lieber erst mal an etwas anderes als die harten Sachen halten?« Er drehte ihr den Rücken zu und während er die Flasche aus dem Weinkühlschrank zog – ein Mann mit Klasse, der aus Flaschen und nicht aus Kartons trank –, nutzte sie die Gelegenheit, um ihn genau zu betrachten.

Im Licht der Lampe, die über dem Kühlschrank hing, schimmerten seine Haare mit einem Hauch von Kastanienbraun, ein seltsamer Farbton für einen Mann, der so offensichtlich europäischer Abstammung war. Sein sexy Akzent verriet seine Herkunft. Er hielt sein Haar kurz, ordentlich geschnitten, sodass es den Kragen seines geknöpften Hemdes nicht berührte. Breite Schultern führten zu einer schmalen Taille und einem festen Hintern. Als Charlemagne sich umdrehte, erwischte er sie dabei, wie sie ihn anstarrte, und er zog eine dunkle Augenbraue hoch. »Gefällt dir, was du siehst?«

»Ich frage mich, wie es wohl unter deinen Klamotten aussieht.« Sie streckte die Hand aus und legte ihre Finger um den Stil des Weinglases.

»Ich könnte mich ausziehen, um es dir zu zeigen, aber warum sollte ich das Geheimnis lüften? Du wirst dich wohl weiterhin wundern müssen.«

Wie arrogant von ihm, dass er davon ausging, dass sie ihn wollte. Sie konnte nicht umhin zu lachen. »Wie süß, dass du den Eindruck zu haben scheinst, du würdest mich interessieren. Doch damit, Süßer, liegst du leider falsch.« Sie log schon wieder. Er interessierte sie sehr, doch ihre Mutter hatte ihr beigebracht, das niemals einem Mann gegenüber zuzugeben.

»Es ist nur so, *chaton*, dass ich nie falschliege. Du interessierst dich sehr wohl für mich.«

»Aber nur, weil ich es muss. Du scheinst zu denken, ich sei freiwillig hier.« Sie machte ein lautes Buzzer-Geräusch. »Falsch! Ich bin hier, weil mein Chef mich geschickt hat.«

»Du wurdest von deinem sogenannten König der Löwen hergeschickt, um mir meine Geheimnisse zu entlocken.«

Diese Respektlosigkeit brachte sie dazu, den Rücken zu

straffen und die Augen zu verengen. »Arik *ist* König der Stadt.«

»Er ist vielleicht König der Katzen und von ein paar Hunden, aber mich beherrscht er nicht. Man kann nicht über mich herrschen. Niemand kann das.« Er lächelte und sein Lächeln ging ihr durch und durch.

Dieser eingebildete kleine Mistkerl. Aber er musste sich schon mehr Mühe geben, wenn er sie beeindrucken wollte. Reba kannte bereits ziemlich viele eingebildete Männer. »Du sagst, man könne dich nicht beherrschen, und trotzdem bist du heimlich in die Stadt gekommen. Hast auch in aller Heimlichkeit deinen Laden eröffnet.«

»Heimlich?« Charlemagne musste lachen. »Ich habe nichts heimlich getan. Euch ist eben nur nie aufgefallen, was direkt vor euren Augen stattfand.«

Da niemand außer Reba Gaston riechen konnte und überhaupt niemand seine Männer riechen konnte. Wie sollten sie einen möglichen Feind in ihrer Mitte identifizieren, wenn niemand seiner Fährte folgen konnte?

Sie schwenkte die Flüssigkeit in ihrem Glas und fragte: »Warum bist du auf der Flucht? Denn erfolgreiche Geschäftsmänner brechen nicht einfach alles ab und überqueren das Meer, um neu anzufangen.«

»Wer behauptet denn, ich sei auf der Flucht? Manchmal langweilt man sich eben einfach und braucht eine neue Herausforderung.«

Sie sah ihn über ihre Schulter hinweg an. »Und du hältst es für eine Herausforderung, jeden Abend Menschen dazu zu bringen, zu tanzen und sich zu betrinken?«

»Einen Klub zu leiten bedeutet mehr, als einen Raum mit Musik und Getränken zur Verfügung zu stellen.«

»Ach tatsächlich? Und woran liegt es dann, dass deiner so erfolgreich ist? Gerüchten zufolge entwickeln sich deine Partys häufig auch mal zu Orgien.«

Er breitete seine Hände aus, eine Geste der Unschuld, die im Widerspruch zu seiner verruchten Erscheinung stand. »Ich habe keine Kontrolle über die Handlungen meiner Gäste. Manchmal sind sie eben in der Stimmung und die Dinge entwickeln sich wie von selbst.«

»Ich weiß alles darüber, was passieren kann, und ich möchte hinzufügen, dass Hedonismus normalerweise nicht dazugehört, es sei denn, er wird von äußeren Einflüssen unterstützt.« Reba mochte ja vielleicht eine wilde Seite haben, doch sie war davon überzeugt, dass man seine Klamotten nur hinter geschlossenen Türen auszog. Natürlich konnte diese geschlossene Tür sich dann auch in der Öffentlichkeit befinden. Die Möglichkeit, erwischt zu werden, fügte eine gewisse Spannung hinzu.

»Beschuldigst du mich etwa, meine Gäste unter Drogen zu setzen?« Gaston verschränkte die Arme.

»Es wäre nicht das erste Mal. Oder leugnest du etwa den Vorfall mit dem Glitzerstaub neulich, als es Ärger gab?« Und der Ärger hatte darin bestanden, dass Gestaltwandler, die den Klub besuchten, verschwanden und als Snack für die Angestellten dienten. Doch das war nicht das Einzige. Es gab auch ein paar Berichte darüber, dass Glitzerstaub auf die Besucher des Nachtklubs heruntergregnete und dafür sorgte, dass diese alle Hemmungen verloren. Luna und Jeoff waren während ihrer Ermittlungen einmal dabei gewesen. Und wenn man Luna Glauben schenken konnte, war es danach ziemlich heiß hergegangen.

»Die Polizei sieht das aber anders. Es wurde ein Kanister von dem Zeug vor der Belüftungsanlage gefunden, doch die Fingerabdrücke darauf stammten weder von den Angestellten noch von den Gästen. Allgemein wird davon ausgegangen, dass es sich um einen Scherz handelte. Es wird nicht noch einmal vorkommen.«

Sie konnte nicht umhin zu grinsen, als sie sagte: »Heißt das, heute Abend gibt es keine Orgasmen?«

Die meisten Jungs wären jetzt entweder ausgewichen oder vulgär geworden. Doch Charlemagne war kein Junge, der von ihrer Kühnheit verschreckt schluckte. Er war kein ungehobelter Mann, der ohne jede Finesse versuchte, sich auf sie zu werfen. Er war ein Mann in den besten Jahren, der Selbstvertrauen ausstrahlte.

Seine Augen blitzten möglicherweise in einem purpurroten Licht, oder waren es die Stroboskopstrahlen aus dem Klub, die diesen Eindruck erweckten? Ein sexy Hauch von einem Lächeln umspielte seine Mundwinkel. »Wer sagt denn, es würde keine Orgasmen geben?«

»Ich, denn leider hat mein Chef mir aufgetragen, dich nicht anzufassen. Ich soll dich nur dazu bringen, mir all deine Geheimnisse zu verraten und mir dein Herz auszuschütten.« Natürlich nicht wörtlich, sondern nur im übertragenen Sinn.

»Ich müsste dich überhaupt nicht anfassen, um dich dazu zu bringen, zu kommen.« Er nahm ihr gegenüber Platz, was ihr einen Größenvorteil verschaffte. Er saß sehr bequem, die Beine leicht gespreizt, die Ellbogen auf die Armlehnen gestützt und die Finger ineinander verschränkt. »Ich kann dich von hier aus dazu bringen zu kommen, ohne dich auch nur anzurühren.«

Glaubte er tatsächlich, er könnte sie nur durch Reden zum Orgasmus bringen? Sie zog die Nase kraus. »Ich muss dir leider gestehen, Süßer, dass ich noch nie ein großer Fan von Dirty Talk war. Ich persönlich bin der Überzeugung, dass du deine Zunge nicht ausreichend benutzt, wenn du noch genügend Luft hast, um zu sprechen.«

Diesmal zuckten seine Lippen wirklich amüsiert. »Bei meiner Technik benötige ich keine Worte. Ich sorge einfach dafür, dass du kommst.«

Vielleicht konnte er das tatsächlich. Seine Samtstimme fühlte sich fast wie eine Liebkosung an und Verlangen pulsierte in ihren Adern. Und auch Hitze, und zwar eine Hitze, die nicht vom Alkohol im Wein stammte. »Ist das der Punkt, an dem ich von deinen geschmeidigen Anspielungen so fasziniert bin, dass ich auf deinen Schoß springe und dir Komplimente für deine tolle Technik mache?«

»Spring ruhig, wenn du möchtest.«

»Ich möchte aber nicht.«

»Und wieder lügst du. Und schon allein dafür lasse ich dich nicht kommen, bis du mich darum bittest.«

»Ich werde dich nie darum bitten.« Das taten nur verzweifelte Mädchen. Reba ging einfach davon aus, dass die Verführung ohnehin passierte.

Er schüttelte den Kopf und seine roten Strähnen glänzten. »Weil du *nie* gesagt hast, bedeutet das, dass es auf jeden Fall passieren wird. Es gibt bestimmte Mächte dort draußen, böse Mächte, die gegen dich arbeiten.« Er sagte es ausgesprochen ernst, doch sie musste einfach kichern.

»Unglaublich. Du bist doch tatsächlich abergläubisch.«

»Nenn mich altmodisch.«

»Ein altmodischer Mann würde nicht darauf warten, dass die Frau ihn bittet. Er nimmt sich, was er will.«

»Wenn es um Sex geht, bin ich ein moderner Mann. Ich denke, es wird mir gefallen, wenn du mich darum bittest, es dir zu besorgen. Und während du weiterhin gegen dein natürliches Verlangen ankämpfst, sag mir doch bitte, was du sonst noch von mir wissen möchtest.«

War er wirklich so gut, wie er behauptete? Es gab nur einen Weg, das herauszufinden.

Aus, Kätzchen. Du wirst es nicht herausfinden. Weil sie ihn nicht darum bitten würde, es ihr zu besorgen – auch wenn sie ein wenig neugierig war. Stattdessen entschied sich Reba für die Frage, die alle interessierte. »Was bist du?«

»Nichts, was du kennst.«

»Also, das war mir schon klar. Aber was genau ist das?«

»Das ist vorläufig noch ein Geheimnis.« Er legte den Kopf zur Seite. »Nächste Frage.«

Sie ließ es zu, dass er die Frage erst mal nicht beantwortete. »Und warum bist du hier?«

»Ich verfolge geschäftliche Interessen.«

»Aber warum ausgerechnet hier?«, hakte sie nach.

Er sah sie mit seinen dunklen Augen an. »Vielleicht hat das Schicksal mich aus einem bestimmten Grund hierhergebracht. Vielleicht gibt es in dieser Stadt etwas, das ich brauche. Etwas, das ich benötige, um zu überleben.«

Sie schnalzte mit den Fingern. »Du bist wegen des Essens da, stimmt's? Weil du weißt, dass wir das beste Steakhaus in der ganzen Stadt haben. Dabei werden die Beilagen oft übersehen. Die Bratkartoffeln zum Beispiel sind göttlich. Ich meine es ernst, versuche nicht mal, meine anzufassen, sonst steche ich mit der Gabel nach dir.«

»Ich werde versuchen, mich zurückzuhalten«, entgegnete Charlemagne trocken.

»Also steht unsere Verabredung?«

»Wie bitte?«

»Unsere Verabredung. Bist du vielleicht ein bisschen dämlich? Du hast doch gerade versprochen, mein Essen nicht anzurühren, was nahelegt, dass wir eine Verabredung haben, und du hast Glück. Ich habe noch nichts vor, also treffen wir uns morgen Abend im Lion's Pride Steakhouse. Und zieh dir was Hübsches an.« Sie tätschelte seine Wange und sprang dann vom Schreibtisch. »Ist dir siebzehn Uhr zu früh? Ich habe gehört, morgen soll es ein besonders sonniger Tag werden.«

»Siebzehn Uhr hört sich gut an.«

»Also, bis dann.« Sie warf ihm einen Kuss zu und stolzierte zur Tür, doch kurz darauf schrie sie auf, als sie spürte, wie ihr jemand einen Klaps auf den Hintern gab. »Süßer!«, kreischte sie, erstaunt darüber, wie schnell er sich bewegte.

»Was ist denn, *chaton?*«

Seine Stimme schien von weiter weg zu kommen, und als sie herumwirbelte, um nachzusehen, saß er noch immer auf seinem Stuhl. Er befand sich nicht mal in der Nähe ihres Hinterns. Sehr gruselig.

»Hast du mir einen Klaps gegeben?«

»Hättest du das gern?«, lautete seine Gegenfrage.

Ja. Sie spürte das Drängen der Löwin unter ihrer Haut, das Wedeln ihres geisterhaften Schwanzes, und alles in ihr drängte sie, ihren Instinkten zu folgen. Und diese Instinkte wollten sich auf ihn stürzen. Aber dann würde er gewinnen und das Spiel wäre vorbei. Wo war der Spaß dabei? Sie spielte gern.

»So leicht werde ich es dir nicht machen. Wenn du das willst«, sie zeigte an ihrem Körper entlang, »dann wirst du schon etwas dafür tun müssen. Du weißt doch, dass ich dich gebeten habe, dir etwas Hübsches anzuziehen. Ich möchte, dass du gut aussiehst, falls eine meiner Freundinnen dort ist.« *Wem versuche ich da eigentlich etwas vorzumachen? Sie werden alle da sein, weil ich jede Einzelne anrufen und ihr sagen werde, sie solle ins Restaurant gehen.* »Und komm nicht zu spät, sonst fange ich schon mal ohne dich an«, fügte sie frech hinzu.

»Ich habe kein Problem damit, dass du schon mal ohne mich anfängst. Dann bist du wenigstens bereit, wenn ich komme. Und zieh morgen ein Kleid an«, lautete seine Antwort, als die Tür hinter ihr ins Schloss fiel.

Oh, und wie sie ein Kleid tragen würde, und zwar ohne Unterwäsche. *Wollen wir doch mal sehen, wer morgen Abend wen anfleht.*

Miau!

Kapitel Drei

EINE VERABREDUNG. GASTON HATTE EINE VERDAMMTE Verabredung. Wie zum Teufel war das passiert?

Als Arik sich mit der Bitte um ein Treffen mit ihm in Verbindung gesetzt hatte, hatte er ihn abgewiesen. Gaston hörte nicht auf Haustiere. Er verkehrte auch nicht mit ihnen, und doch begann er ja wohl anscheinend, diese spezielle Regel zu überdenken, seit ihm die mokkafarbene Schönheit mit der frechen Art nicht mehr aus dem Kopf ging. Wie konnten seine kurzen Begegnungen mit Reba eine so nachhaltige Wirkung bei ihm haben? Er wollte sie wiedersehen, und zwar sofort. Doch da sie in modernen Zeiten lebten, konnte er sie ja schlecht einfach von der Straße holen. Heutzutage nannte man das Entführung und gewaltsame Freiheitsberaubung. Früher galt das als Teil des Hofmachens.

Er hatte also mit Arik ausgehandelt, dass er ausschließlich mit Reba arbeiten würde. Er wollte nur mit ihr reden und unbedingt herausfinden, warum sie in seinen Träumen in letzter Zeit immer wieder eine so wesentliche Rolle spielte. Er hatte versucht, moderner zu sein und Blumen und Geschenke zu schicken. Sie hatte darauf nicht reagiert. Trotz seiner ganzen Bemühungen ignorierte sie ihn.

Sie ignoriert mich. Die Demütigung darüber schmerzte immer noch.

Und er konnte sie nicht wegen ihrer Unverfrorenheit in Ketten werfen oder ihr das Sahneschälchen – *ich würde ihr lieber meine Sahne geben* – wegnehmen, also verhandelte er mit dem Löwenkönig und nutzte ihre Treue zu ihrem Rudel dazu, sie zu ihm schicken zu lassen.

Er war davon überzeugt gewesen, er könnte mit ihr fertigwerden. Er war ein Mann mit gewandten Worten und coolen Erwiderungen. Und bei jedem außer ihr schien das auch so zu sein. Es mochte ihm gelungen sein, keine Geheimnisse auszuplaudern, aber irgendwie war er jetzt mit Reba verabredet. Reba mit den sexy Kurven. Reba mit den wilden Haaren, an denen er gern gezogen hätte. Reba mit dem frechen Grinsen und dem unverschämten Mund, der zum Saugen gemacht war.

Sofort hatte er einen Ständer.

Verdammt. Die Frau mochte zwar nicht mehr körperlich anwesend sein, aber sie war ihm trotzdem noch immer nahe, eine Ablenkung, die er sich schlecht leisten konnte. Nicht wenn die Ereignisse begannen, sich zu überschlagen.

Die Tür glitt auf und sein Stellvertreter Jean Francois trat ein.

»Wie ich sehe, ist die Straßendirne weg. Was wollte sie? Ist sie eine Spionin?«

»Sie ist nichts weiter als eine harmlose Streunerin. Nichts, worüber man sich Gedanken machen müsste. Nimmst du einen Drink mit mir?« Er neigte das leere Glas, bevor er aufstand, um es nachzufüllen.

»Wie wäre es, wenn ich dir statt eines Drinks eine Kugel in den Kopf verpasse? Was hast du dir nur dabei gedacht, dich mit einer der Katzen des Rudels zu treffen?

Ich dachte, wir hätten abgemacht, sie nach dem Vorfall in der U-Bahn zu meiden.«

»Selbst ich kann mich einem Befehl des Hohen Rates nicht entziehen.« Diejenigen, die das wagten, lebten nie lange genug, um es zu bereuen.

»Sie haben dir befohlen, mit den Löwen zusammenzuarbeiten, und nicht, dich privat mit der Löwin zu treffen, die du begehrst. Was, wenn sie zu ihrem König zurückkehrt und ihm erzählt, du hättest ihr Avancen gemacht?«

»Sie will, dass ich sie verführe. Sie will es nur nicht zugeben.«

»Du spielst mit dem Feuer.«

»Nein, ich spiele mit ihr, weil sie mir gefällt. Es ist schon lange her, dass ich mit einer Frau zusammen war.« Sehr lange. Und keine seiner Gespielinnen interessierte ihn über das körperliche Verlangen hinaus. Keine inspirierte ihn zu echter Hingabe.

»Wenn du geil bist, dann bestell dir doch ein Mädchen.« Das war der Vorschlag seines ach so praktisch denkenden Stellvertreters.

Aber *irgendein* Mädchen war eben nicht Reba, eine Frau, die seinen größten Türsteher mühelos ausgeschaltet hatte. Eine Frau, die sagte, was sie wollte. Sie war unglaublich faszinierend. Und gefährlich. So gefährlich für seine Gesundheit.

Wenn sie wüsste, was ich bin, würde sie mich wahrscheinlich töten.

Doch die Möglichkeit, getötet zu werden, verlieh dem Ganzen noch zusätzlichen Reiz.

Jemand schnalzte mit dem Finger vor seinem Gesicht. »Konzentriere dich. Was zum Teufel ist nur mit dir los? Wir können es uns nicht leisten, dass du dich von irgendeiner Schnalle ablenken lässt.«

Dafür hatten sie keine Zeit und trotzdem konnte er

nicht anders. Er zwang sich dazu, den Gedanken an sie zu verdrängen. »Sie ist eben interessant.« Mehr nicht. Er konnte nicht zulassen, dass sie ihm zu nahekam, nicht, bevor er bestimmte Sachen abgeschlossen hatte. »Ihr Alpha hat sie geschickt, um Informationen zu beschaffen.«

»Und hat sie welche bekommen?«

Gaston verdrehte die Augen. »Was glaubst du wohl?«

»Ich glaube, dass du es kaum erwarten kannst, sie wiederzusehen, und zwar schon, seit du sie zum ersten Mal getroffen hast. Und heute Abend hast du es bewiesen, indem du ihr praktisch die Nase unter den Rock gesteckt hast, kaum dass sie hier war.«

Aber das war nicht ganz seine Schuld. Denn dieser Rock hatte kaum ihren wunderbaren Hintern bedeckt, und es half auch nicht, dass er wusste, dass sie nichts von Unterwäsche hielt. Wie leicht wäre es gewesen, seine Hand unter diesen Rock wandern zu lassen und ihre samtigen Falten zu streicheln.

»Jetzt wach verdammt noch mal aus deinen Tagträumen auf«, fuhr JF ihn an. »Wir müssen uns über ein paar wichtige Dinge unterhalten, und das können wir nicht, solange du den Mond anheulst.«

»Ich heule den Mond nicht an.« Obwohl er wahrscheinlich heute zum ersten Mal seit Langem wieder masturbieren würde.

»Wie auch immer. Jedenfalls bin ich gekommen, um dir zu erzählen, dass wir einen weiteren dieser Kanister beim Lüftungsschacht auf dem Dach gefunden haben. Wir haben ihn unschädlich gemacht, bevor der Inhalt in das Lüftungssystem geraten konnte.« Ein weiterer Versuch, *Surrexerunt Ludere* einzuschleusen, ein ausgefallener Name für den Orgien-Staub, den jemand immer wieder auf seine Gäste abzuwerfen versuchte. Eher ein Ärgernis als eine Bedrohung. Es diente als Botschaft, dass sein Feind ihn bemerkt hatte. Das wurde auch Zeit. Dies war die achte Stadt, in der er sich seit seiner Ankunft aus dem Ausland niedergelassen hatte. »Wie kann es sein, dass die Kanister angebracht werden, ohne dass wir etwas davon mitbekommen?« Sie hatten bisher nie jemanden dabei erwischt, wie er sie trug und anbrachte. Bevor sie auftauchten, wurde das Bild der Kameras in der Nähe der Lüftungsschächte plötzlich immer unscharf.

»Ich weiß auch nicht genau wie, auf jeden Fall beeinflusst es das Signal der Kameras.«

»Es scheint unser Feind gewesen zu sein.«

JF zuckte mit den Achseln. »Vielleicht, oder einer der verdammten Mutierten hat irgendwem Instruktionen und die Sachen hinterlassen, bevor er starb, und derjenige bringt jetzt den Job zu Ende.«

»Wirklich schade, dass ich sie nicht noch einmal töten kann«, murmelte er. Gaston zeigte keine Gnade gegenüber denjenigen, die ihn betrogen hatten. »Sie waren schwach und haben zugelassen, dass ihre niederen Instinkte ihr Denken beeinflussten.« Ein typisches Problem der Whampyre.

»Sie mochten vielleicht leicht zu beeinflussen gewesen sein, doch nun, da sie verschwunden sind, haben wir nicht genügend Soldaten.« Und sie hatten auch keine Möglichkeit, einfach neue zu machen. Man benötigte verschiedene besondere Bedingungen, um einen Whampyr zu erschaffen. Ja, zu erschaffen, und Gaston ärgerte sich noch immer über die Tatsache, dass er so viele davon in einer Meuterei verloren hatte, die nie hätte stattfinden dürfen. Normalerweise waren die Soldaten ihrem Meister treu ergeben.

Aber irgendetwas ist falsch gelaufen. Irgendetwas hatte ihren grundsätzlichen Wunsch, zu dienen, beeinträchtigt. Er hatte noch nicht herausgefunden was, obwohl er einen Verdacht hatte. Bis er sich ihrer Loyalität wieder sicher sein konnte, könnte es wieder passieren. Und er hoffte, dass das nicht der Fall sein würde. Er mochte JF und er würde es hassen, ihn töten zu müssen. Das würde er aber. Gaston war nicht gerade sentimental, wenn es um sein eigenes Wohlergehen ging.

»Wenn du dann damit fertig bist, mich zu rügen, gibt es noch etwas, das du sagen möchtest?«, wollte Gaston wissen. Er ermutigte JF dazu, ehrlich zu sein, auch wenn es ihm nicht immer gefiel.

»Hör auf, dich wegen des Mädchens verrückt zu machen.«

»Das kann ich nicht.« Besonders weil er in weniger als vierundzwanzig Stunden eine Verabredung mit ihr hatte.

Ich gehe nicht hin. Allerdings hielt er sich nicht an diesen Beschluss.

Am Ende erinnerte er sich jedoch nur noch daran, dass die Stunden verstrichen und er am nächsten Tag drei Minuten zu früh im Restaurant erschien, tadellos gekleidet, und sich selbst als Idioten bezeichnete, weil er hingegangen war. Er bedauerte es in dem Moment, als er das Restaurant betrat.

Zunächst erkannte ihn die Kellnerin, die ihn begrüßte, wieder. Sie machte große Augen. »Unglaublich, Sie sind tatsächlich gekommen. Sie hat nicht gelogen.« Die Kellnerin kicherte. »Warten Sie, bis die Mädchen Sie sehen.« Und dann begann sie zu grinsen. Sie grinste die ganze Zeit über, während sie ihn persönlich an seinen Tisch führte, seinen Tisch mit den zwei Stühlen in der Mitte des großen Restaurants, in dem hauptsächlich Gestaltwandler und Menschen, die über sie Bescheid wussten, speisten. Und nein, er hatte nichts so Primitives getan, wie die Luft zu schnuppern, um das zu entziffern. Jeder konnte es allein am Aussehen erkennen. Das Aussehen eines Tieres, das kaum in seiner zivilisierten Haut gehalten wird.

Es erstaunte ihn immer wieder, dass die Menschen die wilden Tiere in ihrer Mitte nie bemerkten. Andererseits hatten weder Mensch noch Wandler Gaston jemals als das erkannt, was er war, bis es zu spät war.

Die Gäste des Restaurants starrten ihn an, ohne sich auch nur den Anschein zu geben, ihre Neugier zu verbergen. Er ignorierte sie, weil es ihm wirklich scheißegal war. Er saß da und spielte Strichmännchen-Golf auf seinem Telefon, bis sich jemand ihm gegenüber hinsetzte. Er blickte kurz auf, stellte fest, dass es nicht Reba war, und kehrte zu seinem Spiel zurück.

Sein Gegenüber räusperte sich.

Abschlag. Sein Pixelball verfehlte.

»Ich habe mich geräuspert«, sagte eine Stimme und räusperte sich erneut.

Warum verstanden die Leute den Wink mit dem Zaunpfahl nie und ließen ihn allein? Er hob den Blick. »Kann ich dir helfen? Dir vielleicht ein Halsbonbon oder eine etwas langfristigere Lösung anbieten, die darauf hinausläuft, dass ich dir den Kopf abschlage?«

Die Rothaarige trug ihr Haar mit Spangen aus dem Gesicht und ihre Augen waren mit schwarzem Eyeliner umrandet. Sie sah ihn an. Sie blieb von seiner Drohung völlig ungerührt. »Du kannst es ja mal versuchen.«

»Dazu müsste ich mehr Energie aufbringen, als du wert bist.« Er wandte sich wieder seinem Spiel zu und stellte befriedigt fest, dass sich sein Interesse an Katzen bis jetzt auf Reba beschränkte. Diese Frau und alle anderen im Raum taten nichts, um seine Aufmerksamkeit oder einen anderen Teil seines Körpers zu wecken.

»Dann bist du also dieser Typ.«

»Und was für ein Typ soll das sein?«

»Der Typ mit dem Nachtklub.«

»Ja.« Er widmete sich wieder dem Golf.

»Wir haben uns schon kennengelernt. Neulich, als wir die Monster verfolgt haben, die Luna gefangen gehalten haben, und in der U-Bahn.«

»Kann schon sein. Ich erinnere mich nicht daran.« Er kannte sie allerdings aus seinen Akten – Stacey, die Veranstaltungskoordinatorin des Rudels –, egal ob Hochzeit, Geburtstag, Jubiläum oder Guerilla-Angriff, sie sorgte dafür, dass alles reibungslos ablief.

»Warum bist du hier?«, fragte sie und war nerviger als eine Fliege.

»Es handelt sich hier doch um ein Restaurant, korrekt?«

Sie nickte.

»Dann sollte man wohl annehmen, dass ich hier bin, um etwas zu essen.« Die Gerüche, die von den anderen Tischen und von der Küche zu ihm strömten, verrieten ein gewisses Maß an Kompetenz.

»Isst du hier ganz alleine?«, wollte sie wissen.

Ihre Frage störte ihn. »Ich warte auf meine Begleitung.«

»Du meinst eine Verabredung? Hier?« Sie blinzelte und drehte den Kopf. Sie sagte kein Wort und trotzdem kam eine weitere Frau dazu und zog sich lautstark einen Stuhl an seinen Tisch. »Er wartet auf seine Verabredung«, informierte sie die andere Frau.

»Ausgerechnet hier?« Sie starrten ihn beide an.

Da sie ihn langweilten, spielte er einfach weiter Golf.

»Er isst tatsächlich? Sollte er nicht eher trinken?«, fragte die Blondine mit dem kurzen Haar. Joan, die Leichtathletiklehrerin des Rudels. Wenn man den Gerüchten Glauben schenken durfte, führte sie ein ziemlich hartes Training durch.

»Ich wette, er steht auf dieses Tartan-Fleisch.«

»Ich glaube, du meinst Tatar.« Er konnte nicht umhin, den Fehler zu korrigieren, und er machte den Fehler, den Blick zu heben, und stellte fest, dass sie ihn anstarrten, jetzt drei Katzen, da eine weitere Frau sich zu ihnen gesellt und sich auf den Schoß der ersten Frau gesetzt hatte.

Diese unverfrorene Musterung hinderte ihn nicht daran, zu seinem Spiel zurückzukehren, aber er vermasselte seinen Schlag.

»Also, bist du ein Vampir?«, fragte eine von ihnen mutig.

Sie waren anscheinend immer noch von dem Gedanken besessen. Er seufzte und wandte sich an die immer mehr werdenden Löwinnen, die an seinem Tisch saßen, insgesamt waren es mittlerweile vier. »Nein, ich bin kein Vampir und die Dame, die die Jalousien öffnet und das Sonnenlicht hereinlässt, belästigt nur diejenigen, die geblendet werden. Ich besitze ein Haus am Strand in Punta Cana, wo ich mich sonnen kann. Ich schwimme auch tagsüber im Meer. Ist diese Antwort ausreichend?«

Eine fünfte Frau schloss sich den anderen an seinem Tisch an und fragte: »Hast du beim Schwimmen eine Badehose an oder bist du nackt?«

»Das wirst du sehen, wenn ich die Fotos unseres Urlaubs auf Snapchat poste.« Als Reba zu ihnen kam, wendeten sich alle Blicke von ihm ab und in Richtung Reba – die in ihrem hellblauen Kleid zum Anbeißen aussah. Die Knöpfe vorne bettelten darum, dass man sie aufmachte, außer dass es ein bisschen zu viel Publikum gab.

»Du bist seine Verabredung?«, fragte die Rothaarige.

»Ich dachte, du hättest kein Interesse.«

»Habe ich auch nicht.«

»Kann ich ihn dann haben? Ich finde ihn interessant.« Und sie zog ihn mit dem Blick ihrer grünen Augen aus.

»Nein, du kannst ihn nicht haben. Im Moment gehört er mir.« Reba warf den Kopf zurück und die elegante Bewegung legte den Blick auf die baumelnden Creolen frei, die sie in den Ohren trug. »Und er hat mich gebeten, mit ihm auszugehen, also seid bitte irgendwo anders eifersüchtig. Weg mit euch.« Reba machte eine Handbewegung, um sie zu verscheuchen, und plötzlich fand sich Gaston ohne ungebetene Gäste und sicherlich auch mit einem verwirrten Gesichtsausdruck wieder, denn sie hatte ihn als den *Ihren* bezeichnet.

»Du hast dich verspätet«, stellte er fest. Er war ein Mann, dem Pünktlichkeit gefiel.

»Aber ich bin hier. Gern geschehen.«

»Und du warst doch diejenige, die den Ort gewählt und die Zeit festgelegt hat.«

»Ich weiß. Und du bist gekommen.« Sie lächelte ihn an, das scharfzahnige Grinsen eines heranschleichenden Raubtiers. »Und toll siehst du aus, Süßer.«

Wie konnte sie das wissen, wo doch der größte Teil seiner Kleidung unter dem Tisch versteckt war? Dann fiel ihm ein, dass er immer noch saß. Wie äußerst unhöflich für einen Mann, der mit altmodischen Werten aufgewachsen ist. Er sprang auf und da er gute Manieren hatte, zog er Reba den Stuhl heraus, der seinem gegenüber war. »Setzt du dich nicht zu mir?«

Sie sah tatsächlich überrascht aus, und war er es, oder hörte er tatsächlich mehr als eine Stimme sagen »Oooooh«? Er hörte auch ein Klatschen und wie jemand zischte: »Warum machst du so was nie für mich?«

Reba setzte sich und er ging wieder zu seinem Platz zurück. Er wartete, bis der Kellner erschien und ihr Glas mit Wein füllte, bevor er mit ihr anstieß. »Trinken wir darauf, dass wir uns besser kennenlernen.«

»Mit Kleidern. Und«, Augenzwinkern, »ohne.«

Anscheinend wurde ihr Gespräch belauscht, denn jemand rief: »Vergiss nicht nachzusehen, ob er einen Schwanz hat, wenn du ihn dazu gebracht hast, sich auszuziehen.«

Er spuckte seinen Wein zwar nicht wieder aus, aber viel hätte nicht gefehlt. »Einen Schwanz?«

Sie winkte lässig mit der Hand ab. »Es gibt einige Wetten, dass du der Teufel bist. Aber ich habe deinen Hintern gesehen. Er ist viel zu hübsch, als dass sich dort ein Schwanz versteckt.«

»Dann sollte ich dir wohl danken.«

»Du kannst dich später bei mir bedanken, wenn ich ihn angefasst habe, um sicherzugehen.«

Daraufhin musste er einen großen Schluck nehmen. Seine Verabredung schien es darauf anzulegen, ihn aus dem Gleichgewicht zu bringen. »Ich dachte schon, du würdest nicht kommen«, bemerkte er, nachdem er den guten Jahrgang geschluckt hatte. Seine Nachforschungen hatten ergeben, dass Löwinnen, besonders die, die in einem starken Rudel aufgewachsen waren, gern Spielchen spielten. Besonders Machtspiele. Das konnte man auch daran erkennen, dass sie am Abend zuvor einfach so aufgetaucht war und ihn unvorbereitet erwischt hatte.

Es hatte funktioniert.

Und selbst jetzt tanzte er noch nach ihrer Pfeife. Es war ein ziemlich demütigendes Gefühl, besonders für einen erfahrenen Mann, so von einer Frau aus der Bahn geworfen zu werden.

»Ich nicht kommen? Ich komme immer.« Sie lächelte und lehnte sich nach vorne, der Ausschnitt ihres Kleides klaffte weit auf und gab den Blick auf ihre Brüste frei, die wieder einmal nicht durch die moderne Version eines Büstenhalters eingeschränkt wurden. Schreckliche Dinger, die die Brüste gefangen hielten. *Die einzigen Dinge, von denen ihre Brüste gehalten werden sollten, sind meine Hände. Und vielleicht mein Mund.* Und er hatte auch ein ausgesprochen intensives Bedürfnis, seinen Schwanz zwischen sie zu schieben.

Allein bei dem Gedanken wäre ihm fast das Wasser im Mund zusammengelaufen und er hätte gesabbert – wäre er ein Tier gewesen. Gaston nahm einen weiteren Schluck Wein. Wenn er so weitermachte, würde er mehrere Flaschen benötigen. »Ist das deine schüchterne Art, mich darum zu bitten, es dir zu besorgen? Wir befinden uns hier in der Öffentlichkeit, aber es ist natürlich deine Entscheidung.«

»Wenn ich dich darum bitte, wirst du es wissen. Aber das werde ich nicht. Schließlich bin ich keine Schlampe, die sich einem Mann an den Hals wirft.«

»Das ist eine Schande.« Und das war es wirklich, denn er hätte sie hinterher auf jeden Fall trotzdem respektiert und ihr sogar das Taxi nach Hause bezahlt.

»Ja, es ist wirklich eine Schande. Ich muss zugeben, ich bin enttäuscht. Ich dachte, du wärst ein Mann der Tat. Jemand, der die Führung übernimmt.«

»Es geht sehr wohl darum, die Führung zu übernehmen, indem ich dich dazu bringe, mich darum zu bitten, es dir zu besorgen.« Er sah sie mit intensivem Blick an. »Und du wirst mich bitten.« Denn er würde auf keinen Fall flehen.

»Das ist ziemlich unwahrscheinlich, und nur um sicherzugehen, habe ich schon mal vorgesorgt und mich um mich selbst gekümmert, bevor ich hergekommen bin.«

Bei ihrer Enthüllung tauchte sofort vor seinem geistigen Auge ein Bild von ihr mit ihren Händen zwischen ihren Oberschenkeln auf, wie sie sich eifrig streichelte, ihre Lippen leicht geöffnet, ihre Haut gerötet ... Er konnte eine sofortige Erektion nicht verhindern. Und sie wusste es auch, die kleine Höllenkatze.

Sie verzog die Lippen zu einem Lächeln. »Vielleicht schicke ich dir das nächste Mal eine Nachricht auf Snapchat, wenn ich es tue.«

Er hätte fast laut Ja geschrien. Doch dann erinnerte er sich daran, dass er ein Mann war. »Wenn ich einen Porno sehen möchte, finde ich den im Internet. Ich bin ein Mann, der die Begegnung mit einer echten Frau vorzieht. Und solche Begegnungen gibt es zuhauf.« Er blickte absichtlich zu der Rothaarigen hinüber und als sie ihn anlächelte, zwinkerte er ihr zu.

Er war überrascht, als er feststellen musste, dass sie ihm ihren Wein ins Gesicht geschüttet hatte.

»Ups. Da ist mir wohl die Hand ausgerutscht. Warte, ich besorge dir was zum Abwischen.« Reba schnippte mit den Fingern und der Kellner kam mit einem Handtuch an und versuchte, nicht zu grinsen.

Er stand auf. »Mach dir keine Umstände. Ich kümmere mich schon darum.« Gaston schnippte ebenfalls mit den Fingern und schon verlief die Flüssigkeit auf seiner Haut und flog zurück in das Glas, aus dem sie gekommen war. Als Reba ihn ungläubig anstarrte, beugte Gaston sich zu ihr hinab und flüsterte: »Eifersucht steht dir. Ruf mich an, wenn du bereit bist, mich zu bitten.« Dann richtete er sich auf und zeigte auf sein Telefon. »Bitte entschuldige, die Arbeit ruft. Du kannst essen, was du möchtest. Ich habe bereits für dich bezahlt, und auch für all meine neuen Freundinnen.«

Mit einem Augenzwinkern vollführte er seinen zweiten Trick an diesem Abend. In der einen Minute stand er dort vor aller Augen und in der nächsten verschwand er, ein einfacher Trick des Lichts, den er schon seit langer Zeit beherrschte. Doch das täuschte Reba nicht.

»Netter Versuch, Süßer. Ich weiß, dass du noch da bist. Ich rieche Schokolade.«

Er roch nach Schokolade? Wie ausgesprochen merkwürdig. Das war etwas, über das er später nachdenken würde. Er gab Reba einen sanften Kuss auf den Hals und spürte, wie sie erschauderte. Er hätte gern mehr getan, hielt sich jedoch zurück und flüsterte stattdessen: »Bis zum nächsten Mal, *chaton*.« Und bevor er es sich anders überlegen konnte, verließ er den Laden, während überall um ihn herum Leute riefen: »Wie hat er das gemacht?«

Die viel interessantere Frage war jedoch, wie hatte sie das gemacht? Wie war es ihr gelungen, ihn so lange zu bearbeiten, dass er am liebsten auf die Knie gefallen und sie angefleht hätte? Er war lieber gegangen, anstatt aufzugeben und sie zu verführen.

Komisch, dass das schmerzhafte Pochen zwischen seinen Beinen sich überhaupt nicht so anfühlte, als hätte er gewonnen.

Kapitel Vier

M‍IT EINEM T‍RICK IM V‍ERSCHWINDEN, AUF DEN EIN Zauberer in Las Vegas hätte neidisch sein können, verließ Charlemagne das Restaurant und ließ Reba mit feuchtem Höschen und einer aufgeregten Gruppe von Freundinnen zurück.

Stacey kam als Erste an ihren Tisch und sagte: »Heilige Scheiße, was zum Teufel war das denn?«

So ziemlich das Erregendste, was sie jemals gesehen hatte.

»Bitte sag mir, dass der Körper, der in diesem Anzug steckt, genauso heiß ist wie der Rest«, rief Joan, die Fitness-Fanatikerin der Gruppe.

Wohl eher noch heißer.

»Da will wohl jemand nicht mit der Sprache rausrücken«, sang Melly.

Die Gruppe um sie herum wuchs, als die Mädchen alle versuchten, ihrem kurzen Treffen mit Charlemagne einen Sinn beizumessen. Kurz war sie gewesen, und doch hatte sie noch nie eine so intensive Verabredung erlebt. Der Mann war gegangen und sie konnte nicht genug von ihm bekommen, und trotz ihrer Behauptung wusste Reba bereits, dass ihr batteriebetriebener Freund heute Abend nicht ausreichen würde. Gaston hatte sie voller Verlangen zurückgelassen. Feucht. Und so voller Begierde, dass es wehtat.

Ein Teil von ihr wollte ihn jagen, sich auf ihn stürzen und etwas gegen das Feuer tun, das er gelegt hatte.

Er könnte damit beginnen, die Hitze mit seiner Zunge zu löschen. Aber dann würde sie das Spiel verlieren, das gerade erst begonnen hatte. Sie musste das Tempo drosseln, wenn sie gewinnen wollte. Sie brauchte auch einen Weg, ihr Verlangen zu kühlen. Ein Bad im Fluss würde ihr Haar ruinieren, aber ein Ausflug zu einem Tatort wäre vielleicht genau das Richtige.

»Wir müssen zum Friedhof.« Lunas Ankunft und ihre Aufforderung sorgten dafür, dass die Aufregung über den kurzen Auftritt des Besitzers der *Rainforest Menagerie* schnell erstarb.

»Und warum müssen wir zum Friedhof?«, fragte Reba. Und was noch viel wichtiger war, trug sie die passende Kleidung?

»Wir müssen nachsehen, was los ist, wir haben nämlich einen Anruf bekommen, dass dort merkwürdige Dinge vorgehen.«

Ihr hauseigener Computerfreak Melly, die sich keine *Walking Dead*-Folge entgehen ließ, sprang auf und klatschte aufgeregt in die Hände. »OHMEINGOTTDIE-ZOMBIEAPOKALYPSEISTHIER. Ich bin bereit für dich, Daryl.« Sie verließ das Restaurant praktisch im Laufschritt, wobei sie vor Aufregung kreischte, wahrscheinlich, um sich ihre Ausrüstung zur Bekämpfung von Zombies anzuziehen.

Der Rest der Löwinnen zuckte nur mit den Schultern und schloss die Reihen. »Was ist auf dem Friedhof los?«

»Jemand hat dort Räuber gespielt. Es gibt einige leere Gräber. Drei an der Zahl und zwei weitere verschwundene Leichen, die für das Krematorium vorgesehen waren.«

»Verschwundene Leichen?« Stacey grinste und sah sich in der Runde um. »Ihr wisst ja, was das bedeutet.«

»Das hört sich nach einer Mission an für die –«

»Schlimmsten Schlampen!« Bei dem Schrei hielten sie ihre Hände über die Mitte des Tisches gestreckt, und sie schlugen darauf ein, manche Schläge absichtlich schmerzhaft. Willkommen im Klub der Löwinnen, wo man sich nahestand, auch wenn man sich gegenseitig wehtat, und sie fanden nichts dabei, sich in ein paar Fahrzeuge zu stürzen und nach Einbruch der Dunkelheit die Heimat der Toten zu besuchen. Sie bewahrten sogar solche Dinge wie Taschenlampen und Seile und dunkle Masken im Kofferraum auf. Das machte Polizeikontrollen, bei denen der Wagen durchsucht wurde, ziemlich interessant, um es mal gelinde auszudrücken.

Sie waren vorbereitet, was bedeutete, dass einige der Mädchen den Friedhof mit Schaufeln auf den Schultern betraten. Schließlich konnte man nie wissen, ob man ein paar Zombieschädel einschlagen oder ein paar Leichen vergraben musste. Die besten Freunde stellten nie Fragen; sie gruben einfach das Loch.

Nachdem sie viele Tests mit Melonen durchgeführt hatte – und damit meinte sie Schädel, nicht Kürbisse –, hatte Reba herausgefunden, dass der Baseballschläger ihre effektivste Waffe im Kampf gegen die Untoten war. Der Schläger war aus leichtem Aluminium gefertigt, der Griff war in leuchtend rosa Hockeyband eingewickelt und der Schläger selbst war mit Strass verziert – denn ein Mädchen kann nie zu viel Glitter in ihrem Leben haben –, es gefiel ihr, dass das Ding sie nie im Stich ließ, ihre teure Maniküre schonte und zu fast all ihren Outfits passte, wie zum

Beispiel zu ihrer jetzigen Trainingshose, ihrem T-Shirt und ihrem Kapuzenpulli. Sie hatte das Abendkleid ausgezogen, da das Fehlen von Unterwäsche nicht gerade dabei half, auf dem Friedhof herumzulaufen. Gut, dass sie auch die Stöckelschuhe, die sie zum Abendessen getragen hatte, gewechselt hatte. Rebas flache Tennisschuhe sanken nicht in den weichen Boden, und selbst wenn sie schmutzig wurden, würde sie nicht weinen, weil sie keine Monatsmiete kosteten.

Reba hielt mit Luna Schritt und fragte ihre beste Freundin nach weiteren Informationen über die Situation aus. Auf der Fahrt hierher hatten sie das Radio laut aufgedreht und Karaoke gesungen, was es schwierig gemacht hatte, Einzelheiten zu erfahren. »Und was ist die Theorie der Polizei bezüglich der fehlenden Leichen?«

»Die Polizei weiß es noch gar nicht und wir werden es im Moment auch noch für uns behalten«, erklärte Luna.

»Es könnte sich als schwierig erweisen zu verheimlichen, dass Leichen fehlen.« Die Angehörigen regten sich normalerweise über solche Dinge auf. Und nein, sie würde jetzt nicht erzählen, woher sie das wusste. Denn in dem Vergleich, den sie geschlossen hatten, gab es auch eine Anordnung zur Geheimhaltung.

»Es ist nämlich so, dass niemand es je erfahren muss, denn derjenige, der die Leichen gestohlen hat, hat die Särge zurückgelassen und sie wurden leer vergraben.«

Reba hielt an und Luna ebenfalls, und sie ließen die anderen vorgehen. »Und woher weiß man dann, dass Leichen fehlen?«

»Durch Zufall. Anscheinend entschied sich ein Typ, dessen Freundin bei einem seltsamen Unfall ums Leben gekommen war, noch ein letztes Mal Abschied zu nehmen, und brach am Abend vor der Beerdigung in das Bestattungsinstitut ein. Er ist dann durchgedreht, weil ihr Sarg leer war und er dachte, sie wäre ein Zombie und würde nach ihm suchen, um sein Gehirn zu fressen.«

»Und war dem so?«

Luna zuckte mit den Achseln. »Keine Ahnung. Man hat sie noch nicht gefunden und ihm hat man ein Beruhigungsmittel gegeben, um ihn ruhigzustellen, und ihn für siebzig Stunden unter Beobachtung gestellt.«

»Das ist also eine der fehlenden Leichen. Was ist mit den anderen?«

»Der Direktor des Bestattungsinstituts wurde daraufhin ein wenig misstrauisch und begann, sich die Sache mal genauer anzusehen. Und tatsächlich fehlt auch eine weitere Leiche, die gestern hätte eingeäschert werden sollen. Also haben wir angefangen zu graben.«

»Wer ist wir?«

»Ich und Bernie.«

»Und wer ist Bernie?«

»Der Typ, der hier arbeitet. Jedenfalls hat Bernie mich angerufen, da ich die Anlaufstelle für alle merkwürdigen Dinge bin, die in der Stadt vor sich gehen –«

»Seit wann?«

»Schon immer, genau wie du diejenige bist, die wir anrufen, wenn wir Informationen benötigen.«

»Und wie kommt es dann, dass man mich nicht eine Anlaufstelle nennt?«

»Wir nennen dich die Antwortenchefin.«

»Mir gefällt Anlaufstelle besser.«

Luna warf ihr einen bösen Blick zu.

Reba lächelte.

»So langsam verstehe ich Jeoffs Standpunkt. Es ist wirklich nicht leicht, mit uns zu arbeiten.«

»Es ist völlig unmöglich.«

Jetzt musste auch Luna lächeln. »Kein Wunder, dass wir so fantastisch sind.«

Allerdings. So fantastisch, dass sie auf dem Friedhof Nachforschungen anstellten, bevor die Polizei etwas davon mitbekam, was das Bestattungsunternehmen gern vermeiden wollte. Fehlende Leichen bedeuteten ausbleibende Aufträge und waren insgesamt keine guten Neuigkeiten.

»Worauf sollen wir achten?«, fragte Luna, als die Löwinnen verschiedene Pfade einschlugen und sich aufteilten, um ein größeres Gebiet absuchen zu können.

»Alles und nichts. Wir lassen die anderen Mädchen über das Gelände gehen und sie sollen sich die frischeren Gräber ansehen. Wir beide gehen zum Bestattungsinstitut und versuchen herauszufinden, wer die Leichen mitgenommen hat.«

Außer, dass sie sich Stunden später, in der Morgendämmerung, schmutzig – denn selbst in Leichenhallen lauerten Staubmäuse – und verschwitzt – denn der verdammte Brennofenraum war heiß – und mit leeren Händen – denn Luna wollte sie den Amputierten, den sie im Kühlschrank gefunden hatte, nicht behalten lassen – geschlagen geben mussten. Obwohl sie jeden Zentimeter durchsucht hatten, fanden sie keinerlei Beweise. Nicht einmal eine Fährte. Nichts blieb als Hinweis zurück. Es war zu sauber.

Was für sich genommen nur eines bedeuten konnte, was Reba anging. Sie wusste nur von einer Gruppe von Wesen, die keinen Geruch hinterließen. Zum Glück wohnte der Chef dieser Wesen nicht weit weg und er schuldete ihr noch eine Verabredung zum Essen.

Sieht aus, als würde er heute zu Hause essen.

Miau.

Kapitel Fünf

NACH SEINEM ABSCHIED VON REBA GING GASTON DIREKT ZU SEINER VERABREDUNG. Er hatte tatsächlich nicht gelogen, dass er geschäftlich zu tun hatte. Die SMS war gerade noch rechtzeitig gekommen, bevor er eine Dummheit begehen konnte, wie etwa Reba zu verführen, wie sie es verlangte.

Als würde ich mich von einer x-beliebigen Frau herumkommandieren lassen. Allein die Lächerlichkeit dieses Gedankens machte ihn unerschütterlich in seinem Entschluss – und versetzte ihn in einen Adrenalinrausch. Ein Teil von ihm verstand, dass sie beide ein Machtspiel spielten, und nur einer von ihnen konnte gewinnen. *Einer von uns wird nachgeben müssen.* Wäre das so schlimm? Am Ende spielte es keine Rolle, wer gewann oder verlor, denn es würde ihnen beiden große Lust bereiten.

Dekadente, heiße und nackte Lust ...

Dieser Gedanke stellte seine Geduld auf eine harte Zerreißprobe, aber er hatte die Reife seiner Jahre auf seiner Seite. Es hatte keinen Sinn, die Dinge zu überstürzen.

Wenn man sich anfangs etwas zurückhielt, hatte man am Ende genügend Kraft, um das Rennen abzuschließen. Die Vorfreude zu verlängern, indem man es hinauszögerte, würde den Sieg umso süßer machen.

Reba allein zurückzulassen war eine eigene Form des Vorspiels. Er hatte ihren Schock genossen, den er gefühlt hatte, als er verschwunden war, ihr Keuchen, als er sie berührte. Trotz seiner Tarnung hätte er schwören können, dass er spürte, wie sie ihn beim Weggehen beobachtete. Da er ein Mann war, hatte er sich nicht umgedreht, um zu sehen, ob das wirklich der Fall war.

Eine Sache überraschte ihn jedoch. Er hatte eigentlich erwartet, dass sie ihm nachlief. Reba war nicht die Art Frau, die tolerierte, dass ein Mann sie einfach stehen ließ.

Es sei denn, es war ihr egal.

Ganz sicher war er doch jetzt nicht enttäuscht, dass sie ihm nicht gefolgt war. Es war gut, dass sie das nicht getan hatte. Gaston wollte nicht, dass sie ihm folgte oder sich in seine Angelegenheiten einmischte. Besonders nicht, da seine letzten Nachrichten von JF darauf hindeuteten, dass es wahrscheinlich bald tödlich werden würde. Die kleinen Spiele, die sie bisher gespielt hatten, neigten sich dem Ende zu, zumindest nach dem kurzen und doch recht ernsten Text, den er erhalten hatte.

Gerüchten zufolge soll es in dieser Stadt wandelnde Tote geben. Und das konnte nur auf eine Sache hindeuten: Der Feind war hier, hatte ihn bemerkt und begann nun, gegen ihn aufzurüsten.

Gaston glitt ein paar Blocks vom Restaurant entfernt in seinen Wagen und betrat weniger als zwanzig Minuten später seinen Klub. Er traf sich mit JF im Büro im ersten Stock.

»Wo warst du?«, fragte sein Stellvertreter.

»Beim Abendessen.«

»Mit wem?« JF verschränkte seine kräftigen Arme vor der Brust. »Und vergiss nicht, du riechst nach Muschi.«

Und JF roch nach mongolischem Rindfleisch. Und da Gaston nichts gegessen hatte, machte ihn das hungrig. »Ich dachte, das sei etwas Gutes?«, bemerkte er mit anzüglichem Grinsen.

»Nicht wenn es für Ärger sorgt.«

»Es sorgt immer für Ärger.« Aber manchmal war es gerade das, was einem Mann gefiel. *Ich könnte ein bisschen Aufregung in meinem Leben gut gebrauchen.* »Wenn du es denn wirklich wissen musst, ich war zum Abendessen verabredet.«

»Mit ihr?«

»Ich würde sagen, das geht dich nichts an.«

»Alles, was etwas mit dir zu tun hat, geht mich etwas an. Besonders wenn du mit den Wildtieren vor Ort spielst. Was ist aus deinem Grundsatz geworden, nicht mit Haustieren zu vögeln?«

»Vielleicht habe ich diese Entscheidung vorschnell getroffen.« Vor langer Zeit waren diejenigen, die die Haut gegen das Fell tauschen konnten, eine Seltenheit und wurden normalerweise in Gefangenschaft gehalten. Das führte zu einigen sehr wilden Wandlern, Männern und Frauen, die nicht viel besser als Tiere waren.

Dann fing dieser Moreau an, Gott zu spielen, und es entstanden ganz neue Rassen. Klügere Kreaturen, die eines Tages ausbrachen. Am Anfang waren sie nur wenige und sie versteckten sich vor allen anderen. Sie blühten auf, ihre Zahl vervielfachte sich. Sie bildeten Rudel und Meuten und Trupps, die sich zusammenschlossen, um stärker zu werden. Sie hielten sich für gleichberechtigt.

Was für ein aberwitziger Gedanke. Aber nun, da er

einige Zeit mit den Wandlern verbracht hatte, musste er widerwillig zugeben, dass sie intelligenter und sympathischer waren, als er erwartet hatte.

So sympathisch, dass ich eine bestimmte Raubkatze unbedingt wiedersehen möchte.

»Sei vorsichtig. Du kannst ihnen nicht vertrauen. Du kannst keiner Frau vertrauen.«

Sein Stellvertreter hatte anscheinend so seine Probleme mit Verrat, sodass Gaston, anstatt die Tugenden der weiblichen Form zu erläutern, ihr Gespräch auf den wahren Grund ihres Treffens lenkte.

»Deine SMS besagte, dass es lebende Tote zu geben scheint. Was hast du gehört?« Er schenkte sich ein Getränk ein, während JF sich an den Tisch setzte und den großen Computerbildschirm so drehte, dass Gaston ihn sehen konnte.

JF zeigte mit einem seiner dicken Finger auf eines der vielen verschiedenen kleinen Fenster auf dem Bildschirm. »Einige der Berichte sind unvollständig. Wir sind noch nicht in alle Behörden der Stadt vorgedrungen, da wir dazu einfach nicht genügend Männer haben, aber ein paar unserer Informanten haben ganze Arbeit geleistet. Die Diebstähle bei den Bestattungsunternehmen haben angefangen.«

»Sag mir jetzt nicht, du hast zur Abwechslung mal gleich zu Anfang den richtigen Platz gefunden.« Den Feind zu lokalisieren, bevor er untertauchte, erwies sich als eine sehr schwierige Aufgabe. Alle Computer und Hacker auf der Welt bedeuteten nichts, wenn es keine Spuren zu finden gab.

Der Feind wusste sich zu verstecken.

Aber ich werde dich finden. Das tue ich immer, und dann werde ich dich erneut vernichten.

»Ich weiß nicht, ob wir wirklich früh dran sind. Zehn Jahre sind eine lange Zeit. Sicherlich gäbe es mehr Fortschritte, wenn dies die Basisstation wäre, und deshalb habe ich damit begonnen, die Außenbezirke zu durchsuchen.«

Eine Stadt, die nach dem Zufallsprinzip ausgewählt worden war, nachdem die letzte sich als Pleite erwiesen hatte. Immer wenn es klar wurde, dass es Zeit war weiterzuziehen, zeigte er mit dem Finger willkürlich auf eine Karte und sie zogen wieder mal um. Wie viele Orte waren es jetzt? Seine europäische Heimat schien jetzt so weit weg und fremd zu sein. Er hatte sie seit über einem Jahr nicht mehr besucht. Sein Aufenthalt in den Vereinigten Staaten hatte ihn verändert. Die Schnelligkeit und Lebendigkeit der Bevölkerung zogen ihn an. Aber immer mehr hatte er das Gefühl, nach etwas zu suchen, etwas, das nichts mit Rache zu tun hatte.

War es das, was ihn zu Reba hinzog, ihre sprühende Lebensfreude? Die Tatsache, dass sie das Leben voll auskostete?

Er klopfte mit den Fingern auf die Armlehne seines Sessels.

»Da du die Außenbezirke erwähnst, nehme ich an, du hast etwas gefunden.«

»Nur ein paar interessante Berichte. Zum Beispiel, dass aus den Leichenhallen Leichen verschwunden sind. Ein paar Fälle von Grabraub. Die Polizei hat noch nicht gemerkt, dass die einzelnen Vorfälle zusammenhängen.«

»Ich bin mir sicher, dass sie dazu ermutigt wurde wegzusehen.« Was die Taktik des Feindes anging, so änderten sich einige Punkte nie. »Irgendwelche Theorien, wo der Hauptunterschlupf sich befinden könnte?«

»Noch nicht. Die einzelnen Vorfälle weisen noch kein Muster auf. Wir suchen weiter.«

»Aber beeilt euch.« Denn nun, da der Feind Gastons Anwesenheit bemerkt hatte, würde es wirklich brenzlig werden. *Und ich habe keine ernst zu nehmende militärische Präsenz.* Der Verlust seiner Whampyr-Armee war ein schwerer Schlag, ebenso wie der Verlust seiner Hauskobolde. Aber wenn es hart auf hart kam, war Gaston seine eigene mächtigste Waffe.

Und da er das wusste, konnte er nachts so gut schlafen.

———

DER BLAUE HIMMEL VERDUNKELTE SICH, ALS DER Rauch das Land in einen Dunstschleier hüllte. Eine wabernde schwarze Wolke hatte noch nie etwas Gutes bedeutet. Er betrachtete sie als einen unheilvollen Vorboten des Untergangs. Egal wie schnell er sich bewegte, wie sehr er dort sein wollte, er kam an und fand nur noch eine schwelende Ruine vor.

Weg, alles weg. Alles, was er geliebt hatte. Alles, was er besaß. Die letzten Erinnerungen an seine Familie. Zu einem Klumpen verbrannt. Nicht genug, dass er verraten worden war, jetzt war er ohne Heimat und ohne Reichtümer. Die Wut über den Verlust ließ ihn in der Asche auf die Knie fallen, der feine Staub wurde aufgewirbelt und umhüllte ihn mit den Überresten seines Lebens. Die tief in der Asche vergrabenen Kohlen erwärmten seine Haut und versengten seine Kleidung. Wen kümmerte es, ob er auch verbrannte? Wie konnte er allein überleben?

Die innere Einsamkeit drohte ihn zu zerbrechen.

Ich habe überlebt. Ich habe diesen Tiefpunkt überwunden. Er hatte ihn überwunden, weil er sich selbst eine neue Bestimmung gegeben hatte. Einen Grund, jeden Morgen aufzustehen.

Rache.

Rache bedeutete, dass er nicht aufgab. Rache half, den Schmerz über den Verlust von allem zu lindern. Besonders den Verlust seiner Schwester. Doch manchmal zwangen ihn seine gespenstischen Träume, sich an die Vergangenheit zu erinnern. *Es ist nur ein Albtraum und ich kann kontrollieren, was passiert.*

Das Wissen ließ ihn an den schwelenden Ruinen vorbeiziehen, geisterhaft von der wirbelnden Asche wegschweben, nur um sich dann in eine andere Realität zu stürzen. Eine neuere und vertrautere.

Er stand am Eingang seines Klubs, tagsüber ein bunter Ort, nachts ein dekadenter Tanzsaal mit pulsierenden Klängen und Körpern. Er wurde es nicht müde, die helle Energie des Lebens in sich aufzunehmen. Als ein an den Tod gewöhnter Mann genoss er die Lebendigkeit der Menschen, die sich zusammenfanden und sich einfach entspannten und gehen ließen.

Diese lebendige Energie fehlte in seinen Träumen, denn die Tanzfläche war leer und es gab keine Gäste. Es herrschte Stille, die übliche hämmernde Musik fehlte. Schatten bedeckten den größten Teil des Raumes, verborgene Ecken und Winkel, die von den sich ständig bewegenden Stroboskoplampen in sporadischen Abständen beleuchtet wurden. Die verschiedenen edelsteinfarbenen Strahlen tanzten umher, jede Enthüllung war ein Moment des Atemanhaltens und Wartens auf etwas, das erscheinen würde.

Wird es Krallen haben? Zwei Köpfe? Wird es sabbern und knurrende Geräusche von sich geben? Er hatte alles gesehen. Nichts davon berührte ihn. Er hatte nie Angst.

Warum spannten sich dann seine Muskeln an? Er wusste, dass dies nicht echt war, und doch legte sich eine erwartungsvolle Ruhe über ihn. *Weil ich auf jemanden warte.* Und er wusste, auf wen. Er hatte diesen Traum schon einmal gehabt. Er wusste, wer ihn besuchen würde.

»*Schatz.*« Das Wort, so heiser gesprochen, wurde überall geflüstert, und zwischen einem Wimpernschlag und dem nächsten bemerkte Gaston Reba in der Mitte der Tanzfläche. Sie sah bezaubernd aus, wie er hinzufügen sollte, und trug ein Kleid, das am Oberkörper eng anlag und den Blick auf ein Dekolleté freilegte – von der Art, in das ein Mann am liebsten sein Gesicht drücken würde. Der Rock war weit und reichte ihr fast bis ans Knie. Er hätte am liebsten den Stoff hochgeschoben und auf dem Weg nach oben zu den verborgenen Schätzen ihre Oberschenkel gestreichelt.

»Was machst du hier?«, fragte er. Die Tatsache, dass er wusste, es war ein Traum, hielt ihn nicht davon ab mitzuspielen.

»Ich warte auf dich.«

»Warum?« Es war ihm egal, dass es sein eigenes Unterbewusstsein war, das ihm antwortete. Er wollte die Antwort trotzdem hören.

»Weil du mir ein Rätsel bist, Schatz. Komplex und mysteriös. Voller Geheimnisse.« Sie neigte den Kopf und lächelte. »So vieler Geheimnisse.«

»Hast du schon ein paar meiner Geheimnisse erraten?«

»Wenn du vielleicht ein wenig mehr erzählen würdest, wüsste ich mehr über dich.«

»Wir haben kaum Zeit miteinander verbracht. Da ist es schwer, miteinander zu reden.«

Sie wirbelte von ihm weg, wobei sich ihr Rock wunderschön aufbauschte. »Wir haben einander schon oft getroffen, zumindest hier.« Sie drehte sich und hob die Arme, wobei ihr Gesicht von den Strahlen des blauen Lichts erhellt wurde. »In meinen Träumen.«

»In deinen Träumen? Du bist es doch, die mich in

meinen verfolgt. Und ich glaube nicht, dass die Antworten, die ich mir an diesem Ort vorgestellt habe«, er machte eine Handbewegung zu dem leeren Klub um ihn herum, »zählen.«

»Es ist genau diese Art von Gespräch, die es so schwer macht, mich daran zu erinnern, dass ich dich nicht kenne, wenn wir uns tatsächlich treffen. Es fühlt sich so echt an.« Sie machte einen Schritt auf ihn zu und stand plötzlich genau vor ihm, da die Abstände und die Logik in seinem Traum wohl ihren eigenen Regeln folgten. Sie hatte eine Hand auf seine Brust gelegt. »Es fühlt sich überhaupt nicht nach einem Traum an.«

Nein, das tat es wirklich nicht. Das war der Grund, warum seine Besessenheit ihm Sorgen bereitete. Die Grenzen der Realität verschwammen und es gefiel ihm zu sehr, sodass es ihm egal war.

Er legte seine Hand auf ihre, die Haut fühlte sich genauso warm und weich an, wie er es erwartet hatte, und diese einfache Berührung sorgte dafür, dass selbst ein Herz wie seines, das immer gleichmäßig schlug, plötzlich schneller pochte.

Was wäre, wenn das echt war? Was, wenn er einen Weg gefunden hätte, auf geistiger Ebene mit ihr zu sprechen? Viele Kulturen behaupteten, sie könnten traumwandeln. *Warum nicht auch ich?*

Wie kann man das Konzept testen?

»Ich weiß, dass wir der Sache auf den Grund kommen können. Wie wäre es mit einem Code-Wort?«

Sie verstand sofort. »Und wenn ich es sage, weißt du, dass die Träume Wirklichkeit sind.«

War es falsch, Angst vor der Antwort zu haben? Er lehnte sich zu ihr und flüsterte ihr ein Wort ins Ohr, das sie nicht aus Versehen sagen würde, ein Wort, das sie tatsächlich nur kennen konnte, wenn sie wirklich auf einer anderen Bewusstseinsebene miteinander kommuniziert hätten, einer Ebene, in der es nur sie beide gab.

»Was für ein interessantes Wort du doch gewählt hast«, sagte sie und ein Lächeln umspielte ihre Mundwinkel. »Aber ich bin noch nicht aufgewacht. Was sollen wir in der Zwischenzeit machen?« Sie rieb sich die Spitze eines Fußes und senkte ihr Kinn; ihr Versuch, unschuldig zu wirken, war so ausgesprochen sündig.

Und sofort wurde sein Schwanz hart. »Mir würde da schon etwas einfallen.«

»Du immer mit deinen verdorbenen Gedanken.« Sie schüttelte den Kopf. »Es gefällt mir. Aber wir können es dir nicht zu leicht machen.« Sie lockte ihn mit dem Finger. »Erst musst du mich kriegen.« Sie wirbelte herum, sodass der Stoff ihres Rocks hochflog und den Blick auf ihre Oberschenkel freigab, und dann lief sie los. Ihr lautes Kichern folgte ihr und er konnte nicht anders, als ihr nachzujagen. Es schien nur richtig zu sein. Es war auch ziemlich lustig.

Die blinkenden Lichter machten es zu einer Herausforderung, da sie leicht in und außer Sichtweite kam. Aber er hatte dieses Spiel schon einmal gespielt – und verloren. *Dieses Mal wird es anders sein.* Dieses Mal würde er sie fangen.

Ein blaues Licht streifte sie, und da stand sie, direkt vor ihm. Er stürzte sich auf sie, aber das Licht verschwand und sie war weg. Er drehte sich langsam im Kreis und beobachtete das Auf und Ab des Lichts. Ein roter Fleck, und da stand sie wieder und blies ihm einen Kuss zu.

Ein grüner Lichtkreis drehte und drehte sich weiter und zeigte, dass Reba winkte. Er bewegte sich schnell, aber sie war schon wieder aus seinem Blickfeld verschwunden.

Warum spiele ich ihr Spiel? Bisher hatte es nicht funktioniert. Je mehr er hinter ihr her war, desto mehr wich sie ihm aus. Sie behauptete, sie wollte, dass er sie fing, aber sie hielt sich außer Reichweite.

Zeit, stehen zu bleiben und sie zu mir kommen zu lassen.

Also tat er genau das, ohne sich zu bewegen oder überhaupt zu reagieren, während das Licht tanzte und blinkte. Aus dem Augenwinkel sah er, wie sie ein und aus ging, und das Stirnrunzeln auf ihrem Gesicht wurde immer tiefer, als er nicht reagierte.

Reba mochte es nicht, ignoriert zu werden.

Das Licht leuchtete direkt vor ihm, ein weißer Lichtstrahl, in dem sich eine reizende Dame befand. Er war bereit. Er streckte die Hand aus, um sie zu ergreifen, und dieses Mal verfehlte er sie nicht. Er zog sie auf die Zehenspitzen, sodass ihre Lippen nahe an seinen waren.

»Ich habe dich erwischt.«

»Und was willst du jetzt mit mir anstellen?«, forderte sie ihn mit erotischer Stimme heraus.

Die Antwort war einfach. Er küsste sie. Mit Bestimmtheit nahm er ihren Mund in Besitz, ihren süßen, weichen Mund, der sich so sanft an seinen schmiegte. Die sinnliche Berührung ihrer Lippen brachte die Funken zum Sprühen. Er küsste sie und schmeckte sie dabei und fühlte, wie ihre warme und wilde Essenz auch auf ihn überging.

Und Teile seines kälteren Selbst kamen zurück. Es erwies sich für beide als schockierend.

Sie zog sich mit einem heißen Keuchen zurück. »Du hast doch sicher nicht gedacht, dass ich es dir so leicht machen würde?« Mit einem Lachen stieß sie ihn von sich und dieses Geräusch folgte ihr, als sie erneut in die Schatten flüchtete.

Als würde er sie entkommen lassen. Das war nun keine Option mehr. Nicht nachdem sie sein Blut in Wallung versetzt und seinen Schwanz zum Pochen gebracht hatte.

Ich komme, um dich zu holen.

Nach ein paar Schritten veränderte sich die Landschaft. Der Klub und die Lichter waren verschwunden. Er fand sich in einem Wald wieder, die dicken Stämme der Bäume warfen tiefe Schatten in alle Richtungen. Gleichzeitig konnte er sehen, wie einzelne Bereiche durch gelegentliche Mondscheinstrahlen beleuchtet wurden, wodurch die sie umgebenden dunklen Stellen hervorgehoben wurden. Welche Überraschungen lauerten auf ihn? Gefährliche Überraschungen?

Ein Mann konnte hoffen.

Eine davon war sein lebhaftes Kätzchen. Er sah kurz eine Bewegung, ihr strahlendes Lächeln, während sie sich über ihn lustig machte: »Komm und hol mich.« Die Neckereien kamen von überall her gleichzeitig. Er wirbelte im Kreis herum, während er seine Umgebung mit den Augen absuchte. Dann erstarrte das Licht, und die Welt war in echte Dunkelheit getaucht und er sah keine Spur von Reba. Wo hatte sie sich versteckt? Die dunkle Landschaft verhüllte die Gefahr. *Und ich bin das gefährlichste und dunkelste Ding hier draußen.*

Die Erinnerung daran ernüchterte ihn und bestärkte ihn in seiner Entschlossenheit, diesen Fleck auf seiner Seele nicht an Reba heranzulassen. Ausnahmsweise konnte er vielleicht einmal, trotz seiner angeschlagenen Aura, jemanden beschützen.

Ich werde dich finden und dich vor den Gefahren beschützen, die sich in meinen Träumen verbergen. Die Tatsache, dass er immer noch glaubte, dies wäre nicht real, schmälerte nicht seinen dringenden Wunsch, sie zu finden. *Ich will sie haben. Und zwar sofort.*

Er öffnete seine Sinne, ließ die Essenz seines Geistes sich ausdehnen. *Was ist da draußen?* Spektrale Worte, geflüstert von einem kühlen Wind.

Ein Rascheln in den Ästen zu seiner Linken. Nicht sie.

Ein Lufthauch zu seiner Rechten. Auch nicht sie.

Seine Nase zuckte bei dem Geruch von Rauch. Unverkennbarer und beißender Rauch.

Es kann kein Feuer sein. Nicht hier, nicht bei Reba. Er hatte schon so viel durch das Feuer verloren.

Das hier ist nicht real. Ich kontrolliere es. Den Wald sollte er lieber vergessen. Er existierte nicht. Er lag in einem Bett und Reba war nicht bei ihm. Es gab kein Feuer und selbst wenn es eines gegeben hätte, so hatte er doch Rauchmelder, die das Sprinklersystem auslösen würden. Er würde nicht noch einmal alles verlieren.

Er konnte nicht einschlafen, und doch war es nach seiner inneren Uhr nicht annähernd seine gewohnte Aufwachzeit.

Vielleicht habe ich ein Geräusch gehört.

Das war unwahrscheinlich. Er schlief sicher in seiner Penthouse-Wohnung, dem sichersten Ort, an dem er sich erholen konnte. Er sollte es wissen, da er die entsprechenden Sicherheitsvorkehrungen getroffen hatte. Seine Wohnung konnte nur über einen privaten Aufzug erreicht werden, und nur er und JF hatten die Schlüsselkarte und den Code, um Zugang zu erhalten. Ein Mann konnte nie zu paranoid sein.

Wenn jemand seine erste Schutzebene durchbrach und es bis zum obersten Stockwerk schaffte, befand er sich in einem abgeschlossenen Vestibül mit nur einer einzigen verriegelten Tür, die zu seiner Wohnung führte. Der einzige andere Zugang waren die Fenster, und da es keinen Balkon gab, schienen sie kein möglicher Einstiegspunkt zu sein.

Warum spüre ich dann Wärme auf meiner nackten Haut? Nicht die Hitze, wie er feststellte, sondern das Sonnenlicht, was merkwürdig war, da er normalerweise die

Jalousien gegen die Morgendämmerung fest geschlossen hielt. Das bedeutete, dass jemand sie geöffnet hatte.

Möglicherweise JF, da er in letzter Zeit ausgesprochen nervös zu sein schien.

Was aber noch besorgniserregender war: War er es oder roch er den süßen Duft des Todes? Er öffnete die Augen und schrie: »WASZUMTEUFEL!«

Kapitel Sechs

»Ich würde sagen, dass dich dieses mädchenhafte Kreischen einen Großteil deiner männlichen Glaubwürdigkeit kostet«, bemerkte Reba ziemlich eingeschnappt. Sie war also ein bisschen schmutzig und stank, und das mitten am Tag in seinem Zimmer, weil sie einen Freund hatte, der einen Freund hatte, der gern einbrach. Und zwar in wirklich sichere Orte. War es falsch, dass ein Mädchen bei einem Freund vorbeischaute, um ihn zu begrüßen?

»Du bist in meinem Schlafzimmer«, antwortete er und sah sie mit wütend zusammengekniffenen Augen an.

»Ich dachte, du würdest dich mehr freuen, mich zu sehen.« Sie hatte erwartet, dass er sie flachlegte und sie leidenschaftlich küsste.

Mmm ... nun ... das war wohl nicht der Fall.

»Glücklich? Du hast einen verdammten Finger hinterm Ohr, als handle es sich um eine Blume.«

»Schön, dass du es bemerkt hast.« Sie nahm ihn und drehte ihn um. »Ich habe ihn als Souvenir von meiner ersten Durchsuchung eines Friedhofs behalten. Und ich muss zugeben, dass es weniger aufregend war als erwartet.

Es gab nicht einen lebenden Toten.« Keine der Leichen hatte auch nur gezuckt. Was für eine Enttäuschung.

»Du bist eine verdammte Irre«, stellte Charlemagne fest.

»Was sagst du da? Ich bin völlig normal. Das haben drei von fünf Ärzten festgestellt.«

»Und was war mit den anderen beiden?«

»Sie hatten Angst vor mir.« Sie hatten auch den Staat verlassen. Sie wusste nicht warum. »Und du musst gerade etwas sagen. Du hast geschrien wie ein kleines Mädchen und warst plötzlich gar nicht mehr so mutig und arrogant.« Zumindest nicht mit dem wilden Blick und den Haaren, die zu allen Seiten abstanden. Der sonst so perfekt frisierte Herr sah nun doch zerzaust aus, genau wie sie es bei einem Mann mochte.

Mein Mann. Brüll.

»Was machst du hier?«, fragte er verärgert und versuchte wahrscheinlich, wieder ein wenig männlicher zu wirken – schließlich musste er ja irgendetwas tun, um sie sein Kreischen vergessen zu lassen. Sie ließ es durchgehen, auch wenn ihr sein Ton nicht gefiel.

»Ich bin hier, um ein paar Sachen von meiner Liste abzuarbeiten.«

»Von was für einer Liste?«

Sie hielt ihr Tablet hoch. »Meine Liste von Dingen, die ich über dich erfahren möchte.«

»Und warum brichst du dann bei mir ein und weckst mich auf?«

»Als Erstes wollte ich sehen, ob du wie ein Untoter schläfst. Was du übrigens nicht tust. Du schnarchst. Nicht besonders laut, aber immerhin laut genug, sodass ich diese Theorie verwerfen kann. Und du verbrennst nicht im Sonnenlicht.«

»Warum zum Teufel sollte ich im Sonnenlicht verbrennen?«

»Tun Vampire das nicht für gewöhnlich? Und glitzern tust du auch nicht. Schade, ich mag Sachen, die glitzern.« Sie fragte sich, ob es ihm gefallen würde, wenn sie sich ihren Venushügel mit Strasssteinen verzierte.

»Ich habe dir doch schon gesagt, dass ich kein Vampir bin.«

»Schon, aber das bedeutet noch längst nicht, dass ich dir geglaubt habe.« Sie verdrehte die Augen. »Mal ehrlich, als würdest du das zugeben.«

»Ich bin weder ein Vampir noch ein Untoter.«

»Aber deine Wichser-Typen –«

»Whampyre.«

»– trinken Blut.« Ein bisschen eklig, weil es sich um menschliches Blut handelte. Den Gestaltwandlern wurde bereits von klein auf beigebracht, dass Menschen nicht auf dem Speiseplan standen. Genauso wenig wie ihre Haustiere, auch wenn sie ziemlich verlockend aussahen.

»Ja, als Teil ihrer Ernährung, aber es ist nicht das Einzige, was sie essen. Und sie sind ebenfalls keine Vampire, also brauchst du gar nicht zu versuchen, sie mit Sonnenlicht zu belästigen.«

Ihr fiel auf, dass er ihre Frage nicht richtig beantwortet hatte. »Trinkst du Blut?«

»Zählt ein blutiges Steak?«

»Gott sei Dank, ich dachte schon, du wärst so ein Typ, der sein Steak medium oder gut durch essen würde. Dann würde das mit uns nicht funktionieren.« Sie zeigte mit dem Finger zwischen den beiden hin und her und er sah daraufhin so aus, als wäre er sogar noch mehr aus der Fassung gebracht.

»Es gibt kein uns.«

»Soll ich *uns* dann lieber *wir* nennen?«

Er seufzte, schloss die Augen und legte einen Arm unter seinen Kopf. »Es ist viel zu früh für diese Art von Logik.«

Früh? Hallo, immerhin war es ein Uhr mittags. »Liegt es daran, dass ich dir keinen Kaffee mitgebracht habe?«

»Es liegt daran, dass du Kleidung anhast. Wenn eine Frau mich weckt, sollte sie wenigstens nackt sein.«

Wenn ich jemals eine andere Frau dabei erwische, wie sie dich weckt oder sich dir nackt zeigt, ist sie tot. Aber das war jetzt nicht das Thema. Sie war hier, um ihren Job zu beenden. »Da ich aus beruflichen Gründen in der Gegend war ...«

»Aus was für beruflichen Gründen?«

»Innenarchitektur. Hier in der Gegend gibt es ein schreckliches Wohnhaus, das komplett umgestaltet werden muss. Es gehört einem Junggesellen, du kannst es dir also vorstellen.« Sie verdrehte die Augen.

»Meine Wohnung muss nicht umdekoriert werden.«

»Wer behauptet denn, ich würde von dir sprechen?« Aber das tat sie natürlich. Charlemagnes Wohnung hatte viel zu viele langweilige Eigenschaften.

»Du wirst meine Wohnung nicht umdekorieren.«

»Na gut. Dann lebe doch weiterhin in diesem langweiligen, tristen Raum, aber wundere dich nicht, wenn deine Kreativität eingeht und langsam stirbt.«

»Ich werde versuchen, an mich zu halten.«

»Und wo wir gerade dabei sind, könntest du vielleicht auch ein paar einfache Fragen beantworten?«

»Warum kannst du nicht einfach verschwinden?«

Verschwinden? Aber sie war noch längst nicht fertig. »Wie schon gesagt, Süßer, ich habe ein paar Fragen. Also hör bitte auf, unsere Zeit zu verschwenden, und beantworte sie einfach. Dann sind wir schneller fertig.«

»Oder ich könnte dich töten?«

Sie sah ihn nicht einmal an, während sie lachte. »Nein, das wirst du nicht tun.«

»Ich werde dich jetzt nicht töten. Aber ich behalte mir das Recht vor, meine Meinung zu ändern.«

»So langsam fängst du an zu lernen.« Sehr gut. »Und das beantwortet auch die Frage, ob du tatsächlich noch dazulernen kannst.«

Er sah sie lange an. »Ich hasse es, es zuzugeben, aber jetzt hast du mich neugierig gemacht, was sonst noch auf deiner Liste steht. Stell mir deine Fragen.«

»Badest du in Blut wie diese berühmte Gräfin?«

»Nein.«

»Verbrennst du, wenn geweihtes Wasser dich berührt?«

»Ich könnte dir zeigen, dass ich sogar damit gurgeln kann, aber wer will das Zeug überhaupt berühren, wenn man bedenkt, dass die Leute ständig ihre schmutzigen Hände hineinstecken? Und da wir gerade von schmutzig sprechen, du riechst, als hättest du die Nacht mit Leichen verbracht.«

»Das habe ich auch. Ich und meine Leute haben erst ein Bestattungsinstitut und dann einen Friedhof besucht. Benutzte Särge sind nicht gerade toll, wenn man darin nach Hinweisen suchen muss. Melly hat gekotzt. Ich habe diesen Finger gekriegt.« Sie wedelte damit herum.

»Sag mir nichts mehr. Ich will es gar nicht wissen für den Fall, dass die Polizei mich verhört.«

»Wenn sie an deine Tür klopft, kannst du ihr von mir aus ruhig sagen, dass wir die Nacht zusammen verbracht haben.« Sie summte die typische Melodie der Pornofilme aus den siebziger Jahren.

Wieder begann sein Lid, nervös zu zucken. »Ich will nicht als dein Alibi herhalten.«

»Du bist wirklich so ein Spielverderber. Und vielleicht solltest du mal die Augen aufmachen, um das hier aufzufangen.« Sie warf ihm ihr Kreuz zu und er fing es auf, bevor es ihn ins Gesicht traf. Und dabei begann er unglaublicherweise nicht zu schreien und ging auch nicht in Flammen auf.

Das war ein weiterer Punkt, den sie auf ihrer Liste abhaken konnte.

»Ein Kreuz? Im Ernst?« Er schüttelte den Kopf. »Ich bin immer noch kein Vampir.«

Reba hakte ein paar Sachen auf der Liste ab, die sie auf dem Bildschirm ihres Tablets hatte. »Und du schläfst nicht in einem Sarg.« Abgehakt. »Und du hast Knoblauch im Kühlschrank.« Abgehakt. »Und wie verhält es sich mit Holzpfählen?«

Daraufhin grinste er. Ein verdorbenes Grinsen. Ein völlig teuflisches, teuflisches Grinsen. »Holzpfähle liebe ich. Ich habe hier sogar einen unter meiner Decke. Würdest du ihn gern sehen?«

Wenn man bedachte, dass er einfach zum Anbeißen aussah, wie er da so in seinem Bett saß und die Decke ihm bis zur Hüfte hinuntergerutscht war, sodass man seine Muskeln sehen konnte, die nur dazu einluden, dass man sie streichelte ... »Ja, den würde ich gern mal sehen.« Besonders da einige seiner Tribaltätowierungen bis unter die Gürtellinie reichten. Er hatte ein paar ausgesprochen interessante Muster auf seinem Körper. Reba wäre sie nur allzu gern nachgefahren – mit ihrer Zunge.

»Wenn du nachsehen möchtest, nur zu.« Er verschränkte die Hände hinter dem Kopf.

Sie kam sich ausgesprochen unhöflich vor, diese Einladung abzuschlagen, doch es gelang ihr. *Ich werde mich nicht mit ihm einlassen.* Sie hatte es an jenem Nachmittag erneut versprochen, als Arik sie auf ihre Verabredung zum Abendessen angesprochen hatte. »*Wage es ja nicht, ihn zu verführen.*« Oder vielleicht hatte sie ihn ja missverstanden?

Vielleicht wandte Arik umgekehrte Psychologie an. Vielleicht wollte er damit ausdrücken, dass sie sich in Wirklichkeit auf Charlemagne stürzen sollte?

Sie wusste ganz genau, was ihre Mädels ihr in einer solchen Situation raten würden. Sie betrachtete seine Leistengegend und legte den Kopf schief. »Wie groß, würdest du sagen, ist er?«

»Steht die Frage nach der Größe meiner Erektion ebenfalls auf deiner Liste?«

»Nein. Das interessiert mich nur persönlich.« Und sie würde es auch nicht weitererzählen. Sie war vielleicht nicht so verschwiegen wie ein Grab, aber einige Dinge behielt ein Mädchen für sich. Schon aus reinem Eigeninteresse.

Er seufzte tief. Aber da sie in ihrem Leben schon viele Seufzer zu hören bekommen hatte, ignorierte sie es. Schließlich war es nicht ihre Schuld, dass die meisten Männer nicht mit ihrem großartigen Verstand und ihrer wilden Präsenz umgehen konnten.

»Da ich mir sicher bin, dass du mich nicht in Ruhe lässt, bis ich dir antworte: Er ist riesig.«

»In der Länge oder in der Breite?«

»Beides. Und jetzt, da ich deine Neugier befriedigt habe, möchte ich dich bitten zu gehen.«

»Wer sagt denn, dass ich befriedigt bin?« Ihre Muschi war jedenfalls nicht befriedigt. Sie pochte und verlangte nach Aufmerksamkeit. Doch das musste sie ignorieren, denn Charlemagne stand nicht auf der Speisekarte. Schade, denn sie hätte gern einen Bissen genommen.

»Ich muss zugeben, dass ich nicht viel Erfahrung mit Gestaltwandlern habe. Seid ihr alle so ausgesprochen nervig?«

»Nein. Ich bin darin besser als all die anderen. Und du bist nicht genervt. Ich weiß genau, wie es ist, wenn jemand genervt ist.« Es war auch immer leicht zu erkennen, da es normalerweise wilde Beschimpfungen mit sich brachte, die dazu führten, dass sie etwas tat, für das sie verhaftet wurde. Nur gut, dass die Rechtsanwälte des Rudels gut darin waren, dafür zu sorgen, dass Anklagen fallen gelassen wurden.

»Wenn ich nicht genervt bin, wie würdest du meine Stimmung dann beschreiben?« Er verschränkte die Arme vor der Brust.

Sie war erregt, aber anscheinend wollte er lieber über sich reden. Ihr Schatz war schlecht gelaunt. Aber warum? Dann ging ihr ein Licht auf. »Jetzt weiß ich es. Du hast Hunger. Gehen wir frühstücken.« Was er wohl davon hielt, sie zum Frühstück zu verspeisen?

»Nein, ich habe keinen Hunger. Ich möchte noch weiterschlafen.«

»Das geht nicht, weil du mit mir mitkommen musst.«

»Tatsächlich? Sag mir doch bitte warum.«

»Weil ich dich brauche.«

Bei dieser Erklärung blitzten seine Augen einen Moment lang auf, ein leuchtend roter Funke zündete in ihrer Tiefe. In einer Millisekunde war er da, in der nächsten weg. Sie hätte denken können, sie hätte sich das eingebildet, aber Reba bildete sich nie etwas ein. Ihre Beobachtungsgabe ließ sie nie im Stich und sie irrte sich nie.

»Dir ist aber schon klar, dass es bestimmte Etablissements gibt, an die du dich wenden kannst, wenn du einen Mann haben möchtest, oder?«

»Aber ich will dich.«

Erneut reagierte er darauf, diesmal blähten sich seine Nasenlöcher und er verzog den Mund zu einer geraden Linie. »Ich bin nicht in der Stimmung, Spielchen zu spielen.«

»Das ist auch gut so, ich gewinne sowieso immer.«

»Willst du mich etwa herausfordern?«

»Auf jeden Fall.«

»Und was, wenn du verlierst?«

»Um das herauszufinden, wirst du wohl gewinnen müssen.« Außer dass nicht mal sie an diesem Punkt hätte sagen können, was für ein Spielchen sie da spielten. Aber sie wettete, dass es mit Kleidern auf dem Boden und einem von ihnen auf den Knien enden würde. Wahrscheinlich würde der Verlierer mit Mund und Zunge den Gewinner belohnen.

»So interessant dein Spiel auch klingt, ich habe Wichtigeres zu tun. Bitte geh.« Er versuchte, einen gebieterischen Ton anzuschlagen. Er hatte jedoch eine entscheidende Sache vergessen.

»Ich sage es dir nur ungern, Süßer, aber es gibt nichts Wichtigeres als mich. Und ich brauche deine Hilfe bei einigen Angelegenheiten, die uns beide etwas angehen.«

»Ich habe dir bereits gesagt, dass du meine Wohnung nicht umdekorieren sollst.«

»Ich meinte andere Dinge.«

»Ich bezweifle, dass es Dinge gibt, bei denen wir etwas gemeinsam haben.«

»Also interessieren dich die fehlenden Leichen in der Leichenhalle nicht.«

»Leichen? Warum denkst du, ich würde irgendetwas über fehlende Leichen wissen?«

»Lügen?« Sie schnalzte mit der Zunge. »Das steht dir gar nicht.« Sie lehnte sich vor und wollte ihn in den Schwitzkasten nehmen. Und zwar so richtig, um ein paar Antworten aus ihm herauszubekommen. Leider hielt er sie am Handgelenk fest.

»Was glaubst du, tust du da, *chaton*?« Er sprach die Worte leise.

»Ich mag keine Lügner. Du wusstest über die Leichen

Bescheid. Also hör auf, so zu tun, als wüsstest du nichts davon. Sonst vergesse ich noch, dass ich eine Dame bin.«

»Als hätte ich so viel Glück.« Ein freches Grinsen umspielte seine Mundwinkel. »Wie ich sehe, hat es keinen Sinn, etwas zu verheimlichen. Ja, ich wusste über die Leichen Bescheid. Ich nehme an, dass du dort gewesen bist und deswegen nach *eau de mort* riechst?«

»Wenn das bedeutet: *Stinke-Mädchen, das streng riecht*, dann ja, das bin ich, und danke, dass du es mir immer wieder unter die Nase reibst.« Sie warf ihm einen bösen Blick zu. »Ich hatte keine Zeit zu duschen, bevor ich hergekommen bin.«

Er grinste sie an, als würde es ihm nichts ausmachen. »Ich behaupte ja gar nicht, dass es mich stört, aber es ist ungewöhnlich.«

»Genauso ungewöhnlich wie Särge, in denen die Leichen fehlen. Und wir haben gerade einen Anruf bekommen, dass das Gleiche in der Leichenhalle passiert.«

»Ich weiß immer noch nicht, was ich damit zu tun haben soll. Das hört sich nach einem Problem der Menschen an.« Schließlich wusste jeder, dass die Gestaltwandler sich einäschern ließen, seit die Wissenschaft auf der Welt einen solch hohen Stellenwert einnahm.

»Ich glaube nicht, dass die Menschen damit fertigwerden.«

»Und warum kümmert sich dann der König nicht selbst darum?«

»Das tut er. Das ist auch der Grund, weshalb ich hier bin. Auf Befehl des Königs Arik hin, Herrscher über das Rudel und Beschützer der Stadt, wirst du hiermit dazu aufgefordert, bei dem Problem zu helfen, mit dem die Bürger es momentan zu tun haben.«

»Hat er das gesagt?« Es war offensichtlich, dass er skeptisch war.

»So ungefähr.« Er hatte es eher so formuliert: »*Sag ihm, dass er uns verdammt noch mal helfen soll, oder ich trete ihm so in den Arsch, dass er nicht mehr weiß, wo hinten und vorne ist.*« Vielleicht hatte sie den königlichen Erlass ein wenig aufgemöbelt, bevor sie ihn überbrachte.

»Ich unterstehe nicht deinem König.«

»Aber du unterstehst dem Hohen Rat, und selbst wenn du das nicht tätest, wirst du mir helfen, weil du genau weißt, was hier vor sich geht.«

»Ich weiß nicht, was du meinst.« Er breitete in einer Geste der Unschuld seine Hände aus. »Ich bin nur ein einfacher Klubbesitzer.«

Sie schnaubte verächtlich. »Ja, klar, und ich trage ein Höschen.« Interessant, wie sich daraufhin seine Nasenlöcher blähten. »Ich weiß, dass du Interesse an dem hast, was vor sich geht. Schließlich hast du die Vorfälle im Auge behalten. Wer auch immer es gewesen sein mochte, der diese Informationen für dich sammelt, war ein wenig achtlos. Melly konnte ihn zurückverfolgen.«

»Euer Hacker hat meinen geschlagen?« Er schüttelte den Kopf. »Wer hätte das gedacht. Ausgesprochen clever.«

»Du hast noch gar nichts gesehen, Süßer. Und ich möchte hinzufügen, dass du derjenige warst, der angefangen hat und der hinter meinem Arsch her war.«

»Es ist aber auch ein süßer.«

»Der süßeste, und deswegen wirst du ihm jetzt auch folgen und mit mir *kommen*.« Und ja, es könnte durchaus sein, dass sie ihm zuzwinkerte, als sie das sagte.

»Ich muss zugeben, du hast meine Neugier erregt.«

»Ist das das Einzige, was ich erregt habe?«

Er errötete nicht und wandte auch nicht den Blick ab. Stattdessen sah er sie direkt an. »Warum findest du es nicht selbst heraus?« Er lehnte sich zurück und streckte den Oberkörper. So konnte sie seine komplizierten Tätowierungen besser sehen und war fasziniert von den verschlungenen Mustern.

»Aber das bedeutet nicht, dass ich dich um etwas bitte«, sagte sie zu ihm. »Es handelt sich um rein wissenschaftliches Interesse.«

»Aber natürlich.« Er schenkte ihr ein schwaches Lächeln. »Aber bitte, inspiziere genau, wonach du mich später bitten wirst.«

Dieser freche Mann. Immer diese unverschämten Behauptungen. Aber was er konnte, konnte sie schon lange. »Mit oder ohne Decke?«

»Das kannst du selbst entscheiden.«

Als wäre das eine Wahl. Sie entschied sich natürlich für nackte Haut.

»Hat es wehgetan, die stechen zu lassen?« Sie streckte die Hand aus, um eine seiner Tätowierungen mit dem Finger nachzufahren, doch er hielt sie fest. »Das würde ich an deiner Stelle nicht tun.«

»Aber du bist nicht an meiner Stelle.« Sie streckte erneut die Hand aus und wieder hielt er sie fest.

»Diese Zeichen können jedem gefährlich werden, der nicht an mich gebunden ist. Sie sind dazu da, mich zu beschützen.«

»Also passiert etwas, wenn ich sie anfasse?«

»Nur, wenn du eine Bedrohung für mich darstellst.«

»Und tue ich das?«

»Davon bin ich überzeugt.« Und aus seinen Worten sprach die absolute Ehrlichkeit. Ein Teil von ihm fürchtete sie.

Und das Merkwürdigste daran? Sie glaubte ihm. »Ist es deine Art, mich dazu zu bringen, nicht nachzusehen? Versteckst du unter der Decke einen winzigen Schwanz?«

»Ich brauche mich nicht zu verstecken und ich habe genug, um damit anzugeben. Sieh selbst nach. Berühre ihn und mach auf deiner Liste ein Häkchen bei groß, lang und dick.«

»Das werde ich selbst beurteilen.« Sie hatte eigentlich nicht vorgehabt, heute mit einem Schwanz zu spielen, besonders nicht mit dem von Charlemagne, aber wenn es etwas gab, wozu eine Löwin völlig außerstande war, dann dazu, eine Herausforderung abzuschlagen. Also legte sie die Hand in seinen Schoß und befühlte ihn, wobei das dünne Laken nichts verbarg.

Oh mein Gott. Ups, das hatte sie vielleicht laut ausgesprochen.

»Ja, oh mein Gott, und jetzt, da du deine Neugier befriedigt hast, geh bitte, damit ich mich anziehen kann.«

Jetzt gehen? Aber der Spaß ging doch gerade erst los. Sie griff nach der Decke und zog daran, damit sie ihn in seiner ganzen nackten Pracht sehen konnte. Seiner ganzen nackten haarlosen Pracht. »Du rasierst dir die Eier?« Vielleicht nicht die damenhafteste Sache, die sie je gesagt hatte, aber sie konnte nicht anders. Sie war an die Männer des Rudels gewöhnt. Behaarte Männer, die stolz auf ihr Fell waren, selbst in ihrer menschlichen Gestalt. Sie selbst rasierte die Locken auf ihrem Venushügel auch nicht. Aber Gaston war anders. Seltsam, weil sie immer geglaubt hatte, Europäer würden sich nicht rasieren.

»Ich rasiere mich nicht. Ich habe von Natur aus keine Haare.«

»Daran ist nichts Natürliches.« Genau wie seine Größe sich nicht erklären ließ. Für einen eher schlanken Mann hatte er einen extrem großen Schwanz.

Umso besser, um darauf Spaß zu haben.

Als sie nach ihm greifen wollte, rückte er seine Hüften von ihr weg. »Dir ist aber schon klar, dass du immer noch nach Tod riechst?«

Sie rümpfte die Nase. »Ich sollte wohl besser duschen. Möchtest du mitkommen und mir den Rücken einseifen?«

»Ich schlafe noch ein bisschen, während du dich frisch machst.« Und damit drehte er sich tatsächlich um und zog sich die Decke über den Körper.

Er ignorierte sie. Sie hätte sich am liebsten auf ihn gestürzt, aber sie hielt sich aus einem einfachen Grund zurück. Sie war hier, um einen Job zu erledigen. Erinnern Sie sich? Arik wünschte, dass sie mit Gaston zusammenarbeitete, weil in ihrer Stadt merkwürdige Dinge vor sich gingen, und aus irgendeinem Grund dachte ihr Chef, dass Reba die perfekte Verbindungsperson wäre. *Nimm das, Luna. Jetzt habe ich immerhin meinen Titel als Verbindungsperson bekommen.*

Es dauerte nur wenige Augenblicke, sich auszuziehen und ihre schmutzigen Kleider in einem Haufen auf seinen Boden zu werfen. Ein Blick über ihre Schulter zeigte, dass Charlemagne sie nicht beachtete. Er versuchte so sehr, so zu tun, als würde sie ihn nicht interessieren.

»Ich bin nackt«, sagte sie, während sie zu seinem Badezimmer stolzierte. »Und nass«, rief sie, als sie das Wasser andrehte. Sie glaubte, ihn grummeln zu hören, zumindest hoffte sie das.

Sie nahm sich Zeit und wusch und schrubbte sich überall. Manche Körperteile sogar zweimal. Doch er kam nicht zu ihr in die Dusche. Nicht mal, um sie nur anzusehen. Sie wickelte sich in ein Handtuch, kam aus dem dampfigen Badezimmer und stellte fest, dass er immer noch im Bett lag und so tat, als würde er schlafen.

Er knurrte, als sie auf ihn sprang. »Zeit aufzustehen.«

Es kam unerwartet, als er sie auf den Rücken rollte und sie zu ihm hochsah.

»Du solltest mich nicht so überraschen.«

»Warum nicht?« Sie wand sich unter ihm. »Wenn du mich fragst, geht es mir doch ganz gut.«

»Aber nur, weil ich nicht wirklich geschlafen habe.«

»Du würdest mir nichts tun.« Und falls doch, wäre es das Letzte, was er jemals täte. Einige Dinge, wie zum Beispiel Gewalt gegen ihre Person, konnte sie einfach nicht durchgehen lassen.

»Du solltest dich anziehen.«

»Sagt der Typ, der nackt auf mir liegt.« Er hatte sich vielleicht in sein Laken gerollt, bevor er sie herumgewirbelt hatte, doch das flehte geradezu darum, zurückgeschlagen zu werden.

»Wie wäre es, wenn wir uns beide gleichzeitig anziehen?«

»Aber warum? Ich finde, wir sollten den Tag nackt im Bett verbringen.« Sie streckte die Arme aus und legte sich gespreizt wie ein Seestern auf sein Bett, immer noch völlig nackt.

Er wandte den Blick nicht von ihrem Gesicht ab. »Und was ist mit den Vorfällen in der Leichenhalle?«

Verdammt seien er und seine verantwortungsbewusste Erinnerung. »Das habe ich ganz vergessen. Ziehen wir uns an und gehen.« Zumindest hatte sie es geschafft zu duschen. Den ganzen Tag lang hatten sich die Dinge dagegen verschworen, dass sie eine Dusche nahm. Zuerst waren sie erst spät mit den Leichen fertig geworden. Dann könnte es sein, dass sie sich auf dem Friedhof betrunken hatte – was sie jetzt völlig von ihrer Liste der zu erledigenden Dinge streichen konnte –, und sie war auf einem frischen Grab eingeschlafen. Trotzdem war das Geschrei der alten Dame völlig unangebracht gewesen.

Charlemagne warf sie auf den Rücken. Sein Kokon aus Laken versteckte die Beule zwischen seinen Beinen nicht. Sie setzte sich auf und war sich bewusst, dass sie nackt und ihre Haut noch feucht von der Dusche war. »Hat dir schon mal jemand gesagt, dass du zu sehr ein Gentleman bist?«

Er hatte nicht einmal versucht, sie anzufassen. »In meinem tiefsten Herzen bin ich ein Wüstling, *chaton*. Du musst mich eben nur darum bitten.«

»Sag mir einfach Bescheid, wenn du Manns genug bist, um es dir einfach zu nehmen.« Die kühne Herausforderung machte ihre Bewegungen vielleicht ein wenig sinnlicher als sonst, als Reba aus dem Bett fiel, stolperte, ohne mit der Wimper zu zucken ihr Gleichgewicht wiederfand und zu ihrer riesigen Handtasche neben dem Stuhl schritt. Sie beugte sich vor und wühlte darin herum. *Knurrt er etwa? Ich glaube, er knurrt.* Ich bin echt so verdammt cool. Sie zog ein frisches Outfit an. Wandler gingen nie ohne Ersatzkleidung aus dem Haus – Reba nahm normalerweise mindestens ein halbes Dutzend mit. Sie war gern vorbereitet.

Sie zog den roten Tanga an und der String verschwand zwischen ihren Pobacken, ohne dass er versuchte, ihn ihr vom Körper zu reißen. Eine herbe Enttäuschung. Sah er wenigstens zu? Sie warf heimlich einen Blick auf ihn, als sie sich bückte, um ihre Hose über die Füße zu ziehen, und durfte feststellen, dass er tatsächlich aufmerksam zusah. Zu wissen, dass sie ein Publikum hatte, sorgte dafür, dass sie etwas mehr mit dem Hintern wackelte, als sie in ihre Yogahose schlüpfte. Sie richtete sich auf, mit vor Stolz gereckter Brust, nur um festzustellen, dass er den Kopf abgewendet hatte. So leicht würde er nicht davonkommen.

Sie ging rückwärts, hielt ihren BH über ihre Brüste, stolperte und landete auf dem Bett. Genau das, was sie beabsichtigt hatte. Und warum war sie plötzlich so ungeschickt in seiner Nähe? »Würdest du mir bitte den BH zumachen?«

Sie hätte eigentlich erwartet, dass er entweder Nein sagte oder sie sich schnappte, sie auf den Rücken warf und sie nahm. Stattdessen machte er ihr vorsichtig den BH zu und berührte sie dabei kaum. Sie wirbelte herum, um ihr T-Shirt anzuziehen, und gab ihm somit freie Sicht auf ihr Dekolleté in dem Spitzen-BH, bevor sie es sich über den Kopf zog.

Und er fasste sie nicht ein einziges Mal an.

Versuchte es nicht einmal.

Was für ein Arsch.

»So, fertig angezogen. Jetzt bist du dran.«

Als Charlemagne seine Beine über die Bettkante schwang, bewegte sie sich nicht weg. Das bedeutete, dass sie aufblickte, als er aufstand, und ziemlich weit nach oben schauen musste. Aus irgendeinem Grund schien er größer zu sein, so viel größer, als sie sich erinnerte. Wahrscheinlich weil sie barfuß war. Sie hatte ihre schmutzigen Socken und die schmutzigen Laufschuhe an der Tür gelassen und ihre frischen Schuhe noch nicht angezogen. Sie hatte ein paar bequemere Pumps zum Umziehen mitgebracht, mit Blockabsatz, der praktischer war, um in Leichenschauhäusern und an anderen Orten mit ekligen Sachen herumzulaufen.

Katzen bevorzugten Beute, die noch frisch und lebendig war.

Noch besser, wenn sie davonlief. Die Verfolgungsjagd brachte ihr immer einen ordentlichen Adrenalinschub und machte sie glücklich, aber ihr wahrer orgastischer Moment kam, wenn sie ihre Beute ansprang.

»Gehst du mir aus dem Weg?«, fragte er.

»Nein, hatte ich nicht vor.«

Gaston starrte sie ein wenig beunruhigend an, also starrte sie zurück.

Er blinzelte zuerst. »Du bist sehr mutig.«

»Das bin ich. Ich bin auch herrisch und sehr rudelorientiert. Legt man sich mit einer meiner Schwestern an, legt man sich mit mir an. Verärgere mich, und wenn ich mit dir fertig bin, machen die anderen weiter.«

»Hört sich interessant an.«

»Wenn du einen Todeswunsch hast. Sich mit einer Löwin anzulegen bedeutet einen Haufen Ärger.«

»Du bist so eine Dame, bis du den Mund aufmachst«, er liebkoste sie fast mit seinem Blick, »und selbst dann fluchst du äußerst elegant.«

»Danke.« Sein Kompliment ging runter wie Öl. »Meine Mutter hat bei der Erziehung ganze Arbeit geleistet.«

»Aber sie hat dir anscheinend nicht beigebracht, dass man einen Mann allein lässt, wenn er sich anzieht.«

»Warum sollte ich dich allein lassen? Ich habe doch schon alles gesehen.« Sie streckte die Hand aus und kniff ihn in den Hintern, so richtig schön fest.

Er reagierte nicht. Was für ein böser Junge. So zu tun, als würde er es nicht bemerken. Ein bestimmter Körperteil, den er nicht so gut unter Kontrolle hatte, stupste sie jedoch an. *So ganz kühl und unbeeindruckt bist du ja doch nicht.*

»Ich hätte Lust, dir etwas in den Mund zu stecken, damit du nicht reden kannst.«

»Ich weiß, dass du schon einen Ständer hast. Du musst also nicht immer diese Andeutungen machen.« Als er sie fragend ansah, tat sie so, als hätte sie einen riesigen Schwanz im Mund, und machte Würgegeräusche.

Oooooh. Sie konnte ihre Schadenfreude nicht zurückhalten, als sie sah, dass sein Auge nervös zu zucken begann. Er versuchte so sehr, es sich nicht anmerken zu lassen.

Ich wette, ein winziger Schubser genügt.

Er wollte zur Seite gehen, und sie folgte ihm und lehnte sich näher an ihn heran.

»Ich habe noch nie eine Tätowierung wie deine gesehen.« Die Wandler hatten Schwierigkeiten, Tinte aufzunehmen. Nur bestimmte Arten, die tiefer in die Haut gestochen wurden, als die Menschen es je taten, funktionierten.

»Meine Tätowierungen sind etwas ganz Besonderes und nicht zu unterschätzen. Du solltest sie in Ruhe lassen.«

»Ich höre nicht auf Befehle.« Sie ließ ihre Finger über seinen Arm wandern.

Er schauderte und versuchte gar nicht erst, es zu verstecken. »Das solltest du nicht tun.«

»Warum wehrst du dich so sehr dagegen?«, äußerte sie ihre Gedanken. »Ich sehe doch, dass du mich willst. Die ganze Zeit flirtest du und machst krasse Anspielungen. Aber anscheinend möchtest du über leere Versprechungen und Neckereien nicht hinausgehen.«

»Was du da beschreibst, ist das, was du selbst auch machst.«

»Du glaubst, ich flirte mit dir?« Sie blinzelte und versuchte dabei, völlig unschuldig auszusehen. Sie war sich ziemlich sicher, dass es ihr nicht gelang.

»Ich weiß, dass du es tust, weil du einfach nicht verstehen willst, dass du mit dem Feuer spielst. Ich bin kein Mann, mit dem man sich anlegen sollte, *chaton*.«

»Was heißt dieses Sha-ton eigentlich?«

»Das heißt Kätzchen auf Französisch.«

»Aber so jung bin ich auch nicht mehr.«

»Aber für mich bist du ein Kätzchen, jung, unreif mit kleinen Krallen, die vielleicht ein wenig wehtun, aber keinen echten Schaden anrichten können.«

Die Beleidigung tat weh und sie schreckte zurück. Wie konnte er es wagen, sie der Unreife zu bezichtigen? Sicher, Meena und ein paar andere waren vielleicht ein wenig kindisch, aber Reba war nicht wie sie. Nicht einmal annähernd. Sie spielte keine Spielchen.

Zumindest nicht oft.

Okay, vielleicht gelegentlich.

»Du tust so, als wärst du so viel älter als ich. Aber dabei bist du doch höchstens was, dreißig, fünfunddreißig.« Und

Reba war Ende zwanzig – und sie hatte vor, es bis in alle Ewigkeit auch zu bleiben.

»Ich bin älter, als du glaubst.« Es sah sie mit *diesem Blick* an und in dem Moment glaubte sie eine Sache. Sie stürzte sich auf ihr Tablet und begann, wie wild darauf herumzutippen.

»Was machst du da?«, fragte er und beugte sich zu ihr, um nachzusehen.

»Siebzehnte Tatsache über Vampire. Sie sehen für immer jung aus. Aber was ist mit deinem Durchhaltevermögen?«

»Fängst du schon wieder damit an«, knurrte er.

Ein Mann mit Erfahrung. Miau. Jetzt wollte sie sich mehr denn je auf ihn stürzen, weshalb sie auch stattdessen lieber schnell das Zimmer verließ und ihm beim Gehen zurief: »Ich hoffe, dass du beim Anziehen nicht umfällst und dir die Hüfte brichst, alter Mann.«

Kicher.

Kapitel Sieben

ALT? SIE VERLIESS DEN RAUM, WEIL SIE DACHTE, ER wäre alt – ein alter Mann, der wahrscheinlich nicht mehr in der Lage ist, den Liebesakt abzuschließen, ein Mann, der die Blüte seines Lebens bereits hinter sich hatte. Sie schien sich auch nicht davon abhalten zu lassen, ihn weiter für einen Vampir zu halten.

Sie irrte sich in so vielen Punkten. Erstens konnte er den Liebesakt zu Ende bringen, und zwar mehr als ein Mal pro Nacht – und das nicht, weil er ein Vampir war. Es gab nur wenige dieser Kreaturen auf der Welt, weil sie nie so einfach herzustellen waren, wie die Menschen dachten.

Gaston war auch nicht so alt, wie er angedeutet hatte, aber sie gab ihm das Gefühl, alt zu sein. Wenn er Zeit mit ihr verbrachte, blühte er auf. Er fühlte Teile von ihm lebendig werden, die er schon lange nicht mehr gespürt hatte. Eine wirklich lange Zeit. *Mein Dasein ist langweilig.*

Wann ist das passiert? *Ich bin ein Weltreisender.* Ein Mann mit Erfahrung und Mitteln. Er besaß einen Klub. Er verdiente gutes Geld. Hatte eine schöne Wohnung. Konnte alles haben, was er wollte.

Warum fühle ich mich dann unvollständig?

Warum bin ich in letzter Zeit so ein nachdenklicher Trottel?

Da Reba sein Schlafzimmer verlassen hatte, um im Wohnzimmer zu warten, zog er sich schnell an. Wer wusste schon, was für einen Unfug sie anstellen würde, wenn er sie zu lange allein ließ.

Es schockierte ihn immer noch, dass sie direkt durch seine Abwehr gebrochen war. Dass es ihr gelungen war, den Aufzug zu manipulieren? Okay. Die Elektronik hatte Schlupflöcher und konnte gehackt werden, genau wie sein Schloss an der Vordertür geknackt werden konnte. Aber wie konnte sie sich seiner Magie entziehen? Warum war sie nicht erwacht und hatte ihn gewarnt? Er hatte Stunden damit verbracht, diese Runen zu entwerfen und diese Zaubersprüche zu kreieren.

Es waren nicht nur seine Haushaltsschutzzauber, die nicht so reagiert hatten, wie sie sollten. Die Tätowierungen auf seinem Körper kribbelten nur bei ihrer Berührung. Bedeutete das, dass er nichts zu befürchten hatte? Oder war die Bedrohung, die sie für ihn bedeutete, zu heimtückisch, als dass sie erkannt werden konnte?

Als er das Schlafzimmer verließ, bemerkte er sofort, dass sie in der Küche war. Das war auch kaum zu übersehen, da ihr Hintern gerade nach oben zeigte, als sie etwas in seinem Kühlschrank suchte. Schade, dass sie statt eines Rocks eine Hose trug. Die Perspektive wäre unglaublich gewesen. Er hatte im Schlafzimmer nur einen kurzen Blick erhascht. Und, ja, er hatte hingesehen. Er hatte nie behauptet, ein wahrer Gentleman zu sein, also hatte er mit großem Interesse beobachtet, wie sie sich vorbeugte, um ihre Sachen zu holen, und sich dann anzog. Er sollte noch hinzufügen, dass sie ihm den besten Sonnenaufgang gezeigt hatte, den er je gesehen hatte.

Er klang schon wieder albern.

Er rügte sich selbst und ging ins Wohnzimmer. Die Kücheninsel versperrte ihr die Sicht, was bedeutete, dass er sich auf den Raum selbst konzentrieren konnte, einen vollkommen unberührten Ort. Weiß auf Weiß auf Weiß. Die helle Reinheit fand er tröstlich. Schwarz oder Grau ließ er nur als Akzente zu. Nichts, was die helle Klarheit stören könnte.

Offenbar hasste sie es – was ihn nicht wirklich störte. Nein. Es überraschte ihn aber auch nicht, dass ihr die Einfachheit seiner Wohnung nicht gefiel.

Die Frau bevorzugte schrille Dinge, die vor lauter Lebendigkeit schrien. Zum Beispiel trug sie leuchtendes Rot. Eine knallrote Sporthose, die von ihrem runden Hintern ausgebeult wurde und das Wort #HOT vorwölbte. Dazu einen passenden sportlichen Pullover über einem weißen T-Shirt, auf dem stand: »*Das ist zu viel für dich.*« Möglicherweise eine ausgesprochen akkurate Einschätzung.

Sie hatte ihre wilden Locken zu einem lockeren Pferdeschwanz gezähmt, der die Aufmerksamkeit auf ihre feinen Züge und vollen Lippen lenkte. Volle rote Lippen, die vom Lipgloss glänzten.

Verdammt heiß und appetitlich. Er wollte die helle Energie, die sie ausströmte, absorbieren – und dabei einen Großteil seiner Kleidung ablegen.

Kämpfe gegen den Drang an. Er sollte sich dagegen wehren, weil er eigentlich wütend auf sie sein müsste, oder zumindest verdammt misstrauisch. Das letzte Mal, als er nicht auf der Hut war, war er im Arsch. Seine Schwester kam ums Leben und er verlor alles, was er besaß. »Wie bist du überhaupt hereingekommen?«

»Durch die Tür natürlich, du Schwachkopf. Hast du Schlagsahne?« Sie wühlte weiter in seinem Kühlschrank.

»Die hat zu viele Kalorien. Aber die Tür war mit einem Sicherheitsschloss verschlossen.«

»Du glaubst ja wohl nicht ernsthaft, dass das jemanden aufhält, oder?«, schalt sie ihn.

Es stimmte, ein echter Einbrecher würde sich nicht einschüchtern lassen, aber was war mit seinen anderen Schutzmaßnahmen, seinen magischen Runen? Sie hatten ihn noch nie im Stich gelassen.

»Hast du irgendetwas Komisches gemacht, als du hereingekommen bist? Wie zum Beispiel etwas an die Wand zu schreiben, ein Huhn zu opfern oder vielleicht nackt zu tanzen und dabei die Götter anzurufen?« Er hoffte, dass eine Sicherheitskamera im Aufzug alles aufgenommen hatte, falls das Letzte zutraf.

»Und da wird behauptet, dass Löwinnen merkwürdige Fragen stellen. Und um deine Frage zu beantworten, keins von alledem. Allerdings habe ich ein Päckchen mit reingebracht, das jemand vor deiner Tür gelassen hat.«

»Was für ein Päckchen?« Und noch mal, wie konnte es vor seiner Tür gelegen haben? Nur er und JF hatten den Code für den Aufzug. Entweder er oder sein Stellvertreter ließ das Reinigungsteam ein Mal pro Woche herein, und das wurde überwacht. Nun, es hatte nicht nur sie hereingelassen, sondern auch einen Zusteller? Zeit, das System zu überholen.

»Das Päckchen, das auf dem Tisch im Flur liegt. Es ist ganz besonders interessant. Ich habe reingeschaut. Es ist irgend so eine Art komisches, eingetrocknetes Eichhörnchen drin, aber riesig, fast so groß wie eine Katze.«

Ein ausgetrocknetes Tier? Hier? Er wirbelte herum und ging auf den von ihr erwähnten Karton zu. Er klappte den Deckel auf und schaute nach. Und tatsächlich, was sie für ein riesiges Eichhörnchen hielt, starrte ihn mit gefletschten

Zähnen aus dem Paket an. Sie hatte die Flügel nicht erwähnt. Sie flatterten.

Verdammt! Er schlug die Klappen zu, schnappte sich die Schachtel und zog in einem schnellen Trab los.

»Wo läufst du denn mit dem toten Tier hin?«

»Ich bringe es in mein Büro. Und vielleicht solltest du dir besser eine Waffe besorgen, denn es ist nicht tot.« Als wollte er seine Aussage unterstreichen, klapperte die Kiste in seinen Armen.

»Was meinst du mit *nicht tot*? Ich habe das Ding gesehen, und es ist ganz sicher tot. Ich meine, ich habe schon verschimmelte Dinge in meinem Kühlschrank gesehen, die lebendiger waren als dieses Ding.«

»Dämonen verhalten sich eben nicht wie die Kreaturen in unserer Ebene.« Der Karton polterte erneut in seinem Griff, die Kreatur im Inneren gewann an Kraft, als sie die Magie aus seinen Zellen absaugte. Deshalb hatte er sie nicht gehört. Der Nulldämon nährte sich von ihm, und je mehr er sich von ihm ernährte, desto stärker wurde er. Mit einem Nulldämon in voller Stärke wollte er in seiner Wohnung nicht konfrontiert werden. Sie neigten dazu, Chaos zu hinterlassen.

»Das in der Schachtel ist ein Dämon?« Er konnte die Aufregung in ihrer Stimme hören. »Schatz, du bist wirklich total interessant.«

Sie hat ja nicht die geringste Ahnung.

Er schlug mit der Hand auf den eingebetteten Sicherheitsschirm an seiner Bürotür. Er ließ sie nie unverschlossen und jeder Versuch von jemand anderem als ihm, sie zu öffnen, würde zu einer bösen Überraschung führen. Die Tür klickte und glitt auf. Er trat sofort ein und ließ den Karton in den auf dem Boden gezeichneten Kreis fallen. Etwas darin ließ einen Schrei los.

Schade. Es war nun vorübergehend eingeschlossen.

Vorübergehend nur deshalb, weil das Nullwesen die Kraft des Kreises ausnutzen würde, und wenn es einmal alles hineingezogen hätte, müsste er es mit Gewalt bekämpfen. Es sei denn, Gaston würde es jetzt aufhalten.

Er näherte sich seiner Wand mit Utensilien und beäugte die verschiedenen Waffen – es gab Schwerter und Dolche, eine Keule mit Stacheln und sogar einen krummen Zauberstab. Gegenstände der Magie, die er im Laufe der Jahre gesammelt hatte. Kuriositäten, die er auf seinen Reisen gefunden hatte. Einige davon hatte er gekauft. Einige gestohlen. Alle waren auf ihre besondere Art und Weise mächtig.

Er wählte ein silbergeschmiedetes Schwert, der Knauf ein wunderschöner, komplizierter Strudel aus dickem Metall, der sich in seiner Hand aufwärmte. Die Klinge glänzte mit blauem Feuer, das Gerechte Schwert, wie manche es nannten. Vielleicht wurde es so genannt, weil es lästige Dämonen tötete.

Er ging zum Kreis hinüber und schlug den Deckel der Schachtel zurück.

»Was machst du jetzt?« Reba war ihm in den Raum gefolgt und ging außen um den Kreis herum.

»Das Ding loswerden.«

»Das kommt mir irgendwie ziemlich gemein vor. Ist das Ding nicht gerade erst wieder zum Leben erwacht? Sollten wir es nicht lieber als Wunder feiern?«

»Du kannst feiern, wenn ich es getötet habe. Wir dürfen auf keinen Fall zulassen, dass es entkommt.«

Tschirp. Der Dämon hielt sich am Rand der Schachtel fest und blickte hinüber. Mit seinen großen, schwarzen Augen sah er direkt Reba an. Ihre Züge wurden ganz weich. »Aah, sieh ihn dir nur an, Tony, ist er nicht süß?«

Er wusste nicht, was er schlimmer fand – die Tatsache, dass sie den Nulldämon, der aus der Leere stammte, süß fand, oder dass sie ihm den Spitznamen Tony gegeben hatte. Er knurrte: »Ich bin kein Tony. Tony ist ein Italiener, der eine Pizzeria betreibt. Ich heiße Gaston.«

»Ja, das finde ich irgendwie blöd, wenn ich nämlich Gaston höre, denke ich immer an *Die Schöne und das Biest* und dann habe ich dieses Lied im Kopf. Du weißt schon, welches ich meine.« Sie summte die ersten paar Takte des betreffenden Liedes.

Er kannte es nicht, war sich aber sicher, dass es ihm nicht gefallen würde. Genauso wenig, wie ihm der Spitzname Tony gefiel. »Wie würde es dir gefallen, wenn ich dir auch einen Spitznamen gebe? Zum Beispiel ...« Er hielt kurz inne und dachte darüber nach, wie er Reba so abkürzen konnte, dass ein beleidigender Spitzname entstand. »Reh. So wie in Rehlein, das Befehle von Arik ausführt.«

Sie schnalzte mit der Zunge. »Warum solltest du mich so nennen, wenn du jetzt schon *chaton* benutzt. Wir wissen doch beide, dass *chaton* der bessere Name für mich ist, weil ich so ein süßes Kätzchen bin.«

Nein, sie war eine Ablenkung, die er sich kaum leisten konnte, denn der Dämon war aus dem Karton gekrochen und watschelte nun zum Rand des Kreises in Rebas Richtung.

»Jetzt sieh dir doch mal das kleine Baby an, wie es seine ersten Schritte macht«, säuselte sie.

»Tritt zurück. Lass nicht zu, dass er dich berührt.«

»Immer mit der Ruhe, Süßer. Du hattest wohl während deiner Jugend keine Haustiere, oder? Ich hatte ein Meerschweinchen, das ungefähr so groß war. Auch wenn die Leute vom Zoo es Capybara nannten, als sie gekommen sind, um es zu holen. Und die haben doch tatsächlich meinen Vater beschuldigt, es illegal ins Land gebracht zu haben, kannst du das glauben?«

Sie wich vom Thema ab und er brachte sie wieder zurück. »Du musst auf mich hören, wenn ich dir sage, dass dieses Ding gefährlich ist. Und es wird nur stärker werden, wenn wir es nicht aufhalten.«

»Ich bin ja eigentlich ein großer Fan davon, tödliche Dinge zu jagen, aber ich schrecke davor zurück, willkürlich zu töten. Können wir ihn nicht irgendwo im Wald aussetzen?«

Der Nulldämon erreichte den Rand des Kreises und stieß ihn mit dem Finger an. Die Blase hielt, aber nicht lange. Gaston ging um den Kreis herum und näherte sich ihm von der Seite, seine Augen fest auf ihn gerichtet.

»Du solltest ihm jetzt besser nicht den Kopf abschlagen. Ich habe diese Klamotten gerade erst gekauft.«

»Dann geh bitte ein paar Schritte zurück.«

Statt auf ihn zu hören, betrachtete sie den Dämon mit viel zu großer Neugier. »Wächst ihm ein Schwanz?«

Wahrscheinlich, denn die Schwänze waren meist so ausgetrocknet, dass sie abfielen, nachdem der Dämon durch das Portal gezerrt worden war. Doch sie gingen nicht verloren. Der Schwanz eines Nulldämons war ein mächtiges Mittel, wenn er getrocknet und für die Verwendung in Gegenmitteln pulverisiert wurde.

»Du solltest jetzt aber wirklich aus dem Weg gehen, *chaton*. Wir haben zu lange gewartet. Jetzt wird die ganze Sache ziemlich hässlich werden.«

Sehr hässlich wie sein Gesicht, als sich der Dämon drehte, um ihn anzugrinsen, seine Zähne wie schwarze Obsidianscherben. Er zischte, was ein zweites Gebiss zum Vorschein brachte, und seine Zunge peitschte mit tropfendem Sabber aus seinem Maul. Die Tropfen zischten auf dem glatten, silberfarbenen Betonboden und hinterließen korrodierte Löcher.

Scheiße. Er hasste es, wenn das passierte.

Reba runzelte schließlich auch die Stirn. »Wenn ich es mir recht überlege, solltest du es vielleicht wirklich besser töten. Am besten jetzt sofort. Ich werde nicht zulassen, dass er meine neuen Prada Mary Janes ruiniert. Sie waren ein Geschenk, weil ich auf die zweite Portion Käsekuchen verzichtet habe.«

»Ein Geschenk von wem?«, fragte er geistesabwesend, während er sich dem Dämon näherte.

»Von mir selbst. Ich bin eine große Vertreterin davon, mich selbst zu belohnen, wenn ich ein braves Mädchen bin.«

Er hätte nichts dagegen, ihr auch eine Belohnung zu geben. Später. Gaston sprang vor und schwang das Schwert. Doch der Dämon war schneller, sprang auf die andere Seite des Kreises, streckte die Zunge heraus und sprühte Säure um den ganzen Kreis.

Weitere Löcher zischten im Beton, und die Aura des Kreises, das Einzige, was den Dämon hielt, flackerte.

Er stürzte wieder nach vorne und stellte sich in die Mitte des esoterischen Feldes, damit er besser ausholen und zielen konnte. Der kleine Bursche lief um den Kreis herum und Gaston hätte die Größe des Begrenzungsringes verfluchen können.

Größer war nicht immer besser. Nicht wenn ein größerer Kreis bedeutete, dass der Dämon unerreichbar war.

»Brauchst du Hilfe?«, fragte Reba und er konnte das verächtliche Grinsen in ihrer Stimme hören.

Der männliche Stolz sprach aus ihm. »Ich habe alles im Griff.«

Er ärgerte sich darüber, dass jeder Angriff ins Leere ging, aber der kleine Kobold immer traf, und Gaston fluchte, als seine frisch angezogene Hose zu rauchen begann. Außerdem hatte er keinen Zaubertrank für das

Viech zur Hand. Nulldämonen konnten nur körperlich besiegt werden. Magie jeglicher Art versagte bei ihnen, nicht einmal die mächtigsten Schlafmittel wirkten.

»Bist du sicher, dass du keine Hilfe brauchst?«, neckte sie ihn.

»Ist schon in Ordnung«, murmelte er durch zusammengebissene Zähne hindurch.

Aus einem anderen Raum klang ein Klappern.

»Was war das?«, fragte er, obwohl er sich ziemlich sicher war, dass er die Antwort bereits kannte.

»Habe ich etwa vergessen zu erwähnen, dass eigentlich zwei von den Dingern in der Schachtel waren? Ich hatte mich schon gefragt, wo das andere wohl hin sein mochte.«

Krach.

»Vielleicht hätte ich es dir besser sagen sollen.« Sie zuckte mit den Achseln.

»Ach, echt? Glaubst du?«

Mit einem fast hörbaren Sog rollte der letzte Teil der Magie, die den Kreis aufrechterhalten hatte, wie um einen Abfluss herum und wurde von der Kreatur eingeatmet. Der Dämon lächelte und man konnte seine zwei Reihen von Zähnen sehen. Er flatterte wie wild mit den Flügeln.

Scheiße. Er riss das Schwert gerade noch rechtzeitig hoch, um die Spucke abzulenken. Die Silberklinge glitzerte blau, als sie reagierte, und Reba keuchte. »Oooh. Hübsch. Kann ich das haben?«

»Im Moment brauche ich es gerade.«

Er machte einen Sprung, um zwischen dem Dämon und Reba zu bleiben, und begab sich dabei durch eine gewisse Ritterlichkeit in Gefahr. Nein, das konnte nicht sein. Er sorgte dafür, dass der Kobold ihn als Ziel behielt, damit er ihn besser töten konnte, bevor er seine Wohnung zerstörte.

»Wie bringt man sie am besten um?« Jetzt begann sie,

sich endlich dafür zu interessieren, wenn auch ein bisschen zu spät.

»Enthauptung funktioniert gut.«

»Hat er ein Herz?«

»Ja, allerdings unten im Becken und es wird von Knochen geschützt.«

»Wirklich? Und wie schmecken sie?«

Das sorgte für, dass er den Dämon lange genug aus den Augen ließ, um ihr einen schnellen Blick zuzuwerfen, und dann sah er noch einmal hin, als er feststellte, dass sie nackt war. Er hatte sie zwar schon nackt gesehen, sodass es keinen Unterschied machen sollte, doch es verwirrte ihn.

»Äh ...« Und die Ablenkung kam ihn teuer zu stehen. Etwas biss ihn ins Bein und es brannte. »Verdammte blöde Hexe aus der Hölle«, brüllte er.

Er streckte sein Bein nach außen, wobei der Schwung den Dämon nicht zum Hinfallen brachte, aber als er ihm den Schwertknauf überzog, tat das das Übrige. Der Dämon öffnete seine Kiefer mit einem Schrei der Wut und schlug auf den Boden. Bevor Gaston wieder nach ihm schlagen oder treten konnte, stürzte sich etwas mit glattem, dunklem Fell auf ihn.

Reba packte die Kreatur mit ihren kräftigen Zähnen und schüttelte ihren Kopf. Der Dämon quiekte und die säurehaltige Spucke flog herum. Gaston sprang aus dem Weg. Ein weiteres Kreischen brachte Reba dazu, den Kopf zu heben und zur Tür zu drehen. Der Kobold in ihrem Mund wand sich heftig. Sie spuckte ihn aus und als er auf dem Boden aufschlug, stieß sie ihn mit einer Pfote an. Er drehte sich um und fauchte sie an.

Sie fauchte zurück, ihre Zähne waren eindrucksvoll, ihr Knurren bösartig, aber sah er in ihren Augen Belustigung? Der Dämon huschte davon und er fluchte. Sie wartete absichtlich ab, bevor sie ihm nachstellte.

Krach. Peng. Die Geräusche der Zerstörung machten Gaston nicht gerade glücklich. Als er sein Büro verließ, sorgte er dafür, dass die Tür zuerst geschlossen war, bevor er dem Geräusch folgte. Er konnte zumindest dafür sorgen, dass sein Büro intakt blieb.

Er seufzte, als er das Klirren von zerbrochenem Glas hörte, und er seufzte wieder, als er das Wohnzimmer betrat und sah, was für ein Chaos herrschte. Federn von zerrissenen Kissen flatterten umher, einige trieben noch immer in der Luft. Die Kissen der Couch, die noch auf dem Sofa verblieben waren, wiesen große Risse auf, der Schaumstoff trat aus, das meiste davon war mit fleckig-braunem Blut bedeckt, Blut, das Reba mit ihren scharfen Krallen zutage förderte. Es dauerte eine Minute, bis ihm etwas klar wurde.

»Oh verdammt noch mal. Könntest du bitte aufhören, mit ihnen zu spielen.«

Mit einem Blick, der ihn eloquent als Spielverderber bezeichnete, stürzte sie sich auf einen Dämon und packte seinen Kopf mit dem Maul, bevor sie heftig zubiss. Der andere versuchte wegzufliegen, da die Magie in Gastons Wohnung ihn zur Größe eines großen Hundes hatte anwachsen lassen, aber mit einer Löwin konnte er es nicht aufnehmen, besonders, da diese nicht einmal zusammenzuckte, als Säure das Fell an ihren Beinen versengte. Noch ein Nackenbiss und der zweite Dämon war beseitigt. Innerhalb kürzester Zeit waren nur noch die Verwüstung und die brutzelnden Schleimpfützen übrig, die einen höchst unangenehmen Geruch verströmten.

Oh, und eine sehr nackte Reba. »Also, das hat Spaß gemacht. Und oh je, sieh dir die Bescherung an. Alles muss raus. Sieht aus, als bräuchte jemand einen Innenarchitekten, der ihm hilft, alles zu renovieren.«

»Das hast du mit Absicht gemacht.«

Sie grinste unverschämt. »Ja, habe ich. Und du solltest

mir danken. So, willst du jetzt die zweite Dusche des heutigen Tages mit mir zusammen nehmen?«

Das wollte er, und genau das war auch der Grund dafür, dass er sich stattdessen umdrehte und zurück zu seinem Schlafzimmer ging. »Ich gehe wieder ins Bett.«

Ein Plan, der nicht funktionierte, und so verließ er ein paar Stunden später seine Wohnung, um zur Leichenhalle zu fahren und nicht in seinen Klub. Und es dauerte ein paar Stunden, bis sie dort ankamen, denn das geschah nun mal, wenn man sich mit einer Löwin herumschlagen und sie zur Tür hinausbugsieren musste. Glänzende Dinge lenkten sie ab, ebenso wie Sonnenplätze, Nahrungsmittel, der Gedanke an Nahrungsmittel und im Grunde alles, was ihr über den Weg lief.

Obwohl es bedeutete, dass sie zu spät kamen, genoss er das alles. Er würde sich später auf einen Virus untersuchen lassen, denn er war sicher krank.

Da das Leichenschauhaus am Rande der Stadt lag, bot er ihr an, seinen Wagen zu nehmen. Sie akzeptierte, aber nur, damit sie fahren konnte.

Der Protest erwies sich als zwecklos.

»Gib mir den Schlüssel.« Sie streckte ihre Hand aus und hielt mit der anderen seine Kronjuwelen in festem Griff. Also gab er nach, woraufhin er wenig später auf dem Beifahrersitz neben Reba saß, die fuhr, als wäre der Teufel hinter ihr her.

In einer besonders scharfen Kurve, in der er sich fast sicher war, dass zwei der Reifen von der Straße abhoben, bemerkte er trocken: »Wir wollen die Leichenhalle doch nur besuchen, und nicht dort enden.«

»Was willst du denn damit sagen? Ich bin eine tolle Fahrerin.«

»Hast du jemals darüber nachgedacht, langsamer zu fahren?«

»Niemals!«

»Ich hätte diese Blumen nicht schicken sollen«, murmelte er. Gab es da nicht mal eine Geschichte von einer Maus mit einem Keks? *Schenkt man einer Löwin Blumen, hält sie es vielleicht für angebracht, in deine Wohnung einzubrechen, und dann braucht sie ...*

Alles, was er anzubieten hatte.

Ups.

Kapitel Acht

»Wer glaubst du, hat dir diesen Dämon geschickt? Meinst du, derjenige könnte auch ein paar zu unserem Haus schicken? Ich bin mir sicher, dass es den Mädels gefallen würde, mit denen spielen zu können.«

»Du hattest einfach nur Glück. Diese Dämonen hatten noch nicht ihre volle Kraft erreicht, nicht mal annähernd.«

»Und außerdem hast du die Frage nicht beantwortet, wer sie geschickt hat.«

»Weil ich es nicht weiß. Auf dem Paket war kein Absender.«

Keinerlei Kennzeichnung, nur ein weißer Adressaufkleber an Gaston Charlemagne. »Woher stammen diese Dämonen? Und warum sahen sie so aus, als wären sie gefriergetrocknet worden?«

»Sie stammen aus einer anderen Dimension. Und der Prozess, sie hierüber zu bringen, entzieht ihnen alle Magie. Sie sehen aus wie tot. Wenn sie aber in eine Umgebung voller Magie kommen, werden sie wieder zum Leben erweckt.«

»Wie eine welkende Blume, die man gießt.«

»So ungefähr. Und sie sind mit Vorsicht zu genießen und nicht zu unterschätzen.«

»Sagt der alte Mann, der auch als Spielverderber bekannt ist.«

»Du hast keine Ahnung, womit du es zu tun hast, *chaton*.« Tony hatte die Arme verschränkt und starrte gedankenvoll aus dem Fenster. Einfach zu niedlich, deswegen neckte sie ihn auch weiter, um seine Wut am Schwelen zu halten.

»Ist der kleine Magier jetzt sauer, weil das Kätzchen sich um das Problem gekümmert hat, bevor er sein mächtiges Schwert einsetzen konnte?«

»Wenn du dich nicht benimmst, werde ich mich um dich kümmern.«

»Jederzeit, Süßer. Und bring das Schwert mit.« Ein Knurren kam aus seiner Kehle und sie biss sich auf die Lippen, um nicht laut loszulachen. »Ich warte noch immer darauf, dass du dich bedankst.«

»Und wofür soll ich mich bedanken? Schließlich hast du sie in meine Wohnung gebracht.«

»Und dann bin ich sie wieder losgeworden.«

»Aber erst nachdem sie diese Katastrophe angerichtet hatten.«

»Um die ich mich kümmern werde. Für den richtigen Preis.« Er starrte sie wütend an und sie grinste. »Ich verspreche, dass ich dir einen Freundschaftspreis mache.«

Sie trat auf die Bremse, da der Verkehr an der roten Ampel das Weiterfahren unmöglich machte.

»Ich mochte meine Wohnung, wie sie war«, grummelte er ziemlich ungerührt. Er hatte schon vor einigen Ampeln gelernt, sich zu wappnen.

Da sie ihre Hände im Moment nicht brauchte, packte sie seine Wangen und kniff hinein. »Wer ist denn da ein großes Baby? Der Tony«, sang sie.

»Dein Spott wird nicht gewürdigt.«

»Offenbar sind meine Fähigkeiten zur Arschrettung auch nicht gefragt. Ein Dankeschön wäre nett. Am besten auf die Lippen.« Sie streckte ihm die geschürzten Lippen hin, vor allem weil sie wusste, dass er zurückweichen würde. Normalerweise. Diesmal nicht.

Diesmal packte er sie um den Nacken und zog sie an sich heran. »Du machst mich ein wenig verrückt. Das sollte eigentlich gar nicht möglich sein.«

In diesem Punkt war sie völlig seiner Meinung. Sie biss ihm ins Kinn. Er erschauderte. Er erschauderte sogar ziemlich heftig, was sie als Kompliment auffasste. Er sollte eine Reaktion haben, wenn sie in der Nähe war. Das war nur richtig.

»Es ist grün.« Sie wandte sich von ihm ab und trat aufs Gas.

Aber anscheinend stand der Weg für Gespräche jetzt offen. »Was willst du von mir, *chaton*?«

»Ich habe es dir doch schon gesagt, ich will dich.«

»Um dir bei deiner Ermittlung im Fall der fehlenden Leichen zu helfen. Ist das alles?«

»Natürlich nicht. Das ist nur ein Vorwand. Auch wenn Arik es mir nicht aufgetragen hätte, wäre ich hinter dir her. Du bist interessant und du hast Glück, denn ich habe beschlossen, dass ich es aufgebe, gegen meine Gefühle anzukämpfen.« Wenn sie sich Tony nämlich nicht selbst schnappte, würde jemand anderes es vielleicht tun, und dann würde es ein Blutbad geben. *Ich sollte besser Chlor auf meine Einkaufsliste schreiben.*

»Sehe ich das richtig? Bittest du mich darum, dich zu verführen?«

Daraufhin lachte sie. »Oh nein. Darum bitte ich dich nicht. Da du dich ja dazu entschieden hast, mich nicht zu verführen, habe ich beschlossen, dich mir einfach zu nehmen.«

»Mich zu nehmen? Was soll das denn heißen?«

»Es bedeutet, du bist im doppelten Sinne gefickt. Wobei du das eine mehr genießen wirst als das andere.« Sie lächelte. Und das Lächeln mochte vielleicht ein wenig zu raubtierhaft ausgefallen sein.

Miau.

Wenn man von seiner gerunzelten Stirn ausging, schien ihn das nicht sonderlich zu beeindrucken. »Ich werde nicht auf der Liste der Leute enden, die du anrufst, wenn du es mal wieder nötig hast.«

Er schien damit andeuten zu wollen, dass sie normalerweise zurückrief. »Es ist eine ziemlich kurze Liste, auf der nur ein Name steht. Nämlich deiner.«

Er wurde ganz steif, und das bezog sich nicht nur auf seinen Körper. »Du spielst mit dem Feuer, *chaton. Le feu, ça brûle.*«

»Brenne, Baby, brenne.« Sie zwinkerte ihm zu. »Gib doch zu, dass es dir gefällt. Wir beide. Sieh doch nur, wie viel Spaß wir haben. Denk doch nur mal daran, wie viel Spaß wir hätten, wenn ich dich zu meinem Gespielen machen würde.«

Er sah sie böse an.

»Okay, wie viel Spaß ich hätte. Weißt du, worauf ich mich schon so freue? Wie eifersüchtig die Mädels sein werden, wenn sie herausfinden, dass ich nicht nur diesen heißen, merkwürdigen Typen in der Stadt an Land gezogen habe, sondern auch noch mit Dämonen spielen durfte. Selbst Luna kann nicht von sich behaupten, zwei Dämonen direkt aus der Hölle erledigt zu haben.«

»Sie stammen nicht aus der Hölle.«

»Vielleicht in deiner Version der Geschehnisse nicht. In meiner Geschichte sind sie durch einen Riss im Raum-Zeit-

Kontinuum geschlüpft, um in deine Wohnung einzudringen und dich zu entführen. Und da bin ich dir zu Hilfe gekommen und habe sie erledigt.« Und dann war der Moment gekommen, in dem Reba eigentlich ihre Belohnung hätte bekommen sollen, doch ihre Belohnung spielte schwer zu kriegen.

»Hättest du dich nicht eingemischt, hätte ich mich um die Nulldämonen gekümmert und dabei viel weniger Verwüstung in meiner Wohnung angerichtet.«

»Heulst du immer noch wegen der Einrichtung?« Sie verdrehte die Augen, sah aber trotzdem, wie sich das nervöse Zucken in seinem Augenwinkel wieder bemerkbar machte. *Ticktack.*

»Mir gefiel meine Inneneinrichtung.«

»Bist du immer so nervös, weil du so alt bist?«

»Ich bin nicht alt.«

»Behauptest du. Aber sieh dir doch mal die Fakten an, Opa.« Sie musste sich beherrschen, um nicht zu grinsen, als das nervöse Zucken schlimmer wurde. »Antiquitäten und weltliche Besitztümer sind für diejenigen, die in der Vergangenheit feststecken und an einen Ort gekettet sind. Sie sind Zeitverschwendung, denn das Hier und Jetzt ist das Wichtigste.« Und hier war sie mit Tony in ihrem Auto und trug ihre Ersatzkleidung, da der rote Trainingsanzug die Dämonen nicht überlebt hatte. Der kurze Rock war ziemlich hochgerutscht, als sie sich gesetzt hatte. Er hatte es bemerkt.

»Ich trage kein Höschen«, informierte sie ihn.

»Die Dämonen haben aber dein Höschen nicht schmutzig gemacht.«

»Nein, das warst du. Ich werde immer so aufgeregt, wenn du in der Nähe bist.« Sie strich sanft mit den Fingern über seinen Oberschenkel, bevor sie wieder den Schaltknüppel ergriff.

»Hast du nicht ein Ersatzhöschen dabei? Du hast doch sogar Ersatzschuhe.«

»Wozu? Da trage ich lieber gar nichts drunter.«

»Tja, dann hast du es am Waschtag eben etwas leichter.« Er sah sie absichtlich nicht an.

Sie lachte. »Also bitte. Für so was benutze ich einen Putzdienst. Und diese Hände machen auch keinen Abwasch.« Sie hob sie vom Lenkrad – obwohl sie hundert Sachen draufhatten – und er zuckte nicht einmal zusammen. Der hatte wirklich ein ordentliches Paar Eier.

Denen würde ich gern mal einen Klaps geben und sehen, wie sie schwingen. Am besten zwischen ihren Beinen, während er sie von hinten nahm. Jetzt müsste sie nur noch die Art von Frau sein, die ihr eigenes Vergnügen vor die Arbeit stellt.

Die Arbeit. Das war auch der Grund dafür gewesen, warum sie überhaupt in seiner Wohnung war. Sie hatte sich kurz ablenken lassen – von einem hübschen, glänzenden, quietschenden Spielzeug –, aber jetzt war sie wieder konzentriert. Jetzt war sie wieder ganz bei der Sache und … ja. Eher nicht. Sie war immer noch genauso scharf wie zuvor, und er hatte immer noch nichts dagegen getan.

Aber er würde nachgeben. Das konnte sie sehen. »Worüber denkst du nach?«, fragte sie.

»Es ist eher so, dass ich deine Gedanken lese und dass du mich eigentlich darum bitten möchtest, es dir zu besorgen.«

Seine Worte erschreckten sie so sehr, dass sie das Steuer herumriss und der Wagen eine Spur übersprang, aber das schnelle Ausweichen bewahrte sie davor, in das Fahrzeug zu krachen, das ihr nicht aus dem Weg gegangen war. »Das möchte ich nicht. Ich werde dich einfach nur benutzen, um es mir selbst zu besorgen.«

»Warum solltest du dir die Mühe machen? Sag es doch

einfach und ich übernehme die ganze Arbeit. Ich kann dir versprechen, dass du es nie wieder vergessen wirst, wenn du auch nur ein einziges Mal mit mir schläfst.«

»Und trotzdem bist du Single. Das sieht für mich wie ein Widerspruch aus.«

»Vielleicht habe ich nur auf die richtige Frau gewartet.«

Auf das Schicksal.

Seit wann vertraut ihre Katze auf das Schicksal statt auf den Instinkt? Und was sagte ihr Instinkt über ihn?

Schnapp ihn dir. Das sollte sie tun, um sicherzustellen, dass keine andere versuchte, ihn ihr wegzuschnappen. Ihre besten Freundinnen hatten alle ein Auge auf ihn geworfen, außer Luna und Meena. Sie waren zu sehr damit beschäftigt, ihren Männern auf den Hintern zu glotzen, um zu bemerken, dass Tony viel besser war.

»Ich bin nicht nur eine Frau, ich bin eine Löwin, und wir scheuen uns nicht, zu jagen und uns zu nehmen, was wir wollen«, rief sie ihm ins Gedächtnis, nahm ihre Hand vom Schaltknüppel und ließ sie seinen Oberschenkel hinaufgleiten. Verdammt, er trug seinen Schwanz rechts.

»Warum solltest du es dir nehmen, wenn du mich auch einfach darum bitten kannst? Mich bitten kannst, es dir zu besorgen. *Bitte mich darum und ich sorge dafür, dass du meinen Namen in Ekstase ausrufst.*«

Der letzte Teil seiner Rede streichelte sie wie eine sanfte Berührung, hüllte sie ein und tauchte in sie ein, als hätte er zu ihren Gedanken gesprochen.

»Eine Dame bittet nicht darum. Sie wartet darauf, dass der Mann sie verführt.« Sie nahm ihre Hand weg und fühlte eine Welle der Enttäuschung.

»Ich dachte, du wärst keine Dame. Das hast du zumindest behauptet.«

»Das kommt auf meine Stimmung an. Aber auch wenn ich es nicht bin, habe ich die Kontrolle. Ich werde nicht betteln. Und ich verstehe auch nicht, warum dir das so wichtig ist.«

»Nenne es einfach eine Eigenheit. Wenn wir es tun, dann weil du es willst. Ich will nicht, dass es darüber hinterher Zweifel gibt. Dann kannst du mir nicht die Schuld geben für das, was passiert ist.«

»Und was glaubst du, wird passieren? Werde ich plötzlich einen unbezähmbaren Wunsch verspüren, meine erste Zigarette zu rauchen? Werde ich so sehr kommen, dass ich daran sterbe?«

Daraufhin lachte er laut und schallend. »Deine Art zu denken ist wirklich einzigartig.«

»Genau wie meine Technik im Bett.« Sie ergriff den Schalthebel und ließ ihre Hand darüber gleiten, bevor sie auf die Kupplung trat und den Gang wechselte. Der Wagen sprang vor und diesmal war sie es, die lachte. »Es wird dir gefallen, was ich mit meiner Zunge machen kann.« Sie konnte nicht anders als diese schamlosen Worte auszusprechen, da sie sich noch nie zuvor so sehr hatte anstrengen müssen, um einen Mann zu bekommen. Meist reichte ein Lächeln, ein Augenzwinkern, mehr brauchten die Männer nicht, um sie anzusprechen – und die Sache durchzuziehen.

Aber Tony neckte sie ständig. Er ließ sie glauben, er wollte sie verführen und sie zu einer Pfütze orgastischen Glibbers zerfließen lassen. Das war noch nicht geschehen. Stattdessen hatte er sie nahe an den Rand ihrer eigenen Selbstbeherrschung gebracht und sich dann zurückgezogen.

Er flirtet genauso gut wie ich. Es bedeutete einen ständigen Zustand der Erregung, wenn er in der Nähe war, und selbst dann, wenn er nicht da war. Tony hatte sie um den kleinen Finger gewickelt – und um seinen großen Schwanz – und sie hatten noch nicht einmal mehr getan, als sich zu küssen und flüchtig zu befummeln.

»Nur damit du es weißt,« er lehnte sich zu ihr, »mir wurde versichert, dass meine orale Technik fantastisch ist.«

Knurr. Ups. Ein Fauchen drang aus ihrer Kehle und vielleicht hatte sie auch aus Versehen gesagt: »Wer behauptet das?« Das Plastik knirschte, weil sie das Steuer so fest griff.

»Frühere Geliebte natürlich.«

Sie brauchte Namen. Telefonnummern. Und zusätzlich noch einen Medienmanager, um all den Frauen mitzuteilen, dass Tony vergeben war. Zumindest so lange, bis er sie verführt hatte. »Soll ich sie anrufen und nach deinen Referenzen fragen? Ich kann dir auch ein paar Nummern meiner Ex-Freunde geben, falls du wissen willst, wie ich so bewertet werde.«

Das nervöse Zucken in seinem Augenwinkel wurde jetzt so schlimm, dass er aus dem Fenster sah, um es zu verstecken. »Ich weiß, was du bezweckst, und ich muss dir sagen, dass es nicht funktionieren wird. Ich bin kein sonderlich eifersüchtiger Mann.«

»Dann macht es dir sicher auch nichts aus zu wissen, dass ich früher mal mit Pietro zusammen war, dem Typen, mit dem wir uns in der Leichenhalle treffen. Deswegen hat er in dieser Situation auch gleich an mich gedacht.«

»Und wie lange ist das her?«

»Das spielt keine Rolle, da du ja nicht zu den eifersüchtigen Typen zählst.«

Er verzog den Mund zu einer Linie, gab sich aber nicht geschlagen – stattdessen ging er zum Angriff über. »Candy, das Mädchen, das als Empfangsdame im Klub arbeitet, hat eine Tätowierung auf ihrem inneren Oberschenkel.«

»Ich werde sie umbringen.« Ups. Hatte sie das etwa laut gesagt?

»Du bist wohl ziemlich besitzergreifend?«

»Ja, und aus irgendeinem Grund schließt dich das mit

ein.« Sie warf ihm einen Seitenblick zu. »Ich hoffe, ich muss nicht erst überall hinpinkeln, um mein Territorium zu markieren.«

»Es würde mir nichts ausmachen, nach dir zu riechen, da es doch bedeutet, dass du mich darum gebeten hast, es dir zu besorgen.«

»Es wäre falsch, dich darum zu bitten, besonders weil ich fahre, und wir könnten einen Unfall haben.« Lach. Stacey hatte ihr beigebracht zu fahren. Und die wusste wirklich, wie man schnell fuhr und mit ihrem glänzenden, roten Wagen um Kurven bog.

»Willst du damit etwa sagen, dass du bei meiner Berührung die Kontrolle verlierst? Was für ein Kompliment.«

Er hatte ihr die Worte im Mund verdreht. Ein Punkt für ihn. Er hatte sie in die Ecke gedrängt, also griff sie zu unfairen Mitteln und öffnete ihre Schenkel.

»Bin ich das oder ist es hier drinnen heiß und feucht?«

»Lass mich mal sehen.«

Er berührte sie nicht, rührte keinen Finger, und trotzdem spürte sie, wie ihr etwas über die Muschi strich. Wie eine geisterhafte Berührung. Schnell schloss sie die Beine wieder.

Er lachte leise. »Und du hast recht. Es ist heute heiß und feucht.«

»Was hast du da gerade gemacht?«

Er trug ein süffisantes Lächeln. »Ich habe dir doch gesagt, dass ich dich nicht anfassen muss, damit du mich spürst.«

Das verstand sie langsam. »Du beherrschst Magie, nicht wahr?« Aufgrund der Tatsache, dass sie sich in eine Löwin verwandeln konnte, war es nicht zu abwegig, auch an andere übernatürliche Kräfte zu glauben.

»Ich verfüge über ein wenig angeborene Magie, aber für

viele meiner Fähigkeiten muss ich nicht darauf zurückgreifen.«

»Und was bist du dann? Ein Magier? Hast du vielleicht einen Hut, aus dem du ein Kaninchen ziehen kannst?« Und weil Meena ihr aufgetragen hatte zu fragen, platzte sie heraus: »Und wo macht das überhaupt hin? Ich meine, wenn du den Hut trägst, machst du dir dann keine Sorgen darüber, dass das Kaninchen überallhin kackt?«

»Ich habe weder Kaninchen noch Hut.« Er schüttelte den Kopf. »Ich würde mich nicht als Magier bezeichnen, obwohl es bei manchen meiner Tricks um Illusionen geht. Andere beruhen auf Alchemie.«

»Und wie würdest du dich dann selbst nennen?«

Er wich ihr dreist aus, indem er erwiderte: »Wir sind da.«

Und so war es. Dem unscheinbaren, kastenförmigen Gebäude konnte man nicht ansehen, dass es als städtisches Leichenschauhaus diente. Am helllichten Tag, dreistöckig und aus braunem Ziegelstein gebaut sah es überhaupt nicht imposant aus, aber der Mangel an Parkplätzen in der Gegend stellte eine gewaltige Herausforderung dar. Reba schaffte es schließlich, den Geländewagen in eine Parklücke zu zwängen, wobei sie den beiden anderen Autos nur einen leichten Schubs geben musste, um Platz zu machen.

»Erinnere mich daran, dir niemals meinen Jaguar zu leihen«, murmelte er, als er aus dem großen Geländewagen ausstieg, komplett mit Stoßstange vorne und verstärktem Stoßdämpfer hinten.

»Ich würde lieber deinen Spider fahren«, erwiderte sie und ging zum Kofferraum des Wagens.

»Woher weißt du, dass ich einen besitze?«

»Ich mache eben meine Hausaufgaben.« Sie griff in den Kofferraum und wühlte in einer Tasche herum. Es handelte sich um eine rosa Hockeytasche, in der sich alle ihre Sachen perfekt verstauen ließen. Sie zog einen Baseballschläger heraus.

»Wofür ist der denn?« Er zeigte auf den glänzenden Aluminiumschläger.

»Um ein paar Köpfe einzuschlagen für den Fall, dass einige der Leichen nicht mehr tot sind.« Es war immer besser, auf alles vorbereitet zu sein.

»Ich weiß wirklich nicht, was mir mehr Angst macht. Die Tatsache, dass ich deine verdrehte Logik verstehe, oder die Tatsache, dass wir auf lebende Tote treffen könnten.«

»Mach dir keine Sorgen, Süßer, ich beschütze dich.« Sie zwinkerte ihm zu, schulterte den Baseballschläger und schlenderte in das Gebäude, nur um dort vom Wachmann aufgehalten zu werden, der ihren Baseballschläger einkassierte, obwohl sie schmollte. Vielleicht hätte sie ihre weniger damenhafte Seite gezeigt, doch Tony knurrte: »Benimm dich«, und gab ihr einen Geisterklaps auf den Hintern.

Das brachte ihre Löwin völlig aus der Fassung, so sehr, dass sie die Lippen zusammenpresste. Es war schwer, gegen etwas zu kämpfen, das sie nicht sehen konnte.

Außerdem wollte sie das Leichenschauhaus besuchen, nur damit sie sagen konnte: »Ich sehe tote Menschen«, nur dass da leider keine toten Menschen waren, nur ein langweiliger Typ in einem weißen Kittel.

»Wo ist Pietro?«, fragte sie und sah sich nach ihrem Ex-Freund um. Weil sie nämlich sehen wollte, wie Tony die Beherrschung verlor. Und das würde er. Darauf hätte sie gewettet.

»Anscheinend macht er besonders lange Mittagspause. Ich weiß nicht, wann er zurückkommt.«

»Er hat uns gebeten, vorbeizukommen und uns die Situation der fehlenden Leichen mal anzuschauen.«

»Seid ihr mit ihm befreundet?«

Reba lächelte anzüglich und murmelte: »Es ist noch gar nicht lange her, da waren wir so viel mehr als nur Freunde.«

»Grrrggg.« Entweder knurrte Tony oder sie hatten ihren ersten lebenden Toten gefunden.

Der Mann im Kittel machte große Augen. »Du musst Reba sein. Verdammt, du bist noch viel heißer, als er gesagt hat. Er wird wirklich enttäuscht sein, dass er dich verpasst hat.«

»Ja, wirklich schade. Aber leider können wir nicht warten«, unterbrach Tony. »Können Sie uns etwas über die fehlenden Leichen sagen?«

Der Typ in dem weißen Kittel – auf seinem Namensschild stand *Langweilig*, nun, eigentlich stand *Arnold* darauf, und das war langweilig – erklärte ihnen, was geschehen war.

»Wir hatten plötzlich einen Anstieg nichtidentifizierter Leichen, Leute, die keine Familie hatten oder deren Familie unauffindbar war. Das Bestattungsinstitut, das sich um staatliche Beerdigungen kümmert«, die vom Staat bezahlt wurden, »sollte eigentlich heute vorbeikommen, um sie abzuholen. Insgesamt waren es fünf.«

»Fünf? Das kommt mir ziemlich viel vor.«

»Wie schon gesagt, diesbezüglich war diese Woche ziemlich viel los. Als wir Feierabend machen wollten, waren alle Kühlfächer bis auf eines belegt.« Arnie zeigte auf die Wand aus Edelstahlschubfächern hinter ihm. »Und als wir heute Morgen aufgemacht haben, waren sie verschwunden.«

»Habt ihr die Polizei gerufen?«

»Natürlich, gleich als Erstes, und sie ist gekommen und hat unsere Aussagen aufgenommen und Fingerabdrücke genommen. Aber die Beamten behaupten, dass es sich wahrscheinlich nur um einen Scherz handelt. Studenten, die sie für ihr Labor stehlen. Sie forschen auch nach, ob das

Beerdigungsinstitut sie vielleicht früher abgeholt hat. Es scheint, als würden sie davon ausgehen, dass die Leichen von alleine wiederauftauchen.«

»Wahrscheinlich stöhnend und auf der Suche nach menschlichen Gehirnen.«

Arnie warf ihr einen Blick zu. »Und das ist auch genau der Grund dafür, warum wir es nicht an die große Glocke hängen wollen. Die Polizei hofft sie zu finden, bevor die Bevölkerung ausflippt.«

Tony runzelte die Stirn. »Aber sollte es nicht besser an die große Glocke gehängt werden? Immerhin sprechen wir von fünf Leichen. Fünf nichtidentifizierte Leichen, die jetzt fehlen und von denen eigentlich ein Foto veröffentlicht werden sollte, um sie identifizieren zu können.«

Arnie zuckte mit den Achseln. »Das ist auch normalerweise die Vorgehensweise, aber aus irgendeinem Grund diesmal nicht.«

Das bedeutete mit anderen Worten, dass diese Leichen etwas an sich hatten, das die Behörden vertuschen wollten.

»Wie sind sie ums Leben gekommen?«, fragte sie. Die verworrene Nachricht, die Pietro ihr am frühen Morgen geschickt hatte, half ihnen nicht sonderlich weiter. »*Hier gehen merkwürdige Dinge vor. Das musst du dir ansehen. Leichen sind verschwunden. PS: Du fehlst mir immer noch.*« So süß. Sie hatte die Nachricht gespeichert und würde sie vielleicht später Tony vorspielen.

»Anfangs kam es uns vor, als seien sie auf verschiedene Weise ums Leben gekommen. Ersticken, Ertrinken, Herzinfarkt und zwei unbekannte Todesursachen. Bei der Obduktion stellten wir fest, dass ihnen alle Organe fehlten.«

»Jemand hat sie aufgeschnitten, bevor sie starben?«

Arnie schüttelte den Kopf. »Das ist es ja gerade. Keine der Leichen hatte Narben, die darauf schließen lassen würden, dass ihnen Organe entnommen worden waren.«

Die unausgesprochene Frage? Wie hatten sie es gemacht?

»Könnte es sein, dass die Todesfälle miteinander in Verbindung stehen? Vielleicht hat der Mörder sie verschwinden lassen, um Spuren zu beseitigen.«

»Aber wenn sie ermordet wurden, warum reagiert die Polizei dann nicht mit größeren Anstrengungen?«

Reba ahnte schon, warum die Geschehnisse heruntergespielt wurden. Viele der Polizisten waren keine Menschen. Gerade Gestaltwandler fühlten sich bei der Polizei ausgesprochen wohl, da ihr Bedürfnis zu jagen dort gestillt wurde. Die Tatsache, dass viele Polizisten im Dienst waren, die den Gestaltwandlern freundlich gesinnt waren, bedeutete, dass merkwürdige Vorkommnisse vertuscht werden konnten. Oder sie einfach komplett ignoriert werden konnten.

»Vielleicht müssen die Leichen erst vierundzwanzig Stunden lang verschwunden sein, bevor die Polizei etwas tun kann. Ich meine, sind sie nicht auch vermisste Personen?«

Die Männer sahen sie beide an. Was denn? Es kam ihr nur logisch vor, vor allem wenn man die Tatsache außer Acht ließ, dass sie tot waren.

»Gibt es bereits eine Theorie darüber, wie die Leichen fortgeschafft wurden?«, wollte Tony wissen.

»Die gibt es nicht. Eigentlich ist es technisch gar nicht möglich, dass die Leichen verschwunden sind.«

Zuck. Der Schwanz ihrer Löwin wedelte aufgeregt hin und her. Jemand hatte die Wörter *nicht möglich* benutzt.

Das sieht nach einer Herausforderung aus. Ding, ding.

»Was ist auf den Aufnahmen der Kameras zu sehen?« Tony und seine praktischen Fragen.

Sie hätte den Menschen rausgeworfen und ihre Nase

eingesetzt – da jemand anscheinend ihre Zunge verschmähte.

»Gar nichts. Wir haben die Sicherheitskameras überprüft. Niemand außer Pietro und ich waren gestern Abend in diesem Raum, und heute Morgen waren es auch nur wir beide.«

»Wer von euch beiden war zuletzt bei den Leichen?«

»Pietro. Er ist länger geblieben, um die Berichte fertigzustellen.«

»Und jetzt ist Pietro verschwunden.«

Von wegen lange Mittagspause. Der Mann brauchte nie länger als zehn Minuten, manchmal sogar wesentlich weniger.

Während Tony Arnie weiter verhörte, schritt sie durch den Raum und bemerkte die Metalltüren. Mit einem Ruck an der Klinke ließen sie sich wie in den Fernsehsendungen öffnen und zu sehen waren große Schubladen, die man herausziehen konnte. Die Edelstahlplatten schienen leer zu sein, aber als sie schnupperte, roch sie Plastik, Antiseptika und tote Dinge.

Ich bevorzuge frisches Fleisch. So ist es saftiger. Sie knallte die Schublade zu und prüfte die anderen, stellte aber keinen eindeutigen Geruch fest, nur eine Mischung, die zu diesem Ort gehörte, und die Gerüche von Pietro und Arnie.

Aber die vermissten Leichen schienen kaum einen Geruch zu hinterlassen.

Sie unterbrach Tony, um zu fragen: »Ist das so ein Ort, an dem diese komischen Wichser beginnen?«

»Sie nicht. Aber etwas anderes. Ich erkläre es dir später.«

Später. Eine weitere Verabredung. Der Mann war in sie verliebt. Er wollte es nur noch nicht zugeben.

Sie hockte sich hin und schaute auf das kleine Gitter im

Boden. Ein Schnuppern ließ sie wissen, dass dadurch schon so manches ekelige Ding weggespült worden war. Das Rohr schien zu klein zu sein, um etwas Größeres als eine Maus durchzulassen.

Es gab Fenster in dem Raum, wobei sich herausstellte, dass sich das Leichenschauhaus zu ihrer Enttäuschung im zweiten Stock des Gebäudes befand. Gehörte ein Ort, der mit Toten zu tun hatte, nicht in den Keller? Das störte die gespenstische Atmosphäre völlig.

Andererseits stank der Ort immer noch genauso wie damals, als Pietro sie einmal mit hierhergenommen hatte. Ekelhaft mit einem Hauch von widerlich. Die verschiedenen Gerüche im Raum machten es schwer, sich zu konzentrieren, der Gestank der Aufbewahrungsflüssigkeiten für die Organe und der strengen Reinigungsmittel durchdrang den Raum.

Es riecht schlecht. Ihr Kätzchen hob verächtlich die Nase.

Ein solcher Snob.

Oder ... Moment mal. Hatte ihr hübsches Kätzchen ihr einen Hinweis gegeben?

Sie sah nach oben und bemerkte mehrere Lüftungsschächte an der Decke. »Wohin führen die?«

»Genau genommen durch das ganze Gebäude.«

»Und sie enden im Keller?«

»Ja, aber du willst mir doch sicher nicht damit sagen, dass jemand durch sie hereingekommen ist und dann auf die gleiche Weise die Leichen gestohlen hat. Das wäre viel zu viel Arbeit.« Arnie schüttelte den Kopf.

»Wäre es wirklich so verrückt? Süßer, kannst du mir mal helfen?« Und als es so aussah, als würde Arnie ihr gern helfen, sah Tony ihn böse an.

Er kniete sich hin und faltete die Hände zusammen,

damit sie darauf steigen konnte. »Er hat recht, es ist unwahrscheinlich.«

»Eigentlich nicht. Wenn sie die Tür nicht benutzt haben, gibt es keine weiteren Optionen, die wir in Betracht ziehen können.« Sie zog ihren Schuh aus und stellte ihren Fuß in seine Hand. Als er begann, sie hochzuheben, winkelte sie das andere Bein hinter sich ab. Um das Gleichgewicht zu halten, streckte sie beide Arme weit zur Seite aus.

Je näher sie der Decke kam, umso schärfer wurde der Geruch des Todes. Sie stemmte sich mit den Händen an beiden Seiten des Luftschachtes ab, die Handflächen fest an die Wand gestemmt, und schnüffelte, während sie nachsah.

»Anscheinend hat da jemand ein Stück Haut zurückgelassen.« Und das Stück Fleisch stank, sodass es schwer war, andere Gerüche wahrzunehmen. Sie drückte gegen das Gitter. Es ließ sich in den Schacht dahinter heben und gab ein großes Loch frei. Sie stemmte sich hinein. »Ich sehe mir das mal an.«

Tony hielt sie an einem Fuß fest. »Nein, das wirst du nicht.«

»Du weißt aber schon, dass Arnie mir unter den Rock schaut, ja?«

Diese Ablenkung reichte aus, dass Reba ihren Fuß losreißen und sich in den Lüftungsschacht hieven konnte. Danke, zwanzig Jahre Gymnastik. Es brachte mehr als nur knallharte Oberschenkel.

»Du bewegst deinen süßen Hintern jetzt sofort wieder herunter«, fuhr Tony sie an. »Du hast ja keine Ahnung, womit du es zu tun hast.«

»Noch nicht. Aber ich sage dir Bescheid, wenn ich es herausgefunden habe.«

»Komm sofort zurück. Es ist gefährlich.«

»Das hoffe ich.« Und schon kroch sie davon und war ziemlich glücklich, besonders als sie feststellte, dass der Lüftungsschacht nach unten führte. Sie ließ sich mit einem gejodelten »Juhu!« hineingleiten.

Allerdings jubelte sie nur so lange, bis sie unten ankam, denn jetzt konnte sie endlich sagen: »Ich sehe tote Menschen.« Ausgesprochen viele sogar.

Kapitel Neun

BEI DEM IMMER LEISER WERDENDEN SCHREI ERSTARRTE GASTON.

»Ich rufe die Polizei«, rief Arnold, der vor Aufregung kaum atmen konnte.

Die Polizei? Die konnte in dieser Situation auch nichts ausrichten. »Hinter dir!« Gaston zeigte in die Richtung und als der Leichenbeschauer sich umdrehte, schlug er ihn bewusstlos, sodass er zu Boden fiel. Arnold würde mit Kopfschmerzen aufwachen und denken, er wäre von hinten überfallen worden. In der Zwischenzeit wäre Gaston längst von hier verschwunden, denn er würde jetzt sofort abhauen. Alleine. Aber anscheinend schien sein Körper das Memo nicht bekommen zu haben und schien auch nicht mehr zuzuhören, denn anstatt aus der Tür zu fliehen, ging er Reba nach.

»All die Opfer, die ich für sie bringe.« Und zwar nur für sie. Jeder andere wäre vielleicht froh, sie los zu sein. Jeder andere hätte vielleicht seine Wohnung nicht lebend verlassen nach dem kleinen Intermezzo mit den Dämonen.

Gaston bezweifelte, dass er genauso leicht durch die

Luftschächte passen würde wie sie. Außerdem hatte er eine ziemlich genaue Vorstellung davon, womit sie es zu tun hatten, und diese Wesen mochten kein Sonnenlicht. Er nahm die Treppe nach unten, und zwar hauptsächlich deshalb, weil die Lichter im Gebäude flackerten und er dem Aufzug nicht traute. Als er im Erdgeschoss angekommen war, ging er unauffällig die Treppe hinunter und bemerkte eine Tür, auf der stand »Nur für Wartungspersonal«. Eine verschlossene Tür stellte kein Hindernis dar.

Er ging an der Tür vorbei auf eine Metalltreppe, deren Trittfläche gelocht und geräuschvoll war. Anschleichen war hier nicht möglich. Normalerweise würde er versuchen, sich zu verstecken und die Situation in den Griff zu bekommen, aber angesichts der Anzahl der Ghule in diesem Versorgungsraum im Keller war es keine gute Idee, Zeit zu verschwenden, zumal die Kreaturen alle sehr an Reba interessiert schienen. Sie hingegen schien die Gefahr zu verkennen und versuchte, mit einem der Ghule zu sprechen.

»Es ist aber auch langsam mal an der Zeit, dass du vom Mittagessen zurückkommst, Pietro. Mich anzurufen und dann nicht hier zu sein war nicht besonders nett von dir.«

»Gnghgngg.«

»Knurr mich nicht an. Ich bin eine moderne Frau. Mir gefällt dein Höhlenmensch-Benehmen nicht.« Klatsch. Sie wirbelte herum und schlug einem Ghul auf die Hand, der diese nach ihr ausgestreckt hatte. »Ich habe nicht gesagt, dass du mich anfassen darfst. Zwinge mich nicht dazu, einen Bissen von dir zu nehmen, wie ich es bei deinem Freund getan habe.« In diesem Moment blickte sie Gaston an und in der Tiefe ihrer Augen konnte er feststellen, dass sie nicht im Geringsten besorgt war, und auch ihr Lächeln schien echt zu sein. »Da bist du ja, Süßer. Ich hatte gehofft, dass du mich findest. Ich möchte, dass du Pietro kennenlernst. Er ist mein Ex-Freund.« Pietro sah Gaston mit einem Auge an und stöhnte. Tatsächlich stöhnten alle Ghule und wandten sich zu ihm um.

»Bitte gehe langsam um die Ghule herum und stell dich hinter mich«, sagte er in dem ruhigsten Ton, den er aufbringen konnte.

»Wenn du *Ghul* sagst, meinst du dann untote, zombiehafte Kreatur?«

»Ich meine damit, sie sind schlauer als ein normaler Zombie und auch schwerer zu töten.« Und er hatte sein Schwert nicht dabei. Nur gut, dass er noch andere Tricks im Ärmel hatte – und zwar buchstäblich.

»Ist die Tatsache, dass Pietro ein Ghul ist, der Grund dafür, dass du nicht besonders eifersüchtig bist, obwohl du uns zusammen gefunden hast?«

»Es gibt nichts, auf das ich eifersüchtig sein müsste. Du willst mich. Du bist nur zu feige, es zuzugeben.«

»Ich bin nicht zu feige. Ich habe dir ja schon gesagt, dass ich vorhabe, dich zu verlassen. Du bist doch derjenige, der nicht genügend Mut hat, mich einfach zu nehmen.«

»Wie du meinst. Und jetzt sieh bitte nicht auf meine Hand«, befahl er ihr. Das Amulett schien aus seinem Ärmel zu fallen und baumelte an einer Silberkette. Der facettierte Stein drehte sich, bevor er zu pendeln begann.

»Ooh, der glitzert.« Die Ghule waren nicht die Einzigen, die gebannt innehielten. Rebas Lippen verzogen sich zu einem Lächeln, als sie das schwingende Amulett betrachtete.

Er musste sie von hier wegkriegen. Die Menschen brauchten nur einen anständigen Kratzer oder Biss von einem Ghul, um zu den Zombies zu werden, in die sie so verliebt war. Er wusste nicht, ob dieselbe Infektion auch gleichermaßen Wandler betraf, und er hatte auch nicht vor, es herauszufinden.

Die gute Nachricht war, dass die Ghule neu und noch nicht allzu ansteckend oder gefährlich waren, zumal ihr erster Instinkt darin bestand, sich einzunisten. Doch als sie sich mehr und mehr in die Kreatur verwandelten, bekamen sie Appetit auf das Fleisch der Lebewesen.

Niemand außer mir isst Reba.

»Stell dich hinter mich, *chaton*.« Das Amulett schien sie nicht lange in seinem Bann zu halten. Einige der Ghule blinzelten und ihre schwarzen Augen sogen das Licht in sich auf, das von dem Stein ausging.

Er dachte schon, dass sie ihn erneut ignorieren würde, doch dann sprang sie im letzten Moment hinter ihn und wich dem klauenhaften Griff einer Hand aus.

Schlanke Arme legten sich von hinten um ihn. »Und jetzt, Süßer?«

Und jetzt war es Zeit für ein wenig Magie. Mit einem Finger strich er über seinen Ring und öffnete einen versteckten Verschluss. Ein Puder fiel in seine Handfläche. Er hob die Hand und blies, sodass die Staubpartikel aufflogen, während er ein Zauberwort sprach: »*Kraahk.*«

Daraufhin schien die Luft in einem glänzenden Vorhang weißen Lichtes zu brennen. Er nahm Reba bei der Hand und zog sie in Richtung Treppe. »Geh die Treppe hoch, und zwar schnell.« Denn gleich wären die Ghule etwas aufgebracht.

Das war eine Untertreibung. Sie waren extrem aufgebracht und ziemlich unmenschliche Schreie brachen aus ihnen hervor. Reba lief zur Treppe und eilte nach oben, wobei sie mit ihren bloßen Füßen Halt fand. Doch anstatt ihr zu folgen, wirbelte er herum und sah sich den brennenden Kreaturen gegenüber, die ihm hinterherhinkten. Die Flammen töteten sie nicht, sondern verbrannten nur ihre menschliche Form, sodass ihre noch nicht ganz ausgeformten neuen Körper zum Vorschein kamen.

Bleiche, lederartige Haut mit dunkleren, schmutzigen Streifen. Die Flammen berührten sie nicht und sie verbrannten auch nicht. Er würde sich etwas anderes einfallen lassen, um sie aufzuhalten.

»Löse den Feueralarm aus«, befahl er ihr, als sie oben an der Treppe angekommen war. Als der Alarm zu schrillen begann, schüttelte er sich etwas auf die Hand. Es handelte sich um eine kleine Kugel, die massiv und knallgelb war. Sie sah aus wie ein Kaugummi.

Er warf sie zu Pietro, dessen Reflexe viel zu langsam waren, um sie zu fangen. Die Kugel prallte an der Brust des Typen ab. Es war an der Zeit, von hier zu verschwinden. Gaston raste die Treppe hinauf und rief: »Sieh zu, dass du rauskommst.«

Anscheinend schien sie nicht besonders gut zu hören. Sie wartete oben an der Treppe auf ihn und zusammen schlugen sie den Ghulen die Tür vor der Nase zu, von denen der erste den oberen Treppenabsatz erreicht hatte. Im Gegensatz zu Zombies konnten Ghule klettern. Da er das Schloss aufgebrochen hatte, würde die Tür nicht lange halten. Es gab nichts, was er dagegen tun konnte. Aber sie hatten keine andere Wahl, als zu verschwinden.

Erneut griff er Reba bei der Hand und zog sie aus dem Treppenhaus, vorbei an dem Wachmann in der Eingangshalle, der in sein Funkgerät sprach. »Beweg dich«, rief er und schob sie alle zur Tür des Gebäudes hinaus, wo er auf eine kleine Anzahl von Arbeitern traf, doch da es schon relativ spät war, waren es nicht zu viele. »Runter mit euch, ihr Idioten.« Er hatte im Kopf mitgezählt und war bei null angekommen, also riss er Reba zu Boden und warf sich auf sie, um sie zu beschützen. Zur Abwechslung beschwerte sie sich einmal nicht.

Zuerst zitterte der Boden und dann kam das Geräusch von zersplitternden und zerbrechenden Dingen. Als das

Gebäude, das sie gerade verlassen hatten, implodierte, folgte weiteres Krachen, drei Stockwerke aus Ziegelsteinen, Metall und noch mehr stürzten herab und zertrümmerten alles, was noch im Inneren war.

Wie zum Beispiel Ghule.

Kapitel Zehn

»Wir werden nicht jedem eine Armbrust kaufen«, erklärte Arik, der alte Spielverderber.

Das war so unfair. Reba schlug die Handflächen auf den Schreibtisch und ärgerte sich darüber, dass ihr König ihre wunderbaren Vorschläge ablehnte. »Gut, dann bestellt eben nicht die Armbrüste und Flammenwerfer. Aber gib mir nicht die Schuld, wenn du nichts hast, um die Untoten zu bekämpfen. Ich habe sie gesehen, und sie sind nicht sehr appetitlich.« Der Dämon, den sie gebissen hatte, hatte schon schlimm genug geschmeckt; die schrecklichen Ghule, denen sie am Vortag mit Tony begegnet war, schmeckten noch schlimmer. Und ja, sie wusste es, weil sie den ersten gebissen hatte, der versuchte, sie zu packen, als sie aus dem Luftschacht kam. Der ganze Whisky der Welt konnte diesen Geschmack nicht aus ihrem Mund waschen.

Und dann war da noch die Tatsache, dass Tony, nachdem sie es ihm erzählt hatte, sie ständig misstrauisch anstarrte und fragte, wie sie sich fühlte. Sie fühlte sich gut, bis sie wütend wurde, weil er sie ärgerte, indem er ihr einen

Gutenachtkuss verweigerte, als sie ihn zu seiner Wohnung zurückbrachte. Er lud sie nicht einmal nach oben ein.

Wahrscheinlich weil ich Ghul-Atem habe.

Selbst schuld. Genauso wie sie die Beherrschung verlor, als sie versuchte, ihrem Chef Arik die seltsamen untoten Wesen zu erklären, die keine Zombies waren, aber Zombies machen konnten, und die sich häuteten, wenn sie reif waren. Sie konnten getötet werden und es war nicht immer erforderlich, ein Gebäude auf sie fallen zu lassen.

Aber das war verdammt eindrucksvoll gewesen. Tony hatte ein paar ziemlich coole Asse im Ärmel. Und noch eine viel bessere Überraschung in seiner Hose. Tony war so viel interessanter als Arik zuzuhören, der einen Vortrag hielt.

»Bla, bla, bla, verhalte dich unauffällig«, ja, klar, »zerstöre keine Gebäude der Stadt.« Er wusste wirklich, wie man einem Mädchen den Spaß verderben konnte. »Und lasse dich nicht mit Charlemagne ein.« Zu spät, Reba hatte bereits ein Auge auf ihn geworfen.

Arik sollte wirklich besser die Luft anhalten. Er sprach nämlich nur langweilige Warnungen aus, die sie sowieso nicht zu beachten gedachte. Dann machte Arik seinen Fauxpas sogar noch schlimmer, indem er sich weigerte, die von ihr empfohlenen Waffen zu besorgen – eine Liste, die sie akribisch zusammengestellt hatte, nachdem sie jede Folge von *The Walking Dead* gesehen hatte. Obwohl sie zugeben musste, dass der Vorschlag für den Morgenstern ganz allein von ihr stammte.

Klick. Arik schnippte mit den Fingern vor ihrer Nase. »Konzentriere dich.«

»Das habe ich doch. Du willst mir die ganze Zeit den Spaß verderben.« Sie schmollte, doch machte sie damit keinen Eindruck auf ihren Chef.

»Ich will, dass du vorsichtig bist. So wie es aussieht,

passieren äußerst merkwürdige Dinge in der Stadt, und ich möchte nicht, dass du mehr als nötig darin verwickelt wirst.«

»Wir sind aber darin verwickelt, weil es in unserem Gebiet passiert.«

»Und deswegen werden wir diese Situation auch weiterhin überwachen. Du hast gesagt, Charlemagne hätte gewusst, worum es sich bei diesen Kreaturen handelt.«

»Wie ich schon gesagt habe, sie heißen Ghule. Sie entstehen durch so eine Art magisches Ritual und ein Biss oder Kratzer von einem ausgewachsenen Ghul macht die betroffene Person zu einem Zombie.«

»Und vor diesen merkwürdigen Ghulen hatten wir diese Fledermaustypen, die Leute gefressen haben.«

»Und nicht zu vergessen die Dämonen, die ich zu Mus gemacht habe.«

»Für mich sieht das nach einem Muster aus, und in dessen Mitte befindet sich Charlemagne.«

»Ich weiß. Ist er nicht der beste Freund, den man haben kann.« Zu spät wurde ihr klar, dass sie es laut ausgesprochen hatte. Vielleicht sollte sie besser nachdenken, bevor sie sprach, aber dann würde sie nicht so eine Bestürzung im Gesicht ihres Chefs auslösen.

»Freund?« Arik zog die Augenbrauen zusammen. »Und was habe ich dir bezüglich Charlemagne gesagt?«

»Ich soll mich nicht erwischen lassen?« Vielleicht war das auch seine Anweisung an Luna gewesen.

Der König des Rudels seufzte und lehnte sich in seinem Stuhl zurück. »Ich gehe davon aus, dass es keinen Sinn macht, dir zu befehlen, dich von Charlemagne fernzuhalten.«

»Er ist interessant.«

»Ich hätte ihn töten lassen sollen, als er hier aufgetaucht ist«, murmelte der König der Löwen.

Nur dass Arik eben kein Mörder war. Zumindest mordete er nicht willkürlich, schließlich wusste er, dass er keinen Ärger machen durfte, wenn er das Rudel aus Schwierigkeiten heraushalten wollte. Oder zumindest nicht mehr Ärger als üblich. Kneipenschlägereien zählten nicht.

»Ich glaube nicht, dass Tony derjenige ist, um den du dir Gedanken machen musst.« Aber sie machte sich Gedanken um ihn. Immerhin hatte irgendjemand diese Dämonen zu seiner Wohnung geschickt. Sie würde ein Auge auf ihn haben müssen. Sie musste ihn genauer im Auge behalten, weshalb sie weniger als drei Stunden später – ein Rekord, wenn man bedenkt, wie lange sie normalerweise für die Auswahl und das Packen der Kleidung brauchte – auf dem Weg durch die Eingangshalle des Wohnhauses des Rudels war, mit ihren Koffern im Schlepptau – nur drei, da sie ja nur übers Wochenende wegbleiben wollte. Sie blieb nicht unbemerkt.

Der Hauptbereich wurde von Sofas eingenommen und auf diesen Diwanen lag eine Gruppe von Löwinnen in menschlicher Gestalt. Ihnen war von ihrem Alpha gesagt worden, dass sie sich in der Öffentlichkeit nicht als Löwinnen zeigen durften, nachdem die Wildtierkontrolle zum dritten Mal auf der Suche nach Löwen und Tigern aufgetaucht war.

»Wohin gehst du?«, fragte Melly, die aufsah und ihr Kinn auf die Rückseite der Couch lehnte, um sie zu beobachten.

»Ich verbringe das Wochenende bei meinem Freund.«

Darauf folgte ein Chor aus »Ooohs« und jemand fiel von der Couch.

»Ein paar von euch haben vielleicht schon von ihm gehört. Gaston Charlemagne.« Und ja, es gefiel ihr, wie sich sein Name auf ihrer Zunge anfühlte. Und wenn er endlich aufhörte, sich so anzustellen, würde er ihre Zunge auch spüren. Doch trotz ihrer Hänseleien ihm gegenüber würde sie nicht als Erste nachgeben. Ein Mann sollte eine Frau verführen. Sie wünschte sich nur, er würde sich beeilen, bevor ihre Muschi verschrumpelte und starb.

»Seit wann bist du denn mit diesem Vampirtypen zusammen?«

»Er ist kein Vampir –«, wollte sie protestieren.

»Wie schade.«

»– sondern ein Zauberer.«

»Es sieht gar nicht aus wie Gandalf«, stellte jemand fest.

»Na, das wird wohl an seinem Zauberstab liegen«, kicherte eine andere.

Reba grinste. »Oh Baby, du solltest seinen Zauberstab mal sehen. Und er ist auf magische Weise wundervoll.« Sie warf ihren Mädels noch ein paar Luftküsse zu und ging. Sie brauchte ihnen gar nicht erst zu sagen, dass sie alles Weitere auf Twitter verfolgen konnten.

Da sie kein eigenes Auto mehr hatte – es war im Rahmen einer Untersuchung über den Diebstahl einer getrockneten Probe alter Katzenminze im Botanikmuseum beschlagnahmt worden–, rief sie ein Taxi. Der Taxifahrer setzte sie vor Tonys Gebäude ab. Tony wartete nicht auf sie. Vielleicht konnte er doch keine Gedanken lesen.

Sie hielt ihre Karte an das Lesegerät – und es war es total wert gewesen, der Hackerin für die Schlüsselkarte und den Code als Bezahlung ihre Louis-Vuitton-Tasche zu geben. Mellys Dienste waren nun mal nicht billig. Sie schaffte es, ihr Gepäck in den Aufzug zu hieven. Dann zerrte sie es zur Tür seiner Wohnung. Wenigstens hatte sich Tony nicht die Mühe gemacht, die Schlösser zu wechseln, aber sie bemerkte, dass er die Wände, die den Eingang zu seiner Wohnung flankierten, mit roten Farbschlieren, heftigen Schrägstrichen und seltsamen Buchstaben dekoriert hatte, wobei die Markierungen noch immer tropfnass waren.

So viel dazu, dass er Farbe nicht mochte. Sie fragte sich, wann er das getan hatte. Da es früh am Abend war und das Licht in der Tür an war, rief sie: »Schatz, ich bin zu Hause.« Lasst das Flirten beginnen.

Sie betrat seine Wohnung, um dann sofort stehen zu bleiben. Es hatte nichts damit zu tun, dass die Wohnung so makellos aussah wie beim ersten Mal, als sie sie gesehen hatte. Was sie beunruhigte war die Frau, die am Fenster stand, eine umwerfende Frau, die sich umdrehte, als sie Reba sah, und lächelte. Ein sehr süßes Lächeln, ganz besonders für ein zierliches und ätherisch aussehendes Mädchen, das auf die Frage: »Wer zum Teufel bist du?«, antwortete: »Ich bin Vivienne, Gastons Verlobte.«

Kapitel Elf

»Du hältst schon wieder nach ihr Ausschau.«

»Nein, tue ich nicht.« Das war eine Lüge. Gaston hielt natürlich nach Reba Ausschau und erwartete, dass sie auftauchte. Ein Teil von ihm wollte, dass sie kam, um nach ihm zu sehen. Sie hatten sich am Abend zuvor sehr abrupt voneinander verabschiedet, hauptsächlich deshalb, weil er ein paar Sachen aus dem Büro holen musste, damit er sich um die Ghule kümmern konnte, die vielleicht überraschenderweise den Einsturz des Gebäudes überlebt hatten. Außerhalb der Sichtweite der Rettungsleute hatte er die ganze Nacht damit verbracht, die Ruinen der Leichenhalle zu überprüfen, um sich davon zu überzeugen, dass nichts aus den Trümmern kroch.

Und als er nach Hause kam, hatte ein Teil von ihm erwartet, sie in seinem Bett vorzufinden.

Doch es war leer gewesen. Also schlief er nur leicht, da er erwartete, jeden Moment von ihr geweckt zu werden. Er hatte die Nacht und den Morgen ausgesprochen gut geschlafen und war zwischendurch immer wieder aufgewacht. Sie war nicht aufgetaucht.

Sie hatte noch nicht mal angerufen.

Als es Zeit war, in den Klub aufzubrechen, sah er sich immer wieder über die Schulter um, da er sich sicher war, dass sie ihn verfolgen würde. Schließlich waren Löwinnen bekannt für ihre unglaublichen Stalking-Fähigkeiten. Doch leider sprang niemand ihn an. Es war nicht mal jemand hinter ihm her. *Sie hat doch sicher nicht so schnell aufgegeben?* Es kam ihm verdächtig vor und er hätte sich fast eingeredet, dass es durchaus zu rechtfertigen gewesen wäre, dass er sie ausfindig machte, als ein paar Stunden vergangen waren und er sie noch immer nicht gesehen hatte.

Sie ist doch wohl hoffentlich nicht fertig mit mir. Das würde er nicht zulassen. Konnte er nicht zulassen. Zwischen seinen Träumen und der Realität hatte er sich in Reba verliebt. Er konnte nicht mehr ohne sie leben und diese einfache Tatsache, eine Tatsache, die er nicht ignorieren konnte, machte ihm etwas klar. Sie hatte ihn verzaubert. Oder vielleicht hatte er irgendetwas inhaliert, was er besser nicht hätte inhalieren dürfen, und deswegen war er so von dieser Frau besessen.

Gaston Charlemagne lief nicht hinter Frauen her. Nicht einmal dieser Frau. So anziehend er sie auch fand. Und egal wie oft er sie in seinen Träumen bereits gejagt und gefangen hatte.

Wie sollte er sich gegen ihre Anziehungskraft zur Wehr setzen? Wenn sie in der Nähe war, war sie für ihn wie ein Licht in dunkler Nacht, und sie leuchtete zu stark, als dass er sie ignorieren konnte. Deswegen versuchte er, sich auf die Dinge zu konzentrieren, die ihm nicht gefielen.

Sie war eine Katze. Eine dieser verdammt arroganten Kreaturen, die ständig ihr Fell verloren und mit ihren Krallen die Möbel zerkratzten. Eine Katze, die wahrscheinlich schnurren würde, wenn man sie nur richtig streichelte.

Und was war mit der Tatsache, dass sie keinerlei

gesunden Menschenverstand zu haben schien? Sie hatte sich den Ghulen gestellt, als wären sie einfach nur eine Art Ungeziefer, und hatte einen von ihnen sogar gebissen. Aber die Tatsache, dass sie so furchtlos war, machte sie für ihn nur noch attraktiver.

Und die Tatsache, dass sie nicht da war, machte ihn von Minute zu Minute nervöser. Es war jetzt schon über vierundzwanzig Stunden her, dass sie einander gesehen hatten – nicht dass er mitzählte. Aber er würde nicht nachgeben und sie zuerst suchen. Er glaubte fest daran, dass sie zu ihm kommen würde, weshalb er auch ein Memo an seine Angestellten geschickt hatte, dass sie jederzeit Zutritt zum Klub hatte, ohne warten zu müssen. Es brachte sowieso nichts, sich ihr in den Weg zu stellen. Was Reba wollte, bekam sie.

Wenn sie doch ihn nur so sehr wollte wie er sie.

Sein Verlangen nach ihr wuchs mit jeder Minute, die sie miteinander verbrachten, doch in gleichem Maße wuchs seine Bestürzung. Er hatte in seinem Leben keine Zeit für diese Art von Komplikation. Überall um ihn herum vermehrten sich die Anzeichen dafür, dass sein Feind ihn gefunden hatte. Die Dinge würden sehr viel gewalttätiger werden.

Als ob Gewalt Reba abschrecken würde.

Peng. Die Tür zu seinem Büro wurde aufgerissen und prallte gegen die Wand. Eine ziemlich aufgebracht wirkende Reba stand im Türrahmen und trug ein kurzes, gelbes Sommerkleid, das ihr Dekolleté betonte und in einem weiten Rock endete. Sie trug Römersandalen an den Füßen, deren Riemchen über Kreuz um ihre Waden geschnürt waren. Könnte er sich jetzt sofort zum Verlierer erklären und sich ihr in Anbetung vor die Füße werfen?

Reba wedelte mit einem Finger in seine Richtung. »Du brauchst gar nicht erst zu versuchen, mich mit deinem Blick zu liebkosen, Süßer. Ich bin wahnsinnig sauer auf dich. Ich dachte, da wäre etwas zwischen uns.«

»Ist es auch.« Auch wenn es bedeutete, dass sie jetzt noch nichts miteinander anfangen sollten – oder besser gesagt konnten.

»Versuch gar nicht erst, es zu leugnen – Moment mal. Hast du mir gerade zugestimmt?«

»Natürlich ist da was zwischen uns, *chaton*. Und dich in Bezug darauf anzulügen schafft es auch nicht aus der Welt.«

»Da du gerade lügen erwähnst, das erinnert mich daran, warum ich so sauer auf dich bin. Ich habe zu den Mädels gesagt, ich würde das Wochenende über bei dir bleiben, aber –«

»Warte mal, du willst bei mir bleiben? Wann wurde das denn entschieden?«

»Nach meinem Gespräch mit Arik, da wurde entschieden –«

»Von eurem König der Löwen?«

»Nein, Süßer, von mir, dass ich dich besser im Auge behalten sollte, da in deiner Gegenwart ziemlich interessante Dinge passieren. Außerdem hast du Geheimnisse, die ich aufzudecken gedenke.«

»Ein Mann gibt niemals all seine Geheimnisse preis.« Geheimnisse bedeuteten Macht.

»Ja, du hättest mir auf jeden Fall verraten können, dass du schon vergeben bist.« Sie schürzte die Lippen und sah ihn mit vor Wut blitzenden Augen an.

»Was sagst du da?«

»Tu nicht so unschuldig. Möchtest du mir vielleicht erklären, wer zum Teufel Vivienne ist?«

Als er den Namen hörte, hatte das die gleiche Wirkung, als hätte sie ihn geohrfeigt. »Woher kennst du diesen Namen?«

»Den hat mir die Schlampe selbst gesagt.«

Er wurde daraufhin leichenblass. »Du hast sie kennengelernt?«

»Ja, ich habe sie kennengelernt. Sie ist ein winziges, blondes Ding. Sie sieht nicht besonders stark aus. Ich hätte gedacht, dass du dir eine etwas robustere Geliebte suchst.«

»Wo hast du sie kennengelernt?«

»Sie macht es sich gerade in deiner Wohnung gemütlich. Du hast mir gegenüber nie eine Verlobte erwähnt.«

»Weil ich diese Beziehung bereits vor langer Zeit beendet habe.« Und dann hatte er die nächsten Jahrzehnte seines Lebens damit verbracht, ihre Verstecke ausfindig zu machen und niederzubrennen. Quid pro quo. Nur dass sie jedes einzelne Mal zu entkommen schien. Also machte er sie wieder und immer wieder ausfindig. Oder sie fand ihn und tat so, als wäre er immer noch jung, dumm und verliebt.

»Willst du mir damit etwa sagen, dass die blöde Kuh dich verfolgt?« Rebas Miene hellte sich auf. »Na, das wirft doch schon mal ein ganz anderes Licht auf die Dinge. Mach dir keine Sorgen. Ich werde das für dich regeln, Süßer.« Reba drehte sich herum und ihr bunter Rock wirbelte, sodass er einen Blick auf ihren runden mokkafarbenen Hintern erhaschen konnte.

Er blinzelte und ihm wurde klar, was sie da vorgeschlagen hatte. »Nein!« Er streckte eine Hand aus und obwohl er auf der anderen Seite des Raumes stand, fiel die Tür knallend ins Schloss und ließ sich nicht mehr öffnen, obwohl Reba entschlossen daran zerrte.

Bernsteinfarbenes Feuer brannte in ihren Augen, als sie herumwirbelte und knurrte: »Lass mich gehen. Es gibt da ein blondes Mäuschen, das ich fangen und vertreiben muss.«

»Überlass Vivienne mir.«

»Weißt du noch, dass ich gesagt habe, ich wäre eifersüchtig?« Reba machte einen Schritt auf ihn zu. »Damit habe ich nicht übertrieben. Ich bin wahnsinnig besitzergreifend. Besonders wenn es um uns geht. Also ist es nur fair, dich gleich vorzuwarnen: Ich werde deiner Ex wahrscheinlich den Kopf scheren und die Augenbrauen abrasieren. Und dann erkläre ich ihr, wahrscheinlich mit meinen Fäusten, dass sie die Finger von dir lassen soll. Ich teile meinen Freund mit niemandem.«

»Seit wann bin ich denn dein Freund?« Er machte einen Schritt auf sie zu. »Wirst du mich jetzt endlich darum bitten, es dir zu besorgen?«

»Ich habe darüber nachgedacht, aber ich würde sagen, dass es nicht mehr lange dauert, bis du mich verführen wirst.« Das kokette Zwinkern, das sie ihm zuwarf, hätte ihre Hypothese fast zur Gewissheit gemacht.

»Ich stehe nicht unter deiner Kontrolle, *chaton*.«

»Bist du dir da sicher?« Sie schlenderte in den Raum und lehnte sich an das Fenster, während die Stroboskoplichter draußen ihren Körper immer wieder in Licht und Schatten hüllten.

Er war auf jeden Fall wie gebannt von Reba. Er verfolgte jede ihrer Bewegungen. Ein Körperteil war steif geworden und pochte, und er verspürte das Bedürfnis, in sie einzudringen.

Zu diesem Zeitpunkt wollte er der Wüstling sein, den sie sich wünschte. Er wollte sie mit Küssen weichklopfen, bis sie dahinschmolz, dann ihre weiche Haut liebkosen, bis sie in seinen Armen zerfloss. Er hatte den Punkt erreicht, an dem er sich nicht mehr beherrschen konnte. Und doch ...

Die Verführung musste warten. Das Spiel, das er mit Vivienne spielte, hatte die nächste Stufe erreicht. Von nun an würden die Dinge gefährlich werden. Was ihn überraschte war die Tatsache, dass Reba aus Viviennes Fängen entkommen war.

»Wenn Vivienne sich in meiner Wohnung aufgehalten hat, wie kannst du dann hier sein? Sie hätte dich nicht einfach so wieder gehen lassen.« Vivienne ließ sich nie eine Gelegenheit entgehen, ihm eins auszuwischen.

»Eigentlich hat sie mich ermutigt zu gehen. Sie hat mich gebeten, dir zu versichern, dass sie dich liebt, und gesagt, dass sie sich darauf freut, dich wiederzusehen.« Rebas Mundwinkel zuckten. »Schon allein dafür hätte ich ihr fast das Herz aus dem Leib gerissen, aber die Polizei in dieser Stadt hat etwas dagegen, wenn man Organe mit sich herumträgt, besonders wenn sie sich nicht in einem speziellen Kühlbehälter befinden und für die Transplantation bestimmt sind. Und nein, ich werde dir nicht erklären, woher ich das weiß«, sagte sie mit ominösem Unterton.

Also hatte Vivienne sie gehen lassen. Was für einen hinterhältigen Plan hatte sie wohl? Weil seine frühere Geliebte ganz sicher nicht dafür bekannt war, nett zu sein. Und ganz besonders nicht zu Gastons Freundinnen. »Was hast du überhaupt in meiner Wohnung gemacht?« Es brachte nichts zu fragen, wie sie dort hineingelangt war. Anscheinend stellten Schlösser kein Hindernis für sie dar.

»Habe ich dir doch gesagt. Ich habe meine Sachen fürs Wochenende rübergebracht.«

»Ohne mich vorher zu fragen?«

Sie verdrehte die Augen. »Das hätte doch die Überraschung verdorben. Mit all den lustigen Dingen, die in letzter Zeit passiert sind, und damit meine ich nicht nur die Ghule und Dämonen, hielt ich es für angebracht, in deiner Nähe zu bleiben.«

»Und wie nahe genau?«, fragte er und machte einen Schritt auf sie zu, wobei er wusste, dass sie wahrscheinlich keine Unterwäsche unter ihrem Rock trug, und trotzdem hatte er das dringende Verlangen, diese Tatsache selbst zu überprüfen.

»So nahe es geht. Ich dachte Haut an Haut. Ich habe mein Seitenschläferkissen vergessen, also hatte ich vor, dich zum Einschlafen zu benutzen.«

»Zum Einschlafen? Glaubst du wirklich, wir werden schlafen, wenn wir zusammen in meinem Bett liegen?« Er blieb vor ihr stehen, völlig in ihren Bann gezogen. Ihr Duft, Vanille-Zimt, regte seine Sinne an, und als er ihr die Hände auf die Hüften legte, spürte er ihre Kurven.

»Was machst du da?«, fragte sie mit einem rauen Murmeln.

Er verführte sie, dabei hatte er geschworen, das nie zu tun. Allerdings konnte er auch nicht aufhören. Er zog sie an sich und begann, sich zu bewegen. »Ich tanze mit dir.«

»Man kann die Musik kaum hören.«

Tatsächlich ließ die Schalldämmung nur ein leises, pulsierendes Pochen des Basses durchdringen. Ihm war das egal. Das Lied, zu dem er mit Reba tanzen wollte, rauschte in seinem Blut.

»Mach die Augen zu und stelle es dir vor.« Er hatte eine Hand auf ihren Poansatz gelegt, während seine andere Hand in ihrem Nacken lag und er sie damit an sich zog. »Spüre das Pulsieren des Basses in dir. Ein beständiges Klopfen.« Er bewegte ihren Körper im Einklang mit seinem. »Kannst du es fühlen?«

Sie legte die Hände um seine Taille, steckte ihre Daumen in seinen Hosenbund und wand sich so wunderbar an ihm. »Ja, ich spüre es.«

Wie konnte sie das auch nicht? Seine Erektion pulsierte, ihrem eigenen rhythmischen Klang folgend. Sie bewegten sich im Takt zu einem Lied, das nur ihre Körper hören konnten, sie tanzten langsam, ihre Körper drückten, schwankten und bewegten sich, die Hitze zwischen ihnen stieg. Sie hob ihr Gesicht und sah ihn aus halb geschlossenen Augen an, ihre Lippen feucht und einladend.

Sicherlich war es keine Verführung, auf dieses Angebot, sie zu küssen, einzugehen. Er strich ganz sanft mit seinem Mund über ihren, die Berührung kaum spürbar. Ihr unregelmäßiger warmer Atem flatterte als Antwort und sie vergrub ihre Finger in seine Hüften.

Sie kämpften beide so sehr darum, die Kontrolle zu behalten, und wofür? Damit er noch eine weitere Nacht mit Kavaliersschmerzen in einem leeren Bett verbringen konnte?

»Scheiß drauf.« Das Schimpfwort verließ seine Lippen und er wirbelte sie herum, bis er sie mit dem Rücken gegen das Glas drücken konnte. Er hielt sie fest im Arm und hörte auf, Spiele zu spielen, und küsste sie richtig. Er küsste sie hungrig. Leidenschaftlich. Ihre Zähne und Lippen prallten in einem heißen Duell aufeinander.

Mit einem Knurren, das von Rebas Lippen rollte, drehte sich der Raum, und jetzt war er derjenige, der gegen das Glas gedrückt dastand, und gierig saugte sie mit dem Mund an seiner Unterlippe.

»Was machst du da?«, fragte er.

»Ich nehme dich mir.«

»Zu spät, ich werde der Erste sein, der dich nimmt.«

Er packte eine Handvoll ihres wilden und fantastischen Haares, dessen krause Wellen in seiner Faust verschwanden, als er sie zurücklehnte, sodass er ihren Hals mit dem Mund liebkosen konnte.

Sie stöhnte heiser vor Verlangen und murmelte dann: »Feuer.«

Ja, Feuer. Er brannte vor Verlangen nach ihr. Seine Begierde brannte heiß wie eine Flamme.

Und doch spürte er, wie sie abkühlte, ihr Körper verlor

seine entspannte Sinnlichkeit und ihre nächsten Worte töteten auch noch den letzten Rest seiner Leidenschaft.

»Süßer, dein Klub brennt.«

Er brach ihre Umarmung ab, um aus dem Fenster zu starren, und entdeckte den orangefarbenen Flammenschein, der sich vorerst nur in den Mülltonnen befand, die überall im Klub aufgestellt waren. Keine große Sache. Seine Mitarbeiter würden sie löschen.

Einer der brennenden Behälter kippte um und flüssiges Feuer, das mit Alkohol geschürt wurde, verbreitete sich über den ganzen Boden. Er konnte weder das Knistern hören noch den Brand riechen, aber er konnte die Auswirkungen an den offenen Mündern und den leisen Schreien sehen, als sich erst die Gefahr und dann die Panik in den Gesichtern der Menschen widerspiegelte, besonders als die Flammen weiteren Brennstoff fanden. Verschüttete Getränke, heruntergefallene Servietten, es brauchte nicht viel, um den Hunger eines der tödlichsten Elemente zu stillen.

Der Alarm ging los und alarmierte die Gäste und das Personal, dass sie den Klub verlassen sollten. Sprinkler wurden aktiviert und durchtränkten die Hälfte des Klubs. Die andere Hälfte, die Hälfte, in der er sich mit Reba befand, brannte immer noch.

Immer dieses Feuer. Das Werk seines Feindes.

»Wenn ich raten müsste, würde ich sagen, dass das hier das Werk deiner Ex-Freundin ist«, fuhr Reba ihn an. »Ich sehe, dass sie genauso böse ist wie meine Mädels, die immer dazwischenfunken. Wie dreist, ein Mädchen zu unterbrechen, bevor es fertig ist.«

»Vielleicht haben wir jetzt andere Probleme als unser Verlangen.« Der Rauch stieg draußen vor dem Fenster des Büros auf und während er noch nicht eindrang, würden sie doch in Kürze aufbrechen müssen, wenn sie nicht verbrennen wollten.

»Mach dir keine Sorgen, Süßer. Ich werde dich retten.«

Sie wollte die Tür öffnen, schrie dann jedoch auf, als sie mit der Hand den Türknauf berührte. »Autsch! Das ist verdammt heiß.«

Wahrscheinlich weil die Flammen bereits an den Stufen hinaufglitten, deren Holz und Metall einem entschlossenen Feuer nicht gewachsen waren. Der Rauch quoll herein, erstickend und dick. Seine Augen tränten und sogar seine zähe *chaton* musste husten.

Er hatte nicht vor, heute zu sterben, und Reba auch nicht.

Die Treppe zu nehmen kam nicht infrage. Selbst wenn sie es an den flackernden Flammen vorbei bis nach unten schafften, bezweifelte er stark, dass sie es nach draußen schaffen würden, bevor das Gebäude einstürzte. Bereits jetzt knarrte und stöhnte das Metall. Als Nächstes zerbarst das Glas. Er blickte nach oben auf das Oberlicht, das bis auf den weit aufgerissenen Teil mit Farbe geschwärzt war. Jean Francois spähte mit dem Kopf durch das Loch und entdeckte Gaston durch den dichten, wirbelnden Rauch, der nach einem Ausweg suchte.

»Fang.«

Ein Seil wurde hinuntergeworfen und Gaston griff mit einer Hand danach. Die Ritterlichkeit gebot, dass man die Damen zuerst rettete, aber sein Trieb zur Selbsterhaltung bestand darauf, dass er sich selbst rettete.

»Halte dich an mir fest«, befahl er ihr und wickelte sich das Seil um den Unterarm. Das musste man ihr nicht zweimal sagen. Reba wickelte sich geradezu um ihn, schlang die Arme um seinen Hals und legte die Beine um seine Hüfte – sie trug tatsächlich keine Unterwäsche. Die

Treppe krachte und der Absatz, auf dem er stand, begann, unter seinen Füßen zu wackeln.

Er sprang ab und einen Moment lang hingen sie in der Luft, bevor die Schwerkraft versuchte, sie nach unten zu ziehen.

Und das zerrte so stark an seinem Arm, dass er die Zähne zusammenbeißen musste. Der Schmerz war ziemlich heftig. Doch er hatte schon Schlimmeres durchgemacht.

Er hauchte ein Zauberwort. »*Luuxkaeli.*« Sofort ließ der Druck auf seinen Arm nach und sie wurden schnell nach oben gezogen, wo JF sie durch das Oberlicht hievte.

»Perfektes Timing«, gestand er ihm zu, als er wieder festen Boden unter den Füßen hatte.

»Du kannst mir später einen ausgeben. Aber jetzt müssen wir erst mal von hier verschwinden.«

Es war eine Hetzjagd über das Dach und die ganze Zeit zitterte das Gebäude unter ihren Füßen, besonders als das Feuer den Alkohol hinter der Bar erreichte und die Dinge zu explodieren begannen.

Jean Francois sprang zuerst auf das nächste Dach, seine Flügel flatterten und verliehen ihm einen extralangen Gleitflug. Er drehte sich um und war bereit, Reba aufzufangen, als sie lossprang, wobei sie wie verrückt mit den Beinen strampelte. Dann war Gaston an der Reihe zu springen und er war noch immer federleicht, was bedeutete, dass er ziemlich hart auf das Dach aufschlug, als Reba ihn ansprang und sagte: »Das hat Spaß gemacht.«

»Umpf.«

»Das war fantastisch. Mindestens so cool wie Indiana Jones. Sogar noch besser. Mit dir wird einem wirklich nicht langweilig, Süßer.« Und dann küsste sie ihn. Mit einem Zungenkuss.

Als JF ihn unterbrach, hätte ihn das fast das Leben gekostet. Allerdings hatte er nicht so ganz unrecht: »Jetzt ist nicht der richtige Zeitpunkt, deinen nackten Hintern beim Poppen filmen zu lassen, wenn die Helikopter der Medien eintreffen.«

Das stimmte natürlich. Und Gaston hatte andere Sorgen als nur die Tatsache, dass man seinen Klub niedergebrannt hatte. So wie es aussah, hatte auch seine Wohnung das gleiche feurige Schicksal getroffen.

Jetzt hatte er keine Wohnung mehr und war sexuell unbefriedigt. Konnte es noch schlimmer kommen?

Kapitel Zwölf

Dieser Abend ist beschissen! Sie schob die Schuld auf die, die sie davon abhielten, mit Gaston zu schlafen. Überall, wo Reba sich hinwandte, versuchten die Leute, sie davon abzuhalten, den horizontalen Tango mit Tony zu tanzen. Vom Klub, der Feuer fing, bis hin zu dem Fledermaus-Typen, der anmerkte, dass sie vielleicht nicht auf dem Dach rummachen sollten, und dann murrte, als sie versuchte, die Dinge mit Tony wieder in Gang zu bringen, als sie am Boden ankamen.

Der prüde Kerl murmelte etwas über obszöne Handlungen. *Ich wünschte, wir wären zu dem obszönen Teil gekommen.* Dann wäre sie vielleicht nicht die ganze Zeit so scharf. Seit sie Tony getroffen hatte, schien ihre Muschi ständig zu kribbeln. Es gab nur ein Mittel dagegen.

Als Jean Francois also – mit schroffer Stimme und mürrischer Einstellung – zu Tony sagte, er könnte bei ihm wohnen, mischte sie sich ein und sagte: »Er wohnt bei mir.«

»Das ist wahrscheinlich keine gute Idee«, bemerkte Tony. »Mit mir zusammen zu sein zieht die Gefahr an.«

»Du hast recht.« Sie klopfte sich mit dem Finger auf die

Lippe. »Ich sollte allein nach Hause fahren. Dann ist es wahrscheinlicher, dass Vivienne mir folgt.«

Bei dieser Bemerkung presste er die Lippen aufeinander. »Sie ist hinter mir her. Nicht hinter dir.«

Reba ging auf Tony zu und packte ihn am Arsch, während sie ihm ins Ohrläppchen biss. »Sie ist eine sitzen gelassene Ex-Freundin. Ich garantiere dir, dass sie sich an mir rächen will. Was kein Problem ist, ich hätte nichts dagegen, ihr ein paar ordentliche Ohrfeigen zu verpassen. Jemand muss ihr beibringen, wie man loslässt.« Weil Tony jetzt zu Reba gehörte. Sie musste ihm nur noch ihr Zeichen verpassen, damit es allen klar war. Und dazu musste sie mit ihm allein sein.

»Die Frau ist in ihrer Wohnung sicher. Es wurden ausreichende Sicherheitsmaßnahmen getroffen«, stellte Jean Francois fest, dessen Namen sie auf arrogante Art in ihrem Kopf wiederholte.

»Ausreichend für Gestaltwandler und Menschen, aber nicht für jemanden wie Vivienne.« Tony fuhr sich mit der Hand durchs Haar. »Ich sollte bei ihr bleiben.«

»Und was ist mit der Polizei?«, fragte Tonys Stellvertreter.

»Ich habe bereits meine Aussage gemacht. Sie behandeln beide Vorfälle«, denn nicht nur der Klub war einem Brand zum Opfer gefallen, »als Brandstiftung und haben mit den Ermittlungen begonnen. Wenn sie mich noch für etwas anderes brauchen, können sie bis zum Nachmittag warten. Ich werde deswegen keine schlaflosen Nächte haben. Niemand ist gestorben.«

Dieses Mal. Aber das war nur reines Glück. Wenn Vivienne weiter angriff, würde über kurz oder lang jemand verletzt werden oder sterben. Die meisten Leute hätte dieses Wissen vielleicht erschreckt.

Reba hingegen bekam einen Adrenalinstoß, weshalb sie

Tony zu seinem Auto – einem eleganten grauen Mercedes – zurückschleppte und ihm den schnellsten Weg zu ihrer Wohnung wies, der ein paar Kurven in Gassen beinhaltete, die ihn knurren ließen: »Können wir nicht auf der Straße bleiben?«

»Aber dieser Weg ist schneller«, antwortete sie. Und Schnelligkeit war von entscheidender Bedeutung. Ihre weiblichen Geschlechtsteile liefen nämlich Gefahr zu sterben!

Da sie in der Tiefgarage unter dem Wohngebäude parkten, trafen sie nicht auf die Leute, die sicher noch in der Eingangshalle lungerten, selbst zu dieser späten Stunde. Sie schafften es ohne Probleme und Unterbrechungen in ihre Wohnung.

Alles lief gut, bis sie ihn in Richtung ihres Schlafzimmers schob. Er blieb in der Türöffnung stehen, verschlossen und schweigend. Wahrscheinlich war er überwältigt von der Tatsache, dass er das Spiel, das sie spielten, verloren hatte und sie nun verführen würde.

Oder er war wütend, dass nicht nur sein Klub durch das absichtlich angelegte Feuer Tausende von Dollar Schaden erlitten hatte, sondern auch seine Wohnung, seine schöne Wohnung, in der ihre Designerschuhe und die unersetzliche Louis Vuitton Tasche gewesen waren, die ebenfalls dem Brandstifter zum Opfer gefallen waren. Schluchz. Er fühlte sich zu Recht trübsinnig. Sie konnte diese Gegenstände niemals ersetzen und es gab nur eine Person, die an diesem Verlust schuld war.

Eine verrückte Ex-Freundin, die dachte, sie könnte Reba in die Quere kommen. Verdammt, nein. Vivienne hatte sich vielleicht ordentlich ins Zeug gelegt, aber sie hatte sich noch nie mit einer Löwin angelegt. Ein schlechter Zug. Auf Wiedersehen, Vivienne. Wenn Reba erst einmal diese Frau in ihre Krallen bekommen hatte, würde die Polizei nichts mehr von ihr finden.

Ich mache Hackfleisch aus ihr. Es war an der Zeit, dass Vivienne verschwand. Und zwar für immer.

Inmitten all der Zerstörung gab es einen Silberstreif am Horizont. Sieh mal, wer nur einen Meter von ihrem Bett entfernt war. Jetzt musste er sich nur noch ausziehen und an die Arbeit machen. Stattdessen schien er anscheinend reden zu wollen.

»Dein Bett ist winzig.« Er starrte darauf hinab.

Er sollte besser ein wenig netter zu meinem Bett sein. Er wird dort eine Menge Zeit verbringen. Weil er Reba heute Abend nämlich verführen würde. Sie hatte da so ein Gefühl ... und es begann unter ihrer Gürtellinie.

Sie fuhr mit den Fingern über die Bettdecke und zog an der Chenille-Decke. Sie mochte kuschelige Dinge und harte Dinge, die Kuschelbedarf hatten, wie Gaston. »Mein Bett ist nur ein kleines Doppelbett, weil ich Platz für meinen Kleiderschrank brauchte.« Der begehbare Kleiderschrank und das zweite Schlafzimmer waren voll. Einige Leute behaupteten, Reba hätte ein Einkaufsproblem. Einige Leute sollten sich besser um ihre eigenen Angelegenheiten kümmern, bevor sie ihnen ins Gesicht schlug. »Aber keine Sorge, wir passen beide rein. Ich werde oben schlafen.«

»Und wo schlafe ich dann? Mit den Staubhäschen unter dem Bett?« Er zog die Augenbrauen hoch und sah dadurch wie ein ziemlicher Wüstling aus.

»Mein dummer Schatz, unter dem Bett bewahre ich doch meine Wintermäntel auf. Ich meinte, du bekommst das Bett und ich lege mich auf dich. Du bist meine Matratze.« Ob es wohl zu früh war, ihn zu fragen, ob er nackt schlief? Sie hoffte es, denn sie mochte Hautkontakt sehr gern.

Er biss die Zähne zusammen. Eigentlich verkrampfte sich sein ganzer Körper und ihr wurde etwas klar. *Hoppla, das habe ich laut ausgesprochen.*

Er schüttelte den Kopf und sagte: »Ich glaube nicht, dass das funktioniert.«

»Willst du damit etwa sagen, dass ich zu schwer bin?« Sie stemmte die Hände in die Hüften. »Ist das deine Art zu sagen, dass du Angst hast, ich könnte dich zerquetschen?«

»Du weißt doch, dass du perfekt bist.«

Es konnte schon sein, dass sie sich bei diesem widerwillig ausgesprochenen Kompliment ein wenig in die Brust warf. »Möchtest du vielleicht lieber in der Löffelchenstellung schlafen?«

»Das würde ich sehr gern, aber wir werden es nicht tun. Noch nicht. Das Ganze war eine schlechte Idee. Ich kann mich nicht mit dir einlassen, nicht bevor ich mit Vivienne fertig bin.«

»Mach dir keine Sorgen wegen der blonden Psychopathin. Ich kümmere mich um sie.«

Er wirbelte zu ihr herum, griff sie bei den Armen und sah sie ernst an. »Ich möchte nicht, dass du in ihre Nähe gehst. Du hast keine Ahnung, wozu sie fähig ist.«

»Anscheinend dazu, ein Streichholz anzuzünden. Wie wäre es, wenn wir herausfinden, wie sie damit klarkommt, wenn ich ihr eine verpasse?«

»Du wirst dich von Vivienne fernhalten. Sie ist weitaus gefährlicher, als es den Anschein hat. Ihr Einfluss auf meine Whampyre und die direkten Angriffe sind erst der Anfang. Es wird noch schlimmer, sehr viel schlimmer. Dies ist nicht das erste Mal, dass wir uns miteinander angelegt haben.«

»Aber wenn sie so verrückt ist, warum hast du dann noch nicht den Boden mit ihr aufgewischt?«

»Ein paarmal habe ich gedacht, dass ich es getan hätte.

Sie hätte meiner letzten Falle auf keinen Fall entkommen können und trotzdem ist sie jetzt hier. Schon wieder.«

»Süßer, ich glaube, du hast gerade die Handlung von ein paar Horrorfilmen erzählt, die ich gesehen habe. Wird sie sich irgendwann in eine riesige Dämonenschlampe verwandeln, die Feuerbälle schmeißt?«

Er blinzelte.

»Ich interpretiere das als ein Nein. Und ich nehme an, sie ist sterblich?«

»Was sollte sie sonst sein?«

»Woher zum Teufel soll ich das wissen? Seit ich dich kennengelernt habe, bin ich Fledermaustypen und Ghulen begegnet. Und du bist ein Magier.«

»Und dabei hast du nur an der Oberfläche gekratzt. Du hast keine Ahnung, über welche Kreaturen sie die Kontrolle hat.«

Reba zuckte die Achseln. »Sie hat also ein paar Haustiere. Wir haben uns um die Ghule gekümmert und du hast dich um die Whampyr-Wichser gekümmert, die sie böse gemacht hat. Sie hat ein paar Dinge in Brand gesteckt. Die Versicherung wird das übernehmen, und hey, niemand ist gestorben.«

»Abgesehen von meinen Fischen.«

Diesmal war es an ihr, mit den Wimpern zu klimpern. »Es tut mir leid, das zu hören.«

Einen Moment lang starrten sie einander nur an. Und dann begannen sie gleichzeitig, herzhaft zu lachen. »Du beachtest einfach überhaupt nicht, was ich dir zu sagen versuche.«

»Doch, ich weiß genau, was du mir sagen willst. Deine Ex-Freundin wird mir das Leben zur Hölle machen. Hört sich nach einer Episode von Jerry Springer an. Allerdings bin ich, wie du vielleicht bemerkt haben könntest, nicht leicht einzuschüchtern. Du hast ja meine Mädels kennengelernt, oder? Dieser ganze Kram ist vielleicht ein bisschen merkwürdiger als normal, aber das bedeutet längst nicht, dass ich damit nicht zurechtkommen werde.«

»Das Ganze ist kein Spiel.« Er sagte die Worte ziemlich aufgebracht und sein Gesicht wurde düster. »Es steht einiges auf dem Spiel. Leute werden verletzt werden. Es wird immer jemand verletzt. Und manchmal ist das meine Schuld.«

»Manchmal müssen gute Wesen eben schlimme Dinge tun.«

»Hast du mich gerade einen von den Guten genannt?« Er hörte sich ungläubig an.

Und das aus gutem Grund. »Oh nein, Süßer, du bist ein böser Junge, durch und durch. Das ist ja das Unwiderstehliche an dir.«

»Alles, was aus deinem Mund kommt, ist unwiderstehlich.«

Sie konnte nicht umhin, heiser zu lachen, als sie schnurrte: »Und es ist sogar noch unwiderstehlicher, wenn man Dinge in meinen Mund hineintut.«

Die Flammen erotischer Spannung knisterten zwischen ihnen. Und die Temperatur war definitiv gestiegen.

»Du bist eine Versuchung, der ich nicht nachgeben sollte.«

»Scheiß doch drauf. Lass uns das böse Power-Paar sein, das sich seinen Feinden stellt, zu kämpfen beginnt und nicht nach dem Namen fragt.«

»Wie konnte ich dich je für eine Dame halten?« Er strich ihr mit den Fingern über die Wange. »Du bist eine verdammte Königin.«

»Und wer wird mir zu Diensten sein?«

Er ließ seine Hand in ihren Nacken gleiten, breitete die Finger aus und hielt sie fest. »Tatsächlich bist du diejenige, die mir zu Diensten sein wird. Aber ...« Er kam ihr ganz nahe, sodass sein Mund fast auf ihrem lag, und flüsterte: »Aber mein größter Wunsch ist, dich an meiner Zunge kommen zu spüren.«

Als hätte sie etwas dagegen.

»Das würde mir gefallen. Aber sollten wir nicht lieber erst duschen?« Sie waren völlig verräuchert, doch er schüttelte den Kopf.

»Das Warten hat jetzt ein Ende.« Er warf sie aufs Bett und drückte ihre Knie auseinander, damit er sich dazwischen stellen konnte. »Du wolltest, dass ich dich verführe.« Er ließ sich auf die Knie fallen und legte seine Hände auf ihre Oberschenkel. »Du hast gewonnen.«

»Das kommt mir fast zu einfach vor.«

»Zu einfach?« Sein Blick brannte, als er sie ansah. »Seit ich dich kennengelernt habe, gehst du mir nicht mehr aus dem Kopf, egal ob ich schlafe oder wach bin. Du hast mich gequält, ohne es überhaupt zu versuchen. Was als Nächstes kommt, ist schon längst überfällig.«

»Du träumst von mir?«

»Jede.« Er ließ seine Hände höher gleiten. »Einzelne.« Und noch höher. »Verdammte Nacht.« Er lehnte sich nach vorne und drückte seinen Mund auf die Innenseite ihres Knies, eine so harmlose Stelle, und doch, als er seine Lippen an ihrem Knie vorbei bis zu ihrem Oberschenkel und weiter gleiten ließ und den Stoff ihres Rocks dabei hochschob, stellte sie fest, dass sie den Atem anhielt. Ihr ganzer Körper prickelte. Sie zitterte. Sie wartete voller Anspannung, als er ihren Rock über ihre Hüften schob und sie seinen Blicken ausgesetzt war.

»Die Tatsache, dass du keine Unterwäsche trägst, kann einen manchmal ganz schön ablenken, weißt du.« Er ließ seinen Atem über sie streichen.

Und welche intelligente Erwiderung hatte sie darauf? »Ungg.« Ja, er blies heiße Luft über ihre feuchten Schamlippen und sie konnte sich kaum noch an ihren Namen erinnern. Seinen kannte sie jedoch. »Tony.«

»Was ist, *chaton*?«

»Ich will es.«

Erneut umspielte warme Luft ihre Schamlippen und dann ließ er den Mund darüber gleiten und liebkoste ihre Haut. »Du musst mich nicht bitten.«

»Das tue ich auch nicht.« Und bevor ihm klar wurde, was sie vorhatte, hatte sie sich schon auf ihn geworfen, ihn zu Boden gedrückt und sich auf ihn gesetzt. »Ich stelle nur sicher, dass ich auch bekomme, was ich will.«

Sie ließ sich an seinem Körper entlang hinabgleiten und zog dabei seine Hose bis zum Schwanz herunter. Er sprang heraus, bereit, stolz und unwiderstehlich. Sie griff danach und steckte ihn sich in den Mund. Mmm. Sie leckte Dinge ausgesprochen gern und sie hätte so lange weiter geleckt, bis sie seine cremige Sahne geschmeckt hätte, doch dann wurde sie auf den Rücken gerollt.

»Ich bin hier derjenige, der dich verführt«, knurrte er. Er kauerte zwischen ihren Beinen und fand ihr erhitztes Zentrum der Lust, legte seine Zunge an ihre geschwollene Muschi und sie stöhnte auf. Er berührte sie genau richtig, mit der Zunge fuhr er einen Moment lang über ihre Klitoris, im nächsten Moment stieß er sie in sie hinein.

Sie hatte das Bedürfnis, ihn in sich zu spüren, also rollte sie sich erneut herum und küsste ihn, um sich davon zu überzeugen, dass er genauso heiß und wild war wie sie. Er war wilder. Schon lag sie wieder auf dem Rücken und dieses Mal legte sich sein Mund hungrig auf ihren und er teilte mit den Fingern ihre Schamlippen. Er stieß sie in sie hinein und sie wand sich. Ihr Lustschrei wurde von seinem Mund erstickt. Er legte sich auf die Seite und sie drehte sich um, wobei es ihr gelang, ihn zu packen und seinen geschwollenen Schwanz zu reiben. Jede Liebkosung, die sie ihm zuteilwerden ließ, gab er zurück, seine Finger waren feucht von ihrem Saft und ihre Hüften bewegten sich im Gleichtakt. Zwischen den Küssen atmeten sie heftig. Sie hatte so lange warten müssen, dass es ihr egal war, ob er es ihr nur mit dem Finger besorgte. Es fühlte sich gut an, fühlte sich großartig an, und sie konnte sich nicht zurückhalten. Sie erzitterte, ihre Muschi zog sich zusammen und sie kam. Und kam. Wellen der Lust erschütterten ihren Körper, brachten sie zum Surren, aber es war noch nicht die Erfüllung.

Sie brauchte mehr.

»Ich will dich ganz haben«, flüsterte sie gegen seine Lippen.

»Und ich werde es zulassen«, murmelte er. »Aber erst, wenn du außer Gefahr bist.«

»Es zulassen? Oh, Süßer, das ist nicht deine Entscheidung.«

»Wir sehen uns, wenn du aufwachst.«

»Was?«

Ein feiner Staub rieselte herab und sie atmete ihn ein, während sie hörte, wie er flüsterte: »*Noctis.*«

Kapitel Dreizehn

ALS DIE WIRKUNG DES SCHLAFMITTELS EINSETZTE UND REBA DIE AUGEN ZUMACHTE, stöhnte Gaston, hauptsächlich aus Frustration. Er konnte nicht nur immer noch ihre Kontraktionen spüren, die die Nachwehen des Orgasmus mit sich brachten, sondern auch sein Schwanz pochte schmerzhaft. Er war nämlich nicht gekommen. Das würde er sich nicht erlauben. Nicht, solange es für ihn noch so viele unerledigte Angelegenheiten gab.

Es erschien selbst ihm zu egoistisch, sich einen Moment reiner Glückseligkeit zu gönnen, während das Böse in der Stadt sein Unwesen trieb. So viele könnten sterben, noch mehr könnten als etwas anderes auferstehen, und er musste es verhindern.

Bei seinem eigenen Edelmut hätte er am liebsten gekotzt. *Ich bin kein Held.* Warum verhielt er sich dann so beharrlich wie ein Held?

Er streichelte ihre weiche Wange, bemerkte ihren sanften und gleichmäßigen Atem. Die frische Farbe ihrer Haut. Die noch intensivere Färbung ihrer Aura.

Sie ist der Grund, warum ich gehen muss. Es erwies sich

als schwieriger, als er erwartet hatte. Er genehmigte sich eine schnelle Wäsche, eine schnelle Reinigung, um den Schmutz und den Geruch von ihr an seinen Händen zu entfernen. Das war wirklich traurig.

Er hatte eine Tasche mit Kleidung mitgebracht, die er in seinem Kofferraum aufbewahrte. Es waren nicht nur Gestaltwandler, die mit Ersatzkleidung unterwegs waren. In weniger als sieben Minuten war er sauber und neu gekleidet und erlaubte sich noch einen Blick auf Reba und einen sanften Kuss, jedoch nicht zum Abschied. *Ich komme wieder.*

Aber zuerst musste er etwas töten. Und dieses Etwas konnte nicht irgendjemand in ihrem Rudel sein. Kaum hatte er die Wohnung verlassen und wartete auf den Aufzug, öffneten sich ein paar Türen und Leute schlichen sich hinaus. In nur wenigen Augenblicken war er umzingelt und wurde beobachtet. Haben Sie sich jemals gefragt, wie es sich anfühlt, wenn ein halbes Dutzend wilde Augen Sie betrachten und beurteilen? Er bekam es mit der Angst zu tun, aber er ließ sich nicht anmerken, was für einen Eindruck sie auf ihn machten. Diese Art von Leuten respektierte nur eins – unbekümmerte Frechheit.

»Kann ich irgendetwas für euch tun, meine Damen?«

»Damen?« Kicher. Stacey betrachtete ihn eingehend. »Du siehst jetzt besser aus als bei deinem Eintreffen.«

Die athletische Joan neigte sich zu ihm. »Frisch geduscht.«

»Aber erst nachdem sie schlimme Sachen gemacht haben«, fügte Melly hinzu.

»Das ging ja ziemlich schnell.« Joan rümpfte die Nase. »Arme Reba.«

Er bekam wieder dieses nervöse Zucken und obwohl er wusste, dass es eine Falle war, spürte er dennoch das Bedürfnis zu reagieren. »Reba geht es gut.«

»Nur gut? Wie gesagt, arme Reba.« Joan schüttelte den Kopf.

»Männer«, pflichtete Stacey ihr bei.

»Gibt es einen bestimmten Grund dafür, dass ihr mir im Flur auflauert?«, fragte er und stellte fest, dass der Aufzug immer noch nicht angekommen war und das Treppenhaus sich am anderen Ende des Flures befand, was bedeutete, dass er sich seinen Weg durch einen Haufen Frauen bahnen müsste. Und das war nicht unbedingt etwas, das er ausprobieren wollte.

»Wir stellen dir nur ein paar Fragen. Hast du ein Problem damit?« Diesmal war es Melly, die an ihn herantrat und ihn anstarrte. Sie hatte eine Brille mit dunklerem Rahmen, wodurch ihr böser Blick noch verstärkt wurde.

»Wenn ihr möchtet, dass ich eine Frage beantworte, solltet ihr dann nicht mal eine stellen?«

»Was machst du mit Reba?« Luna war vielleicht nicht besonders groß, glich das jedoch durch eine besonders krasse Einstellung wieder aus.

»Ich dachte, wir hätten bereits geklärt, dass ich es mit Reba tue.« Der Hauch eines Lächelns umspielte seine Mundwinkel und er wich nicht zurück, als eine ausgesprochen große Löwin ihn anstarrte.

»Ich habe niemanden schreien hören. Heißt das vielleicht, dass du schlecht im Bett bist?«

Die etwas kleinere Melly tippte sich nachdenklich ans Kinn. »Vielleicht konnte sie nicht schreien, weil er ihr etwas in den Mund gesteckt hatte. Ihr wisst schon.«

So viele Augenpaare wanderten jetzt nach unten, unter seine Gürtellinie, und ein weniger mutiger Mann wäre vielleicht unter dem Blick so vieler Augen zusammengebrochen. »Ich werde mit euch nicht über meine Genitalien reden.«

»Genitalien?« Luna lachte. »Das ist ja wohl der prüdeste Ausdruck, den ich jemals dafür gehört habe.«

»Was für ein schrecklicher Name für einen wunderbaren Schwanz«, murmelte Stacey. »Selbst Männlichkeit oder Schaft sind noch bessere Ausdrücke. Oder sogar das P-Wort.«

»Penis?«

»Peinlich kleiner Schwanz. Das sind Worte, die keine Frau jemals hören will.« Alle nickten.

Total durchgeknallt. Sie waren alle total durchgeknallt und da behaupteten sie, es wäre schwer, mit Zombies zu sprechen. »Seid ihr in aller Herrgottsfrühe immer schon so krass?«, fragte er sie.

»Nur wenn wir einen triftigen Grund dafür haben«, entgegnete Stacey.

Da wurde ihm klar, dass er das Löwenrudel vor Ort zu gut kannte, weil er sie alle vom Gesicht erkannte und außerdem ihre Namen wusste. Seit wann stand er mit der Fauna vor Ort auf Du und Du?

Seit er das Kätzchen getroffen hatte, das er streicheln wollte, bis es schnurrte. »Wenn es euch nichts ausmacht, würde ich jetzt gern gehen. Ich habe noch etwas zu erledigen.«

»Und was?« Luna kniff misstrauisch die Augen zusammen.

Jemand zeigte mit dem Finger auf ihn. »Und warum kommt Reba nicht mit?«

»Sie ist eingeschlafen nach der extremen ...« Er machte eine Pause, grinste sie leicht an und schickte ihnen dann einen Stoß elektrifizierter Luft. »*Befriedigung.*«

»Ooh.« Sie machten große Augen.

Ding. Hinter ihnen öffnete sich die Tür des Aufzugs und er trat ein, drehte sich um und sah die Frauen an. Sie bildeten einen Halbkreis um die Türöffnung und sahen ihn gebannt mit dem Blick aus ihren bernsteinfarbenen Löwenaugen an, wirkten aber nicht bedrohlich. Er drückte auf den Knopf zur Empfangshalle. Eigentlich hätte er einen Fingerabdruckscanner oder zumindest eine Schlüsselkarte benötigt. In einem Gebäude wie diesem sorgte man für die Sicherheit der Leute. Gaston jedoch brauchte nichts weiter als eine einfache Berührung, um zu bekommen, was er wollte. Die Magie schien die Wissenschaft immer zu verblüffen, und das nutzte er zu seinem Vorteil.

Aber Gaston hatte endlich etwas gefunden, das ihn verblüffte. Reba. Als er sie kennengelernt hatte, hatte er sofort eine gewisse Anziehung gespürt. Er war fasziniert von ihrer Kühnheit und ihrem selbstbewussten Wesen. Sein Interesse an ihr hätte schon längst nachlassen müssen. Es hätte ihm nicht schwerfallen sollen, sie nicht weiter zu beachten, aber er musste feststellen, dass das ein Ding der Unmöglichkeit war. Je mehr Zeit sie zusammen verbrachten, je öfter er ihre Fantasieversion in der Traumlandschaft traf, desto mehr verliebte er sich, und er erkannte dieses beängstigende Gefühl.

Verlieben? Nicht schon wieder. Das letzte Mal hatte nicht gut geendet. Tatsächlich hatte es überhaupt nicht geendet, denn er hatte immer wieder mit seiner ersten falschen Liebe zu tun, immer und immer und immer wieder.

Aber war es richtig, die Liebe mit der getrübten Sicht seiner Erfahrung zu betrachten? Sollte er sich nicht in eine andere Person verlieben, nur weil er in der Vergangenheit eine bittere Erfahrung gemacht hatte?

Bis jetzt war es genau das, was er getan hatte. Er hatte der Liebe abgeschworen. Nicht dass er keine Geliebten gehabt hätte. Er hatte mit Frauen auf jedem Kontinent, in jeder Stadt geschlafen. Manche würden ihn vielleicht als Wüstling bezeichnen, aber er zog es vor, sich selbst als einen

Mann mit großer Erfahrung zu sehen. Doch wie viele Frauen hatte er in den letzten Jahren in sein Bett mitgenommen? Wenige, so wenige, und keine, die ihn nach ein oder zwei Treffen noch immer faszinierte. Sie langweilten ihn. Er konnte sein Interesse an ihnen nicht aufrechterhalten. Bis er Reba kennenlernte.

Reba faszinierte ihn. Sie zog ihn an. Sie brachte ihn dazu, Dinge zu wollen, von denen er dachte, er würde sie nie wieder wollen.

Ein Leben. Ein Heim. Eine Familie ...

Es war leicht, diese beängstigenden Gefühle zu ignorieren, solange sie seine Annäherungsversuche ablehnte. Es war leicht, so zu tun, als würde sie nicht existieren, wenn er sie nie sah. Bevor er sie berührt hatte ...

Doch nun hatte er sie berührt und geschmeckt und wollte sie deshalb mehr denn je. Vielleicht hätte er da noch gehen können, aber sie hatte ihm unbedingt sagen müssen, dass sie ihn für sich beanspruchen wollte. Diese Frau, die Perfektion verkörperte, wollte ihn zu ihren Bedingungen.

Wollte.

Ihn.

Scheiße. Er würde sich später damit befassen. Er musste sich jetzt auf das konzentrieren, was geschah. Der Sturm aus Problemen, der um ihn herum ausbrach.

Er schaffte es zu seinem Fahrzeug und fuhr aus der Tiefgarage. Es dämmerte noch nicht, die Straßen der Stadt waren ruhig; an einem Samstagmorgen herrschte nicht unbedingt viel Verkehr. Er entschied sich dafür, das Radio auszuschalten, und genoss die schlichte Stille. Seiner Meinung nach völlig unterbewertet. Heutzutage gab es so viel Lärm. Überall Lärm.

Sogar bei ausgeschaltetem Radio und Fernseher brummten die Dinge, der Kühlschrank, die Klima-/Heizungsanlage. Und selbst wenn man diesen modernen

Annehmlichkeiten in einen Raum ohne Lüftungsöffnungen oder Geräte entkam, hörte man immer noch das Summen der Elektrizität in den Drähten. Sehr störend.

Ein Mann, der zu einer einfacheren Zeit und an einem einfacheren Ort aufgewachsen war, bevorzugte oft die Ruhe, weshalb ihn sein Interesse an Reba und ihrer lebhaften Art überraschte.

Die Ampel vor ihm schaltete auf Rot und er bremste und trommelte mit den Fingern auf das Lenkrad. Als er die Wohnung verließ, hatte er JF eine SMS geschickt mit der Bitte, sich im Klub mit ihm zu treffen. Er musste den Schaden begutachten und einen Bericht bei seiner Versicherung einreichen. Dann würde es sich nicht vermeiden lassen, sich erneut mit der Polizei zu treffen. Die würde sicher wollen –

Bumm. Der Aufprall von hinten schleuderte seinen Wagen auf die Kreuzung, wo er von einem Fahrzeug erfasst wurde, das aus der anderen Richtung kam.

»Verdammte Scheiße!«, rief er und versuchte, sich festzuhalten, was ihm allerdings nicht gelang, als sein Körper hin und her geworfen wurde.

Metall kreischte, als es sich verbog und zerbarst. Glas zersprang. Die Airbags gingen auf, sodass er vor dem Schlimmsten geschützt wurde, doch das bedeutete längst noch nicht, dass er den Wagen verlassen konnte. Seine Beine waren unter dem Steuer eingeklemmt. Das Chassis des Wagens hatte sich so verzogen, dass die Türen sich nicht öffnen ließen.

Die Fahrer der Fahrzeuge, die ihn gerammt hatten, stolperten aus ihren Autos und einer von ihnen stöhnte: »OhmeinGott, washabeichgetan?«

Er hätte schwören können, durch das mit Rissen durchzogene Seitenfenster blondes Haar gesehen zu haben. Die Frau drehte sich um und lächelte. Vivienne hob eine Hand und winkte, dann blies sie ihm einen Kuss zu.

Ich werde dir den Hals umdrehen! Aber er steckte fest. Er saß stundenlang in seinem Wagen fest, während Notfallteams gerufen wurden, und es entstand ein organisiertes Chaos, als sie den Tatort sicherten, das ausgelaufene Benzin beseitigten und auf die Ankunft des Metallschneiders warteten, um ihn herauszuholen.

Denn manche Dinge konnte man nicht einmal mit Magie erreichen. Zumindest nicht in der Öffentlichkeit. Und das Schlimmste war, dass sein Telefon mitten in der SMS den Geist aufgab.

Scheiße!

Er wusste, dass Vivienne den Unfall irgendwie inszeniert hatte, aber offensichtlich wollte sie ihn nicht töten. Noch nicht. Sie spielte gern Spielchen. Bei diesem Spiel schien es sich um eine Verzögerungstaktik zu handeln. Sie wollte ihn verlangsamen. Ihre eigenen Spieler in Stellung bringen. Ohne ein Telefon konnte er nicht dasselbe tun, besonders nicht, da er sich versteckte. Kaum war er den Fragen der Polizei und anschließend den Sanitätern entkommen, musste er unglaublich schnell handeln. Wirklich schnell, denn dann würde die Wirkung eines bestimmten Schlafmittels nachlassen.

Die schlafende Löwin würde aufwachen. Und sie würde nicht glücklich sein.

Kapitel Vierzehn

BEIM AUFWACHEN GLEICH ALS ERSTES STACEYS GESICHT ZU SEHEN, das falsch rum über ihr schwebte, war schon schlimm genug. Noch schlimmer war jedoch die baumelnde Plastikspinne, die dafür sorgte, dass Reba zuerst schrie und dann den Baseballschläger ergriff, der neben dem Bett stand, und versuchte, sie damit zu zermatschen, bevor sie Stacey damit verfolgte und ihr eine überbraten wollte. Und das alles war eventuell dafür verantwortlich, dass sie schlechte Laune hatte. Aber die Tatsache, dass Tony ihr ein Schlafmittel verabreicht hatte und dann ohne sie losgezogen war, sorgte dafür, dass sie wirklich ausgesprochen mies drauf war.

»Ich kann einfach nicht glauben, dass er mir das angetan hat.« Und es war nicht nur die Tatsache, dass er sie verlassen und unter Drogen gesetzt hatte, die sie wütend machte. Das war zwar schlimm genug, aber die Tatsache, dass sie ganze acht Stunden lang weg gewesen war, machte ihr noch mehr Angst. Alles Mögliche hätte passieren können – abrasierte Augenbrauen, ein mit wasserfestem Filzstift gemalter Schnurrbart, Instagram Fotos, auf denen man sah, wie sie im Schlaf sabberte. »Dieser Vollidiot! Was, wenn plötzlich Außerirdische aufgetaucht wären, um Analproben bei mir zu entnehmen? Wie hätte ich mich schützen sollen?« Lachen Sie nicht. Das ist alles schon da gewesen. Da konnte man zum Beispiel ihre Tante Betunia fragen.

»Oh, er hat schon dafür gesorgt, dass du beschützt wirst. Er hat uns eine SMS geschrieben, nachdem er gegangen ist. Hat die Mädels gebeten, ein Auge auf dich zu haben.«

Das hatte er getan? Das war irgendwie süß. Vielleicht wäre sein Tod dann doch nicht ganz so langsam. »Also warst du die ganze Zeit über hier?«

»Nur eine gewisse Zeit lang. Meena war auch hier, zusammen mit Leo. Es geht das Gerücht um, dass es ziemlich heiß zugegangen ist. Vielleicht solltest du jemanden beauftragen, die Couch und den Teppich zu reinigen.«

Verbrennen wäre die sicherere Variante.

»Und Melly hat ebenfalls vorbeigeschaut. Es könnte sein, dass sie sich ein paar Sachen aus deinem Schrank geliehen hat.«

Es könnte leicht sein, dass auch Melly ihr Fett abbekam, wenn sie die Sachen nicht zurückbrachte.

»Und wo ist er jetzt?« *Wohin, oh wohin ist mein toter Freund nur gegangen?*

»Sehe ich vielleicht wie seine verdammte Sekretärin aus?« Stacey verdrehte die Augen. »Er hat in seiner SMS geschrieben, dass er ein paar besondere Kräfte hätte und dass du dich ausschlafen müsstest, und dass er ein Problem mit irgendeiner verrückten Schlampe hätte, die es besonders auf seine Freundinnen abgesehen hätte, und ob es uns irgendwas ausmachen würde, auf deinen dürren Hintern aufzupassen.«

»Das hat er gesagt? Du weißt ja, was das bedeutet, oder?«

Stacey grinste. »Er hat dich seine Freundin genannt.«

Sie klatschten einander fröhlich ab. »Okay, mein idiotischer Freund«, sie musste kichern, »glaubt, er könne einfach so abhauen und sich um eine psychotische Zauberin kümmern, die die Diener der Hölle befehligen kann.«

»Warte, nicht so schnell. Unglaublich. Das erfindest du doch.«

»Nein, ich meine es ganz ernst. Und du hast es mit einer Dämonen-Mörderin zu tun. Ich habe bereits mit einem der kleinen Mistkerle gekämpft, die übrigens ziemlich schlecht schmecken. Am besten nimmt man Mundwasser mit.«

»Und was war das mit der psychotischen Hexe, die sie befehligt?«

»Seine Ex hat ein Problem damit, ihn ziehen zu lassen. So wie es aussieht, steckt sie hinter der ganzen Scheiße, die zurzeit in der Stadt passiert, darunter zum Beispiel auch die Meuterei dieser merkwürdigen Whampyr-Wichser, die für Tony arbeiten.«

»Whampyr-Wichser. Ich wette, ihnen gefällt ihr Spitzname«, kicherte Stacey.

»Vielleicht, wenn überhaupt noch welche übrig sind. Es sind nämlich nicht mehr viele, vielleicht drei, glaube ich.« Genau wie das Rudel auch ließ Tony niemandem so ein Verhalten durchgehen, auch nicht seinen eigenen Leuten. Wenn man sich vor den Menschen verstecken muss, durfte man mit seinen Geheimnissen keine Risiken eingehen. »Die übrigen seiner Angestellten sind hauptsächlich Menschen, abgesehen von ein paar ruhelosen Gestaltwandlern, die im Klub arbeiten.«

»Also stimmt es, dass diese speziellen Typen Vampir-Gargoyles waren?«, bemerkte Stacey.

»Irgendwie schon, aber irgendwie auch wieder nicht. Sie sind nicht aus Stein gemacht, aber sie trinken Blut. Außerdem sind sie ziemlich langweilig. Ich schwöre dir, dieser Jean Francois ist ein solcher Snob. Am liebsten würde ich ihm die Unterhose zwischen die Pobacken ziehen.«

»Das hört sich so an, als wären die Dämonen spaßiger.«

»Das sind sie auch.« Reba klatschte in die Hände. »Und Tony hat gesagt, dass sie noch mehr werden, weil diese Vivienne sich voll gut mit Magie auskennt. Wir werden uns wahrscheinlich mit allen möglichen merkwürdigen Gestalten herumschlagen müssen.«

»Du weißt ja, was das heißt.« Stacey sah sie mit strahlenden Augen an.

»Ja, das tue ich.« Ganz langsam hoben sich Rebas Mundwinkel zu einem Lächeln. »Es bedeutet, dass wir in den Kampf ziehen werden, um die Stadt und unser Rudel vor den Mächten des Bösen zu beschützen.«

»Und wir werden Helden sein, was bedeutet ...«

»... wir brauchen neue Klamotten!« Und zwar nicht einfach irgendwelche Klamotten.

Als Reba an diesem Tag einkaufen ging und wegen eines schweren Unfalls in der Nähe einen Umweg zum Einkaufszentrum nehmen musste, fragte sie sich, was Tony wohl gerade tat. Sie hatte ihm ein paar SMS geschickt, allerdings keine Antwort erhalten.

Er spielte den Unnahbaren. Wie süß.

Sie feuerte noch ein paar weitere Nachrichten an Tonys Stellvertreter Jean Francois ab. Er antwortete zumindest. Seine letzte Antwort? *Ich weiß nicht, wer den Hund rausgelassen hat.* Sie musste noch immer lachen.

Die Nachricht von dem Unfall ihres Freundes gelangte schließlich zu ihr, aber da Tony anscheinend unbeschadet davongekommen war, hielt sie sich nicht weiter damit auf, sondern befasste sich mit anderen Problemen. Wenn sie den zweiten Brownie aß, würde sie dann auch noch den dritten essen müssen? Hm, vielleicht sollte sie auf Nummer sicher gehen und vier verspeisen. Außerdem steckte sie noch ein paar für später in ihre Handtasche.

Irgendwann bekamen sie und die Schar von Frauen, die bei Stacey herumhingen und mit der Nähmaschine herumspielten, ein Dossier über die sehr ungezogene Vivienne. Es war nur eine dünne Akte, weil die blöde Kuh wusste, wie man seine Spuren verwischte.

Ein gerissener Feind. Lustige Zeiten standen ihnen bevor. Miau.

Die Damen des Rudels gingen die Details von Viviennes Akte durch und besprachen einige Punkte.

»Ist sonst noch jemandem aufgefallen, dass sie schon ziemlich lange neunundzwanzig Jahre alt ist?« Stacey ärgerte sich sehr, wahrscheinlich weil sie immer noch sauer war, dass sie in ihrer Wohnung dreißig Wunderkerzen angezündet und damit die Sprinkler ausgelöst hatten. Die Versicherung hatte das meiste von dem Zeug ersetzt. Sie hatten ihre Lektion gelernt, nachdem sie es in einem Auto getan hatten. Wer hätte gedacht, dass eine Ablenkung beim Fahren eine so hohe Strafe nach sich ziehen würde?

Luna schichtete einige der ausgedruckten Sachen auf den Boden, das meiste davon Zeitungsartikel aus dem Internet. Erstaunlich, was Gesichtserkennungssoftware und Technologie leisten konnten.

Melly, ihre hauseigene Hackerin, hatte es geschafft, sich Kopien der Überwachungsaufnahmen aus Tonys Wohnhaus zu besorgen, und als diese zeigten, dass außer Reba niemand Tonys Aufzug benutzt hatte, gingen sie als Nächstes zu den Straßenkameras, bis sie Vivienne entdeckten, die in der einen Minute unter einem Laternenpfahl stand und in der nächsten verschwunden war.

»Wie ist sie von hier«, Luna zeigte auf ein grobkörniges Schwarz-Weiß-Foto, »nach hier gekommen?« Sie zeigte auf das Farbbild, das ein Zeuge am Vorabend der Flammen, die aus den Fenstern von Gastons Wohnung schossen, aufgenommen hatte. »Und ich gehe mal davon aus, dass sie auch dort wieder irgendwie entkommen ist.« Ohne dabei von den Kameras des Gebäudes aufgenommen zu werden.

»Ich würde sagen, sie hat einen Tarnumhang. Und wenn das so ist, darf ich ihn als Erste haben!« Meena hob die Hand.

»Sie hat keinen Umhang, der sie unsichtbar macht.« Aber wenn sie einen hatte, wollte Reba ihn haben. »Und das mit dem Verschwinden ist ein schöner Trick, nur dass ich ihn schon vorher bei Tony gesehen habe.«

»Ist es deinem Tony gelungen, ins Penthouse zu gelangen, ohne die Treppe oder den Aufzug zu benutzen?« Luna zeigte auf die Aufzeichnungen der Fahrstuhlkamera. »Wir sehen dich auf dem Video, wie du erst ankommst und dann wieder gehst. Aber davor und danach tut sich stundenlang nichts.«

»Vielleicht sind die Aufzeichnungen getürkt«, bemerkte Joan, wobei sie kurz damit innehielt, sich ein Fitnessgetränk zuzubereiten, zu dessen Zutaten wohl ziemlich viel grünes Blattgemüse gehörte. Bäh.

»Es wäre eine Möglichkeit, dass er die Videoaufnahmen gehackt hat. Schließlich ist es mir auch ziemlich problemlos gelungen«, stellte Melly fest.

»Ich glaube, dass sie Magie benutzt und sich irgendwie teleportiert hat.« Stacey wirbelte herum und ihre roten Strähnen, die so ungewöhnlich für eine Löwin waren, flogen um sie herum.

»Ich glaube, du musst damit aufhören, Katzenminze zu schnupfen.«

Stacey hörte damit auf herumzuwirbeln und sah stattdessen Luna böse an. »Ich müsste es nicht schnupfen, wenn eine bestimmte Person uns nicht in Schwierigkeiten gebracht hätte, als Cook uns das letzte Mal Brownies gemacht hat.«

»Die waren aber nicht daran schuld, dass ich im Park eingeschlafen bin. Das lag daran, dass der Rasen so weich und warm war.« Und Luna hatte nicht widerstehen können. Ihr gefiel es wirklich sehr, sich in der Sonne zu aalen – nackt.

»Wenn wir dann langsam mal damit fertig sind, der guten alten Zeit der Katzenminzebonbons nachzutrauern«, auch bekannt als ihre wilde Studentenzeit, die das Rudel ziemlich viel gekostet hatte, um ihre Machenschaften zu vertuschen, »können wir uns dann wieder auf die blöde Kuh konzentrieren, die es auf meinen Freund abgesehen hat?« Und bei *Freund* musste sie wieder kichern. Es war noch nicht langweilig.

»Da bin ich anscheinend in einer Sackgasse gelandet«, verkündete Melly und hämmerte aufgeregt auf ihrem Laptop herum. »Diese Hexenbraut ist ziemlich gut darin, sich zu verstecken, besonders da sie anscheinend bar bezahlt und es keine Spur von Rechnungen gibt, die man verfolgen könnte. Aber um ein bestimmtes Gebäude in der Stadt zu mieten, musste sie ihren Ausweis vorzeigen. Und das Beste daran ist, dass uns das Gebäude gehört.« Das Rudel hatte in der Stadt überall die Hände mit im Spiel. »Und da wir ihre Vermieter sind, haben wir Zugang dazu.«

Reba war nicht die Einzige, die an ihrem Outfit hinabblickte und einen enttäuschten Schmollmund zog. »Aber was ist, wenn ich mich nicht umziehen und ein langweiliges Bürooutfit tragen möchte?«

Meena stand auf und stemmte die Hände in die Hüften – und es waren ziemlich eindrucksvolle Hüften. Wenn man Dmitri, dem Mann ihrer Zwillingsschwester, Glauben schenken durfte, waren sie perfekt zum Kinderkriegen geeignet. »Ich opfere mich und gehe hin. Ich habe sogar einen Anzug. Leo hat darauf bestanden, dass ich ihn anschaffe, um seriös zu wirken.«

Als alle aufgehört hatten zu lachen, wobei Meena am lautesten von allen lachte, widmeten sie sich wieder der Angelegenheit.

»Leo wird dir in den Hintern treten, wenn du dich dort blicken lässt, besonders weil du schwanger bist. Mit *seinem* Kind«, sagte sie mit Nachdruck. Luna verdrehte die Augen. Das taten sie alle. Man hätte denken können, dass der Omega des Rudels der erste Mann war, der jemals eine Frau geschwängert hatte.

»Pst. Sagt seinen Namen nicht.« Meena biss sich auf die Lippe und warf einen Blick zur Tür. »Dann weiß er, dass wir Pläne schmieden, und wird dafür sorgen, dass ich noch mehr Vitamine nehme.«

Daraufhin bissen sich fast alle auf die Lippen, um nicht laut zu lachen.

»Ich werde vorangehen«, meldete Luna sich freiwillig. »Melly bleibt mit unserem Überwachungswagen in der Nähe und hilft uns mit den Computern und Kameras.« Luna verteilte die Aufgaben, als würde sie den Leuten Frisbees zuwerfen. Die Leute dachten oft, dass die Löwinnen keinerlei Regeln befolgten. Dabei verstanden sie nur nicht das organisierte Chaos. »Joan, Stacey, Reba und ich kommen von hier, hier und hier.« Luna wies auf die verschiedenen Ausgangspunkte hin, von der hinteren Ladeklappe über den Abwasserkanal – Joan hatte da den Kürzeren gezogen – bis zum Dach und schließlich zum Mitarbeiterparkhaus.

»Nehmen wir auch ein paar von den Jungs mit?«, fragte Meena, denn Luna hatte sich schließlich dazu erweichen lassen, dass sie neben Melly im Überwachungswagen sitzen durfte, um sie zu beschützen. »Leo behauptet immer, ich würde ohne ihn nur in Schwierigkeiten geraten.«

»Er ist nur eifersüchtig, dass du den ganzen Spaß alleine hast«, stellte Luna fest. »Jeoff ist genauso. Und wenn er dabei ist, bin ich nicht mehr so locker. Er versucht immer, mich zu beschützen.« Sie verdrehte die Augen. »Es ist schon ziemlich niedlich. Aber auf diese Mission begeben wir uns alleine. Sie haben mit anderen Dingen überall in der Stadt zu tun. Männerangelegenheiten, wenn man Arik Glauben schenken darf.« Luna machte ein abfälliges Geräusch.

»Nach dem, was ich gehört habe, haben die Sachen ebenfalls was mit dieser merkwürdigen Viv und diesen Ghulen zu tun, die Reba gesehen hat«, sagte Stacey, ohne dass sie gefragt worden war.

»Je schneller wir diese blöde Kuh loswerden, umso schneller können wir ihnen unter die Nase reiben, wie toll wir sind. Seid ihr bereit?«

»Pinkelt ein Löwe auf den Teppich?«

Sie schlugen die Hände aufeinander, fest und ohne zu zögern. Und dabei stießen sie ihren Teamschrei aus. »Die Schlimmsten Schlampen. Miau!«

Keine Sorge, Tony, ich werde dir dabei helfen, die Angelegenheit zu regeln. Und dann würde sie ihm eine dafür verpassen, dass er sich wie ein solcher Idiot benommen hatte. Einfach ohne sie abzuhauen, um die Welt zu retten, dafür hatte er sogar zwei Ohrfeigen verdient. Und dann würde sie ihn zum Trost küssen, bis es ihm wieder gut ging.

Kapitel Fünfzehn

»Süßer, was für eine Überraschung, dich hier zu finden«, hörte er eine allzu vertraute, weibliche Stimme rufen.

Ein Teil von Gaston war überhaupt nicht überrascht darüber, Reba auf dem Dach stehen zu sehen, was sie anhatte, ließ ihn jedoch die Augen weit aufreißen. Sie trug einen knallpinken hautengen Anzug mit Werkzeuggürtel und einem kurzen, weißen Umhang, der zu ihren kniehohen Stiefeln passte. Dazu trug sie eine weiße Maske, die die obere Hälfte ihres Gesichts bedeckte und an deren Rändern kleine Kristalle glitzerten.

»Wage ich zu fragen, was du da anhast?«

Sie stemmte eine Hand in die Hüfte und warf sich in Pose. »Gefällt es dir? Unser Logo haben wir heute Nachmittag anbringen lassen.«

Es gefiel ihm sehr gut. Obwohl es natürlich noch besser auf dem Boden seines Schlafzimmers ausgesehen hätte. »Was soll das heißen?«

»Im Moment steht es für die Schlimmsten Schlampen,

aber Ellony, unsere Marketingmanagerin, behauptet, dass die meisten Fernsehsender damit ein Zensurproblem hätten. Aber sie sagt, dass mein Superheldinnen-Name in Ordnung ist.«

»Superheldinnen-Name?«

Sie grinste. »Ich bin Pounce, weil ich doch immer sprungbereit bin –«

»Hör sofort mit diesem Blödsinn auf. Du bist keine Superheldin.«

»Also, natürlich bin ich das nicht, noch nicht. Schließlich treibt sich Vivienne noch irgendwo da draußen rum. Ich muss sie erst besiegen.«

Merkwürdigerweise machte ihre verdrehte Logik Sinn. »Du wirst hier überhaupt niemanden besiegen. Ich und meine Angestellten werden uns darum kümmern.«

»Du hast nicht genügend Handlanger, um alleine damit fertigzuwerden.«

Es entsprach der Wahrheit, dass die Anzahl seiner Truppen nicht gerade ideal war. Aber immerhin befanden sie sich nicht im achtzehnten Jahrhundert mit primitiver Magie und ebensolchen Waffen.

»Bis jetzt bin ich immer ganz gut mit Vivienne fertiggeworden.«

»Und wie wäre es, wenn wir die Sache stattdessen ein für alle Mal beenden?«

Nichts fände er besser. Gaston hatte den gesamten Tag damit verbracht, Fragen zu beantworten, nachdem man ihn aus den Überresten seines Wagens gezogen hatte. »*Wer hat noch eine Rechnung mit Ihnen offen?*«, »*Sind Sie in kriminelle Machenschaften verwickelt?*« Als hätte er Zeit für die nebensächlichen Probleme der Menschen und Gestaltwandler. Er musste eine Menge Energie und ein wenig Magie aufbringen, um all den Fragen zu entkommen und JF eine Nachricht zukommen zu lassen. Sein Stellvertreter kam vorbei, um ihn abzuholen – und um mit ihm zu schimpfen.

»Dieses Mal geht sie mir wirklich auf die Nerven.« Denn wie es ihre Art war, griff Vivienne niemals direkt an. Sie war hinterlistig und benutzte Feuer, Unfälle und Unterwanderung. Nie stand sie ihm Auge in Auge gegenüber. Wahrscheinlich hatte sie Angst davor, dass er sie mit bloßen Händen erwürgen würde, wenn sie ihm zu nahekam.

»Anstatt sie von einer Stadt in die andere zu verfolgen, solltest du sie vielleicht in Ruhe lassen«, bemerkte Jean Francois, als er auf die Straße fuhr. »Das Ganze hat nur wieder begonnen, weil du ihr immer wieder nachstellst.«

»Sie muss bezahlen.«

»Hat sie nicht schon genug bezahlt?«

Dafür, dass sie seine Schwester getötet hatte, die die einzige Familie war, die er noch gehabt hatte, und dann durch ihr Verhalten diese Gräueltat anschließend noch verschlimmert hatte?

»Sie hat meine Schwester umgebracht.« Obwohl man natürlich sagen musste, dass er derjenige war, der alles angefangen hatte. Als Gaston herausfand, dass seine Verlobte ihn betrog, hatte er ihr Haus in Brand gesetzt. Dabei kam ihre Katze ums Leben, die, wie sich hinterher herausstellte, mehr war als nur Hauskatze. Er hatte ihren Vertrauten getötet. Ihr Vergeltungsschlag war ausgesprochen heftig.

»Sie hat vielleicht Celine getötet, doch seitdem nimmst du ihr alles und jeden, den sie jemals geliebt hat.«

Stimmt. Rache war alles, was er hatte, nachdem seine Schwester gestorben war, zurückkam und dann wieder sterben musste – durch seine Hand, bevor Celine eine Revolution der Untoten beginnen konnte. Hätte er damals nur gewusst, was er jetzt wusste. Vielleicht hätte er seine Schwester retten können, so wie er JF und die anderen gerettet hatte, indem er sie in Whampyre verwandelt hatte, damit sie dem Tod entgehen konnten.

Aber das war ein Geheimnis, das er zu spät erfahren hatte.

Er hatte geschworen, nie wieder zu spät zu kommen. Vivienne immer auf Trab zu halten. Sie niemals zur Ruhe kommen zu lassen. Er hatte sie immer gejagt und zum ersten Mal seit sehr langer Zeit stand viel auf dem Spiel. Viel, weil er nun jemanden hatte, der ihm wichtig war, und diese Person war mit ihm auf dem Dach und tat so, als wäre das Ganze eine Art Spiel.

Ein anderer Mann wäre vielleicht wütend geworden und hätte sie angeschrien, sie sollte gehen. Ein geringerer Mann hätte sie angefleht zu verschwinden. Er versuchte es mit Logik. »Du hättest nicht herkommen dürfen. Es gibt einen Grund dafür, dass ich dich zurückgelassen habe.«

»Danke, dass du dafür gesorgt hast, dass ich meinen Schönheitsschlaf bekomme. So gut habe ich schon seit Langem nicht mehr geschlafen.« Sie streckte sich und sein Blick wanderte an Orte, die ihn viel zu sehr von seiner eigentlichen Aufgabe ablenkten.

»Ich habe es getan, um dich aus der Gefahr rauszuhalten.«

»Aber ich mag die Gefahr. Oder warum glaubst du, mag ich dich so sehr?«

Sie mochte ihn? Dieses unverhohlene Eingeständnis überraschte ihn, also war er nicht darauf vorbereitet, als sie ihm die Arme um den Hals warf.

»Du solltest besser gehen. Sofort.« Er versuchte es mit seiner strengsten Stimme.

Aber da sie ihn daraufhin mit ihren spitzen, weißen Zähnen ins Kinn biss, konnte man davon ausgehen, dass sie ihn nicht ernst nahm. »Kommt gar nicht infrage. Ich bleibe hier und helfe dir. Auch wenn ich immer noch sauer auf dich bin.«

»Du bist sauer auf mich? Warum?« Alles, was er getan hatte, war zu ihrem Besten gewesen. *Eigentlich sollte sie mir danken.* Stattdessen schimpfte sie mit ihm.

»Eine Frau unter Druck zu setzen ist in allen Staaten verboten, aber mach dir keine Sorgen. Ich werde dich nicht umbringen, weil du das getan hast. Allerdings freue ich mich auf den wütenden Sex und den Versöhnungssex danach.«

Wütender Sex? Als könnte er ihr lange böse sein. Er legte ihr einen Arm um die Taille und zog sie an sich. Denn auch wenn er es Reba gegenüber nicht zugab, respektierte er die Tatsache, dass sie an seiner Seite bleiben wollte. An Mut fehlte es ihr nicht und er wusste bereits, was für eine wilde Kämpferin sie war.

»Wenn ich dich mitkommen lasse, versprichst du dann, mir zu gehorchen?«

»Du willst mir Befehle geben? Das ist so verdammt *heiß*.«

»*Chaton.*« Er knurrte ihren Kosenamen. »Benimm dich.«

»Sonst?«, fragte sie frech und ungeduldig.

Er drehte sie herum und presste ihren Hintern an seine Leiste, während er mit den Händen über den Elasthanstoff ihres Anzugs strich und ihren Körper nachzeichnete, woraufhin sie erschauderte. Sie reagierte immer so intensiv auf seine Berührung, genau wie er ihrer Anziehungskraft nicht entkommen konnte.

Die forschende Hand erreichte ihre Muschi und er legte sie darauf. Ihre Wärme erfüllte seine Handfläche. Er rieb und sie gab einen Laut von sich, ein kehliges Stöhnen. Er drückte seine Lippen gegen den Puls an ihrem Hals.

»Benimm dich oder du bekommst das hier nicht.« Er drückte zu.

»Süßer, das ist die größte Möhre, mit der mich jemals jemand gelockt hat. Ich werde mich benehmen. Aber können wir uns ein bisschen beeilen? Bestimmte Körperteile von mir benötigen dringend deine Aufmerksamkeit, und das kann einen ziemlich ablenken.«

Er wusste, was Ablenkung bedeutete. Die größte davon hielt er gerade in seinen Armen. »Ich warte auf ein Zeichen von JF. Er sagt mir Bescheid, wenn Vivienne das Gebäude betritt.«

»Heißt das, wir haben noch ein bisschen Zeit? Das ist ja super.« Sie entfernte sich von ihm und trat auf die Brüstung, die etwas mehr als einen Sprung weit von dem Gebäude entfernt war, auf das sie es abgesehen hatten.

»Was machst du da?«

»Heute wirst du Zeuge davon, wie zum ersten Mal in der Geschichte eine Katze fliegt.« Sie flog weniger, als dass sie mit einer Zipline hinüberglitt, nachdem sie etwas an ihrem Gürtel gedrückt hatte, sodass die Leine herausgeschossen war und sich um den Schornstein des nächsten Gebäudes gelegt hatte. Offenbar machte sie sich keinerlei Gedanken darüber, was passieren würde, wenn die Zipline wieder eingerollt wurde. Mit einem quietschenden »Juhu!« flog Reba vom Gebäude, Arme und Beine weit ausgestreckt, und es störte sie überhaupt nicht, dass sie wahrscheinlich mit dem Gesicht voran auf der anderen Seite einschlagen würde.

Zeit, wieder den Helden zu spielen. Sie hielt ihn auf jeden Fall auf Trab. »Verdammt.« Gaston stieg auf den Sims und sprang, denn sein schwarzer Umhang war mehr als ein wärmendes Kleidungsstück. Er bauschte sich hinter ihm auf, ganz im Stil eines gewissen dunklen Helden, aber sein Umhang verließ sich nicht auf die Wissenschaft.

»*Levati.*« Dieses Zauberwort verlieh ihm kurz die Fähigkeit, in der Schwebe zu bleiben, und so gelang ihm ein anmutiger Gleitflug und er hatte vor, Reba auf ihrem Weg auf die andere Seite zu schnappen, nur dass er sie anscheinend unterschätzt hatte.

Sie drehte sich in der Luft um, griff nach dem dünnen Seil und begann, es aufzuwickeln. Sie kam auf der anderen Seite des Gebäudes mit den Füßen auf und hangelte sich dann den Rest des Weges hinauf. Er war vor ihr da, aber nicht lange. Einen Moment vor der Landung flüsterte er ein weiteres Zauberwort: »*Celaverimi.*« Tarnen, denn nun begann das Spiel erst richtig.

Reba lief über die Dachkante und zog schnell an ihrem Enterhaken, sodass er wieder im Gürtel verschwand.

»Ein ziemlich cooles Ding«, stellte er fest.

»Danke. Melly hat es erfunden. Sie ist ein Technofreak.«

»Was verstecken sich sonst noch für Überraschungen in diesem Gürtel?«

»Um das herauszufinden, wirst du mich ausziehen müssen.« Sie zwinkerte ihm zu und die Versuchung, es sofort herauszufinden, hätte fast dafür gesorgt, dass er nach ihr griff.

»Später.« Keine Zeit für unanständige Vergnügungen. Trotz seines Tarnzaubers blieb ihre Ankunft nicht unbemerkt. Ein helles rotes Licht leuchtete über einer Kamera, als diese sich aktivierte.

Reba winkte.

»Was machst du da?«

»Keine Sorge. Melly hat alles im Griff. Für alle, die von drinnen zusehen, ist das Dach leer.«

Natürlich war es leer, weil er seine Magie auch auf die Überwachungselektronik ausgeweitet hatte – aber das war eher eine Verhüllungstaktik und ausgesprochen anstrengend, besonders weil er ein ziemlich großes Gebiet abdecken musste. Also nahm er Reba beim Wort, ging davon aus, dass Melly die Kameras im Griff hatte, und beendete seinen Zauber.

»Es wundert mich, dass hier oben keine Wachen sind«, stellte sie fest, während sie Pirouetten drehte, und er bemerkte, dass ihr Anzug ihre gerundeten Pobacken kaum bedeckte. »Mir fällt nichts Interessantes auf.«

»Dann siehst du nicht richtig hin.« Seine Aufmerksamkeit wurde von der perfekten Pracht ihres Körpers abgelenkt, als er eine Bewegung bemerkte. Ein Zucken auf einer harten Oberfläche, als einer der kleinen Schornsteine zum Leben erwachte, denn der Golem aus Metall konnte sich gut zwischen den anderen Gegenständen auf dem Dach verstecken. Die Magie, die ihn belebte, war kaum wahrnehmbar, das Geflecht des Zaubers sehr subtil. Erdmagie war stets eher unauffällig. Es war auch eine solide Magie, wenn auch eher dumm. Golems waren dafür bekannt, dass sie stark und praktisch nicht aufzuhalten waren, aber sie waren dumm. So ausgesprochen dumm.

Der Golem hatte zwar eine gewisse Ähnlichkeit mit einem Menschen, zwei Arme und Beine und einen Kopf, aber damit hörten die Ähnlichkeiten auch schon auf. Er hatte keine Hände, keine Finger und keine Füße. Er bewegte sich auf dicken Stämmen vorwärts und wedelte mit keulenartigen Gliedmaßen herum. Sein einzelnes klaffendes Auge, ein Loch in seinem Klotzkopf, das rotes Licht ausstrahlte, tastete den Bereich mit einer laserartigen Intensität ab. Sobald es ein Ziel entdeckt hatte, verfolgte es dieses mit einem einzigen Gedanken – es zu zerstören.

Da er wusste, womit er es zu tun hatte, war Gastons Plan einfach. Er wollte die Kreatur zu sich locken und sie über die Kante des Gebäudes befördern. Ein Sturz aus dieser Höhe würde sie vernichten.

Ein großartiger Plan, wenn er allein wäre. Reba hatte jedoch das Bedürfnis, die Dinge auf ihre Weise zu tun. Und ihre Weise war sehr nackt.

»Was machst du da?«, fragte er und wandte den Blick von dem langsamen Golem ab, als er aus dem Augenwinkel nackte Haut bemerkte.

»Mach dir keine Sorgen, Süßer. Meine Löwin wird dir den süßen Arsch retten.« Und wie sie es angedroht hatte, verwandelte Reba sich, und aus ihrer schokofarbenen Haut wurde dunkles Fell. Sie hatte vielleicht keine imposante Mähne wie ein männlicher Löwe, aber ihr schlanker Körper war ziemlich eindrucksvoll und geschmeidig. Außerdem half er ihr rein gar nichts gegen einen Golem.

Krallen gruben sich in die Asphaltfläche des Daches, sie lief auf das Metallwesen zu, sprang und traf es.

Klirr. Sie prallte zurück und schlug nicht gerade anmutig auf dem Boden auf. Sie setzte sich auf und schüttelte den Kopf. Unerschrocken versuchte sie es noch einmal und schlug mit Krallen auf den Golem ein, was ein schreckliches Geräusch zur Folge hatte, Fingernägel auf einer Kreidetafel, nur tausendmal schlimmer. Jeder in einem Umkreis von mehreren Kilometern erschrak wahrscheinlich.

Dann versuchte sie zu beißen und hinterließ kaum eine Delle.

»Lass mich das machen, *chaton*.« Gaston stellte sich zwischen den Golem und Reba. Vivienne konnte so vorhersehbar sein. Da er diese Art von Monster erwartet hatte, wusste er genau, was zu tun war.

Ein leichter Ruck aus dem Handgelenk und schon lag ein Staub in der Luft. Er blies die Partikel in Richtung des Golems. Das Pulver – für Menschen harmlos – traf auf und schon erschienen Rostflecke. Das ätzende Zeug begann, das Metall zu zerfressen. Das Knarren und Stöhnen der Metallverbindungen wurden lauter, als der Golem auf Gaston zu taumelte. Er duckte sich und wich den massiven Keulen aus, die er als Waffen benutzte.

Der Golem sah den Rand des Gebäudes nicht kommen, als er Gaston hinterherjagte. Nachdem Reba seinen Plan erkannt hatte, stürzte sie sich in ihrer Katzengestalt auf das metallene Monster und gab ihm den nötigen Schubs, um es hinabzustürzen. Sie spähte über die Kante, als der Golem unten aufschlug und auf die Motorhaube eines Autos krachte.

Sie drehte den Kopf und legte ihn zur Seite, als wollte sie sagen: »*Glaubst du, das wird jemand bemerken?*«

»Das wird sich wohl nur schwer verstecken lassen«, stellte er fest. »Wir sollten uns ins Gebäude begeben, bevor es komplett abgeriegelt wird.«

Er nahm ihre Kleidung – kaum eine Handvoll Stoff, der Gürtel war schwerer, als er aussah – und sie folgte ihm, als er sie nach innen führte, wobei das elektronische Schloss sich für ihn öffnete.

Im Gebäude angekommen orientierte er sich sofort und ging die Treppe hinunter, bis er eine Tür erreichte. Eine Tür ohne Runen. Eine Tür ohne Wachen.

Nicht einmal ein Tastenfeld. Es schien zu einfach zu sein. Er bemerkte die Kamera in der Ecke des Treppenhauses, das einzige Zugeständnis an die Sicherheit. Kontrollierte Melly aus dem Rudel sie noch immer? Oder beobachtete Vivienne sie gerade jetzt?

Er zog seinen Ärmel zurück und tippte auf den Bildschirm seiner Uhr. Ein Prototyp, der leistungsfähiger war als jedes Smartphone. Sein Stellvertreter hatte ihm nicht geschrieben, dass Vivienne angekommen war. Das bedeutete nicht, dass sie nicht hier war. Sie wusste, wie sie überall und ohne Vorankündigung erscheinen konnte. Sie liebte es, den Verstand zu verwirren.

Aber war sie hier?

Er beäugte die geschlossene Tür. Graues Metall und ein zinnfarbener Griff. Kein Fenster. Was lag auf der anderen Seite? Waren sie überhaupt am richtigen Ort?

Er griff auf altmodische Methoden zurück und drückte sein Ohr gegen die Tür. Die kühle, harte Oberfläche summte leicht, wie ein Gebäude, das vor Energie bebte. Aber darüber hinaus? Alles still, so still, dass ihr geflüstertes »Hörst du etwas?« so verdammt laut klang.

Gaston dachte nicht nach, er reagierte, er drückte sie an die Wand neben der Tür, er legte seine Lippen auf ihre und forderte, dass sie den Mund hielt. Zumindest am Anfang, aber wie immer, wenn er sie berührte, gewann die Lust über den gesunden Menschenverstand. Ein Kuss verwandelte sich in eine nicht enden wollende Umarmung. Lippen, die sich leidenschaftlich berührten. Zungen, die vor sinnlicher Hingabe tanzten.

Das machte ihm nur noch mehr Lust. Lust auf sie. Er ließ seine Hand über ihren Körper gleiten, bis hinunter zu ihren Oberschenkeln. Sie hatte keine Zeit gehabt, sich nach der Verwandlung anzuziehen, was bedeutete, dass er nackte Haut streichelte. Weiche Haut. Und Oberschenkel, süße Oberschenkel, die sie bei seiner Berührung öffnete. Seine Finger glitten dazwischen und streichelten ihre Spalte.

»Wie kommt es, dass du immer feucht bist, wenn ich dich berühre?«, murmelte er leise an ihre Lippen gepresst.

»Weil ich dich will.« Sie drückte ihre Hüften gegen seine Hand.

Und er wollte sie auch, so sehr, aber jetzt war nicht die richtige Zeit für Sex.

Anscheinend hatte er es diesmal laut gesagt. »Und wann ist endlich mal Zeit dafür?«, murmelte sie.

»Die Tatsache, dass sie den Golem verloren haben, wird nicht unbemerkt bleiben. Sicher hat es einen Alarm ausgelöst.«

»Also bleibt uns nicht viel Zeit?« Diese Tatsache schien ihr eher zu gefallen, als sie zu verärgern.

»Uns bleibt nur ausgesprochen wenig Zeit, denn jemand könnte jeden Moment durch diese Tür oder die Treppe hinaufkommen.«

»Du machst es mir nur umso schmackhafter. Dann sollten wir uns besser beeilen«, knurrte sie. Sie zerrte an seinem Gürtel. »Ich halte es nicht mehr aus.«

Verrückt. Es war völlig verrückt. Er konnte sie nicht aufhalten. Und er hatte nicht gescherzt, als er behauptet hatte, dass sie jeden Augenblick entdeckt werden könnten. Jeden Moment konnte jemand bewaffnet und kampfbereit durch die Tür kommen ... Und ihm war es völlig egal.

Sie hatte recht. Wann wäre endlich mal Zeit dafür? Sie hatten die Zeit nur, wenn sie sie sich nahmen. *Wir müssen einfach die Zeit dafür schaffen.*

Ungeachtet der Gefahr.

Er hatte einen Ständer. Und schämte sich nicht dafür. Nur jemand, der nie wirklich das Adrenalin erlebt hatte, das entsteht, wenn man etwas Falsches, aber unheimlich Schönes tun muss, konnte das verstehen. Der Nervenkitzel der Entdeckung zählte beinahe als Orgasmus.

Sie verlangte nach einem Quickie. Und einen Quickie konnte er ihr geben. Als sie seinen Schwanz aus seiner Hose befreite, verlor er keine Zeit und hob sie hoch, die Hände auf ihrer Taille, ihren Rücken an die Wand gepresst. Ohne dass er sie darum bitten musste, legte sie die Beine um seine Taille, sein Umhang verbarg sie vor neugierigen Blicken. Zumindest würden sie von denjenigen, die vor der Kamera saßen, nicht gesehen werden, und noch besser war, er behinderte überhaupt nicht das exquisite Gefühl, in sie einzudringen.

Der Kopf seines Schwanzes drang mit Leichtigkeit in die glatte Öffnung ihrer Muschi. Sie war so verdammt eng und heiß und nass und perfekt. Er stieß in sie hinein, härter und dicker, als er seinen Schwanz jemals gesehen hatte. Jeder Stoß brachte seinen Atem zum Stocken und ließ ihn vor Leidenschaft erzittern.

Rein. Zischendes Einatmen.

Raus. Ein leises Stöhnen und dann ein Keuchen von ihr, als er wieder in sie eindrang.

Rein. Raus. Ein dekadenter und quälender Rhythmus, mit dem er in seine Frau stieß. Meine Frau. Seine. Und er könnte sie jetzt sofort beanspruchen.

Zu schnell? Er wollte sich zurückhalten, diesen Moment festhalten, aber die gebotene Dringlichkeit trieb ihn an. Nicht nur die Dringlichkeit, sich zu beeilen oder weil sie erwischt werden könnten, sondern das einfache Bedürfnis, dieser Frau sein Mal zu verpassen. *Sie zu der Meinen zu machen.*

»Ja, zu der Deinen«, flüsterte sie als Antwort.

Das spornte ihn zur Eile an. Er rammte seinen Schwanz tief in sie hinein und sie krallte sich an seinen Schultern fest, wobei sich ihre Fingerspitzen durch den Stoff gruben. Ihre Lippen verschlangen seine, und ihr Atem war gehetzt, genauso wie seiner, als er in sie stieß, ohne Finesse, ohne Muße, ohne auf seine Technik zu achten. Nur rohe, ungezügelte Leidenschaft. Und sie liebte es.

Ein kleines Maunzen der Lust entwich ihr und ihr Griff wurde stärker, ihre Nägel bohrten sich in seine Haut, sie zerriss sein Hemd und zerkratzte ihn. Sie ließ von seinem Mund ab, um an seinem Hals zu saugen, und er legte den Kopf in den Nacken, ohne aufzuhören, weiter in sie zu stoßen, schon fast so weit zu kommen. Vergiss die Zurückhaltung. Er war fertig mit der Zurückhaltung. Ihre Muschi zog sich um ihn herum zusammen, ein fester Druck, und dann kam sie, kam so hart, und doch schrie sie nicht auf. Stattdessen biss sie ihn, vergrub ihre Zähne in seinem Hals und, verdammt noch mal, brachte ihn zum Bluten. Aber es war ihm egal, stattdessen brachte ihn der scharfe Schmerz dazu, ebenfalls zu kommen. Und er kam gewaltig, und als sie knurrte: »Du gehörst mir«, musste er ihr zustimmen.

»Ganz und gar mir.« *Mir. Mir. Mir.*

Das Wort hallte noch freudig in ihm nach, weil es sich so richtig anhörte. So verdammt richtig zum ersten Mal seit unglaublich langer Zeit.

Der Moment war einfach so verdammt perfekt.

Deswegen war er ja auch so genervt, als plötzlich die Tür neben ihnen aufging und jemand laute Würgegeräusche machte.

Kapitel Sechzehn

»Verschwinde!«, knurrte Tony und zog den Umhang fester um sie, während er gleichzeitig versuchte, seine Kronjuwelen wieder wegzupacken. Da war wohl einer ein wenig schüchtern. Wie süß, besonders wenn man bedachte, dass sein Klub eher für ein hedonistisch angelegtes Publikum bestimmt war. Gefiel es Tony vielleicht besser zuzuschauen, als beobachtet zu werden?

»Ich werde nicht verschwinden. Und ihr solltet euch besser anziehen. Dies ist nicht der richtige Zeitpunkt für diese Art von Unterhaltung.« Luna klang tatsächlich aufgebracht und ziemlich prüde. Wie konnte ausgerechnet sie sie wegen ungehörigen Benehmens in der Öffentlichkeit rügen?

Sehr verdächtig. Luna würde niemals irgendwem sagen, er sollte seine Kleidung wieder anziehen. Verdammt, sie war diejenige, die sich zu den merkwürdigsten Zeiten auszog, manchmal sogar in der Öffentlichkeit.

Was stimmte nur mit Luna nicht? Reba betrachtete ihre Freundin, die genauso angezogen war, wie sie es in Erinnerung hatte, aber um einiges wütender als sonst aussah.

»Wer hat dir denn am Schwanz gezogen?«, fragte Reba. »Bist du sauer, weil du Jeoff nicht mitgebracht hast, um selbst ein bisschen Spaß zu haben?«

»Dies ist jetzt nicht der richtige Zeitpunkt, um Spaß zu haben.«

»Es ist immer der richtige Zeitpunkt, um Spaß zu haben. Jetzt, da du fest vergeben bist, bist du plötzlich prüde geworden?« Reba schüttelte den Kopf. »Und ich habe dich immer für die Coole gehalten.«

»Ich bin auch cool.« Reba lächelte ihr besänftigend zu und Luna sah sie nur noch böser an. »Wir haben dafür jetzt wirklich keine Zeit. Dieses Gebäude ist verlassen. Fast so, als wären wir zur Party gekommen und niemand war zu Hause.«

»Bist du dir da sicher? Da war so ein Golem auf dem Dach. Vielleicht haben sich noch mehr Kreaturen hier versteckt.« Ihre Nase zuckte und sie versuchte verzweifelt, einer bestimmten Fährte zu folgen. Doch irgendetwas brannte, sodass es schwer war, den Geruch zu erkennen.

»Oh, wir haben ein paar der Feinde ausfindig gemacht. Einen Dämon und ein paar Ghule im Keller. Keine große Sache. Sonst gab es nichts zu sehen.« Luna ließ den Blick unter Tonys Gürtellinie wandern.

Und er reagierte darauf ausgesprochen verlegen. Wie süß.

»Ich bezweifle stark, dass das Gebäude leer ist. Ihr könnt wahrscheinlich einfach die Gefahr nicht erkennen.« Um etwas von seinem Coolness-Faktor zurückzugewinnen, verschränkte Tony die Arme vor der Brust, sein Körper eine Barriere vor Reba, während sie sich in ihren Anzug zwängte. Ihr fantastisches Superhelden-Outfit hatte sich verdreht und aufgerollt und weigerte sich zu kooperieren. Als sie es endlich schaffte, es anzuziehen, streifte es über die sensibilisierten Bereiche ihres Körpers. Sie erschauderte vor Erregung und Erinnerung.

Der Mann wusste, wie er ihren Körper zu spielen hatte. Miau.

Und ich habe ihn zu dem Meinen gemacht. Größeres Miau. Natürlich wollte sie erst abwarten, bevor sie das ihrem Schatz gegenüber erwähnte. Angesichts seiner üblichen Reaktion erwartete sie, dass er ausflippte. Sie wollte ein Bett in der Nähe haben, wenn das passierte, weil der Sex nach der Versöhnung episch sein würde – und sie wollte vom Teppich aufgescheuerte Hautstellen vermeiden.

»Du scheinst diese Vivienne zu überschätzen«, entgegnete Luna, kniff die Augen zusammen und sah ihn abschätzend an.

»Sie ist eine würdige Gegnerin. Und ich habe gelernt, sie nicht zu unterschätzen.«

»Dann sollte es dich nicht überraschen, dass dieses Gebäude eventuell nur eine Ablenkung ist. Wir sind am falschen Ort.«

Reba steckte den Kopf um Tonys Arm herum und sah Luna stirnrunzelnd an. »Melly hat sich geirrt? Und in der Hölle liegt Schnee.«

»Sie war einfach schlauer als wir. Anscheinend geht es auf der anderen Seite der Stadt richtig rund. Es gibt Berichte von Leichen, die angeblich Bissspuren aufweisen. Auf Twitter explodieren außerdem Berichte über Schüsse. Und es wurden sogar zombieähnliche Kreaturen erwähnt.«

»Wir verpassen gerade einen Angriff der Ghule? So ein Mist. Wir hatten nichts weiter als einen Golem.« Reba tat nur so, als würde sie schmollen, weil besonders die unteren Regionen viel zu glücklich waren, um immer noch enttäuscht zu sein.

»Wenn Vivienne so öffentlich vorgeht, müssen wir uns vorbereiten, damit wir bereit sind. Ich sollte mit JF sprechen.« Tony zog sein Telefon heraus, hielt es hoch und runzelte die Stirn, wahrscheinlich weil einige dieser Gebäude einen beschissenen Handyempfang hatten. Er entfernte sich und ging den breiten Flur entlang, von dem nur ein paar Türen abgingen, die alle geschlossen waren. Tony wählte willkürlich eine aus und verschwand aus dem Blickfeld.

Die verschlossenen Türen waren faszinierend, vor allem, weil die Schilder so hochkarätige Titel wie *Geschäftsführer* und *Vorstandsvorsitzender* trugen. War jemand drin? Die nächste Tür gab auf ihre Berührung hin nach und sie schaute in einen quadratischen Raum mit einem Schreibtischstuhl und einem kleinen Empfangsbereich. Es befand sich niemand darin. Ein sehr abgeschlossener Raum, zumal die dämmrige Einbaubeleuchtung und das Fehlen von Fenstern eine düstere Atmosphäre schaffen.

Pfui. Keine Sonne. Das würde sie deprimieren, wenn sie jeden Tag darin zubringen müsste.

Reba ging weiter bis zur Tür zum Allerheiligsten, und auch diese gab nach, als sie dagegen drückte. Sie öffnete sich zu einem großzügigeren Raum mit Fenstern vom Boden bis zur Decke, einem glänzenden Hartholzboden und einem großen Schreibtisch. Nichts störte die Oberfläche, weder ein Monitor noch ein einzelner Stift. Der Geruch von brennendem Weihrauch herrschte auch hier. Sie hob den Kopf zu den Lüftungsschlitzen.

Schnupper.

»Was ist dieses Zeug, das da durch die Lüftungsschächte kommt?«

Luna zuckte mit den Achseln. »Keine Ahnung. Das ganze Gebäude stinkt danach.«

Reba musste darauf vertrauen, dass es sie nicht umbrachte oder sie in einen tiefen Schlaf versetzte, weil sie nicht umhinkonnte, es zu atmen. Sie war sich ziemlich sicher, dass sie noch ein paar Leben übrig hatte, falls es sich als gefährlich erweisen sollte. Doch noch mehr machte sie sich um Tony Sorgen. Würde ihm das Zeug schaden? Er hatte es offensichtlich gerochen und dennoch keine Bemerkungen dazu gemacht.

Es versaut mir die Nase. Ein Teil von ihr fühlte sich ohne diese Fähigkeit, auf die sie sich verließ, verloren. Wie konnte ein Mädchen richtig jagen, wenn es nichts riechen konnte?

Es gefiel ihr nicht. Es klang für sie wie eine Falle. Reba wandte sich schnell von dem Panorama draußen ab und stellte fest, dass Luna hinter ihr stand, viel näher als erwartet. »Sind wir sicher, dass es sich hier nur um eine Ablenkung handelt? Melly liegt nie falsch.«

»Irgendetwas hat die Zauberin vertrieben. Sie war auf dem Weg hierher, stieg sogar aus ihrem Wagen – den solltest du mal sehen, ein wunderschöner weißer Rolls Royce mit Fahrer und allem Drum und Dran. Jedenfalls ist sie ausgestiegen und plötzlich war da diese Nebelwand, die nur ein paar Sekunden lang Bestand hatte. Doch das reichte, um festzustellen, dass sie verschwunden und der Wagen davongefahren war. Und als Nächstes hörten wir Berichte darüber, dass Dinge auf der anderen Seite der Stadt unweit der Docks in die Luft flogen.«

Ein Feuerwerk? Das hörte sich lustig an. »Worauf warten wir noch? Gehen wir.«

»Eigentlich bringt es gar nichts, wenn wir jetzt dorthin eilen. Bis wir ganz am anderen Ende der Stadt sind, ist alles vorbei.« Sie war enttäuscht von Lunas Logik.

»Die Mädels werden ziemlich enttäuscht sein. Ich weiß, dass sie sich auf ein wenig Action gefreut haben.«

»Ich bin mir sicher, dass wir noch nicht mit Vivienne fertig sind.«

»Das hoffe ich. Es gibt da ein paar Dinge, die ich der blöden Kuh gern sagen würde.«

»Wie zum Beispiel?«

Doch bevor Reba ihre Liste aufzählen konnte, trafen sie im Flur erneut auf Tony, der ein ernstes Gesicht machte.

»Jean Francois hat es bestätigt. Vivienne ist nicht hier. Der ganze Abend war reine Zeitverschwendung.«

»Ist das das Wort, das du dafür verwenden würdest?«, fragte Reba, stemmte eine Hand in die Hüfte und sah ihn böse an.

Daraufhin wurde sein Gesichtsausdruck weicher. »Vielleicht war nicht alles daran Zeitverschwendung. Teile davon waren äußerst unterhaltsam; jedoch haben wir leider das Hauptziel des heutigen Abends verpasst. Wenn man den Berichten Glauben schenken kann, hat Vivienne eine größere Streitmacht hinter sich, als wir angenommen haben. Ich muss mich mit Jean Francois treffen, um unser weiteres Vorgehen zu planen.«

»Willst du mich etwa sitzen lassen, um zu deinem Diener zu laufen?«

»Natürlich lasse ich dich nicht sitzen. Ich bringe dich zuerst nach Hause.«

»Hier gibt es überhaupt kein *natürlich*. Also, erstens brauche ich keinen Leibwächter und zweitens fahre ich noch nicht nach Hause. Der Abend ist noch jung. Und ich bin noch ziemlich aufgeregt.« Sie zwinkerte ihm zu. »Aber wenn es dir lieber ist, mit deinem Lakaien zusammen zu sein, geh nur. Ich habe meine Mädels, die mir Gesellschaft leisten.«

Einen Moment lang wanderte sein Blick zu Luna, auf deren dunkelgrauem Superheldenanzug ein F aufgenäht war, weil sie gern fauchte, besonders wenn man versuchte, ihr das letzte Stück Speck wegzunehmen. »Aber selbst wenn

Vivienne nicht zugegen ist, gibt es im Gebäude bestimmt ein paar Überraschungen. Ihr solltet besser gehen, bevor ihr noch auf irgendetwas stoßt, mit dem ihr nicht fertigwerdet.«

»Falls wir ein Monster finden, werden wir uns darum kümmern.« Luna verdrehte die Augen. »Wir sind schließlich Frauen und keine Idioten.«

»Aber es ist das erste Mal, dass ihr es mit Kreaturen wie Golems, Ghulen und Dämonen zu tun habt. Manche von ihnen sind ziemlich gefährlich, wenn ihr nicht wisst, worauf ihr achten müsst.«

»Wir haben nicht so lange überlebt, weil wir bescheuert sind.« Reba konnte nicht umhin, sich ein wenig beleidigt zu fühlen. Der Mann benahm sich ja geradezu, als wäre er ihr Vater, der sie ausschimpfte, anstatt ihr Liebhaber. »Du brauchst mir nicht zu sagen, was ich tun kann und was nicht.« Es war ihr Leben, ihre Entscheidungen, selbst wenn sie schlecht waren.

»Du würdest ja ohnehin nicht auf mich hören«, grummelte er. »Na gut. Mach, was du willst. Aber falls dir etwas zustoßen sollte«, er sah besorgt zu ihr hinab, »dann kannst du davon ausgehen, dass ich –«

»– dass du mir sagst, dass du es mir ja gleich gesagt hast. Bla, bla, bla. Das ist mir egal.« Reba verdrehte die Augen.

»Eigentlich wollte ich sagen, mein freches Kätzchen, falls dir etwas zustoßen sollte, wird meine Rache fürchterlich sein. Ich werde nicht zulassen, dass jemand dir Leid zugefügt. *Niemals.*« Diese Worte, bei denen ihr ohnehin schon das Höschen feucht wurde, wurden von einem sogar noch unwiderstehlicheren Kuss begleitet, dessen Intensität ihr den Atem raubte und einen wahren Sturm der Leidenschaft zwischen ihnen auslöste.

Oh mein Gott. Würde es immer so zwischen ihnen sein? Sie presste sich an ihn, so gut sie konnte, und selbst die

Würgegeräusche, die Luna machte, konnten sie nicht davon abhalten, es voll auszukosten.

Dann setzte er sie ab. Ganz langsam. Er hob ihr Kinn an und sagte leise: »Pass auf dich auf, *chaton*.« Dann war er verschwunden und marschierte schnellen Schrittes den Gang entlang, während sein schwarzer Umhang hinter ihm her wehte. Er war so verdammt sexy. Sie sah ihrem heißen Schatz nach, bis er in den Aufzug gestiegen und verschwunden war. Dann zählte sie bis fünf und wandte sich an eine ausgesprochen schweigsame Luna.

»Also, jetzt da wir meinen Freund losgeworden sind, wie es ja offensichtlich deine Absicht war, was ist wirklich los?«, fragte Reba. Sie streckte die Finger und machte ihre Krallen bereit.

»Was bringt dich dazu zu glauben, ich hätte gelogen?«, fragte Luna und klimperte mit den Wimpern in einem völlig lächerlichen Versuch, ihr Unschuld vorzugaukeln.

»Glaubst du wirklich, ich wäre so leicht an der Nase herumzuführen? Das mit dem Duft war eine gute Idee, aber ich weiß, dass du nicht Luna bist. Was hast du mit meiner Freundin gemacht?«

»Gar nichts, aber ...« Das Bild vor Rebas Augen verschwamm. »Das Gleiche kann ich nicht in Bezug auf dich behaupten.« Luna verschwand und an ihrer Stelle tauchte Vivienne auf, süß und blond wie eh und je, und Reba schüttelte bewundernd den Kopf.

»Verdammt, du bist gut. Wie zum Teufel konntest du Luna so gut nachmachen?« Ein genauer Abklatsch, bis hin zum Outfit und dem verächtlichen Lächeln. Es gab nur eine Sache, die Viv nicht nachmachen konnte, und das war ihre innere Löwin. Und deren Fehlen hatte Rebas innere Löwin sofort bemerkt. Und Reba hatte es an der Art zu sprechen bemerkt und dem Mangel an Schimpfwörtern in der Unterhaltung.

»Es ist nicht sonderlich schwer, das Aussehen von jemand anderem anzunehmen, dazu benötigt man nur eine einzelne Haarsträhne und den richtigen Zauberspruch. Normalerweise kann man es auch nicht bemerken. Aber du hast behauptet, du hättest es gewusst. Aber wenn das tatsächlich der Fall war, warum hast du es dann nicht Gaston gesagt?«

»Weil er viel zu nett ist, um sich mit dir herumzuschlagen.«

»Zu nett?« Sie stieß die Worte in einem hohen Kreischen aus. »Der Mann ist ein mörderischer Mistkerl. Er verfolgt mich seit Jahrzehnten und zerstört jedes einzelne meiner Häuser und vernichtet all meine Ressourcen.«

»Und doch bist du noch am Leben und nennst ihn deinen Verlobten.«

»Weil er noch immer mir gehört.« Plötzlich bekam Vivs Blick einen grellen, grünen Glanz. »Vielleicht vergnügt er sich ein wenig mit dir, aber er gehört mir.«

»Das kannst du vergessen. Und nur damit du es weißt, er hat dich vielleicht nicht getötet, aber ich werde es tun. Löwen spielen zwar gern mit ihrer Beute, erwischen sie aber zum Schluss immer.«

»Du willst dich mit mir anlegen?« Viv legte den Kopf zur Seite und ihr blondes Haar baumelte, als wäre es am Leben. »Wie faszinierend. Intelligente Menschen laufen vor mir davon. Oder sie bleiben stehen und machen sich in die Hose. Das ist übrigens besonders schlimm auf Hartholzböden, weißt du. Den Gestank bekommt man nie wieder raus.«

»Versuchst du etwa, Furcht einflößend zu sein?« Reba betrachtete die winzige Frau. »Das klappt bei mir einfach irgendwie nicht.« Hinter ihr waren keine Monster und sie trug auch keinen Schmuck, sodass es kein verstecktes Pulver gab wie das, was Tony so gern einsetzte.

»Du glaubst, ich sei schwächer als du.« Ihr melodisches Kichern verstärkte nur den Eindruck, dass sie ein völlig harmloses Persönchen war. »Du liegst damit falsch. So unglaublich falsch. Und es ist auch noch dumm von dir. Du hättest es Gaston sagen sollen, als du die Gelegenheit dazu hattest. Er ist der Einzige, dem es auch nur annähernd gelingen könnte, mich zu besiegen.« Viv schnippte mit den Fingern und Reba machte große Augen, als unsichtbare Bänder sich um sie wickelten. Sie waren so fest, dass ihre Rippen krachten.

»Und was machst du jetzt? Ich dachte, du wolltest kämpfen.«

»Kämpfen ja, fair kämpfen?« Ein bösartiges Lächeln umspielte Vivs Mundwinkel, als sie den Kopf schüttelte. »Aber sind im Krieg und in der Liebe nicht alle Mittel erlaubt? Und nur damit wir uns nicht missverstehen, das hier ist Krieg. Ich weiß, dass Gaston Gefühle für dich hat. Dieser unartige Mann. Er versucht, mich eifersüchtig zu machen. Es hat funktioniert. Ich bin schon ganz grün vor Eifersucht.«

Aus irgendeinem Grund musste Reba an die Stimme eines anderen, besonders intelligenten grünen Wesens denken: *Der Größenwahn ist stark in dieser. Zeigen den Weg ihr ich muss.* »Tony hasst dich.«

Mit schlanker Hand machte sie eine wegwerfende Geste. »Er ist nur immer noch ein wenig wütend auf mich, weil ich vor langer Zeit einen Fehler gemacht habe. Ich habe vielleicht aus Versehen jemanden getötet. Oder vielleicht doch absichtlich. So was passiert. Besonders nachdem das Mädchen zu viel gesehen hatte. Was hätte ich sonst tun können? Ihr von deiner Art wisst doch auch, dass man manchmal töten muss, um ein Geheimnis zu bewahren. Woher hätte ich denn wissen sollen, dass ihm die kleine Göre so am Herzen liegt? Und jetzt glaubt er, mich zu hassen, aber nur, weil er mich noch immer liebt.« Und man konnte ihr den Wahnsinn an den Augen ablesen.

»Verdammt, du Spinnerin, du bist ja wirklich völlig durchgeknallt.«

Viv vergrub ihre Finger in Rebas Haar und riss ihren Kopf nach hinten, sodass sie wenige Zentimeter von ihrem Ohr entfernt flüstern konnte: »Mich zu beschimpfen führt nur dazu, dass es mehr wehtut. Und glaube mir, es wird wehtun. Es muss wehtun, damit Gaston seine Lektion lernt.«

Ich will sie fressen.

Ihre innere Löwin hatte eine ganz einfache Antwort parat und sie hatte recht. Reba hatte schon viel zu viel Zeit damit vergeudet, sich mit diesem Mädchen zu unterhalten, das offensichtlich nicht alle Tassen im Schrank hatte und in eine Zwangsjacke gehörte. Jetzt war es an der Zeit, den Spieß umzudrehen. »Wie ich sehe, möchtest du es auf die harte Tour machen.« Dann los, Löwin. Reba zog an ihrer inneren Katze, und zwar so fest, dass sie trotz der unsichtbaren Bänder um ihren Körper freikam, voller Reißzähne, Fell und Kraft, so viel rohe, animalische Kraft. Sie warf sich auf Vivienne, bereit, ihr das Gesicht zu zerfetzen, nur dass sie leider feststellen musste, dass Gaston nicht der Einzige war, der sich eines Schlafpulvers bediente, das plötzlich aus dem Nichts erschien und sie mitten ins Gesicht traf.

Plumps.

Kapitel Siebzehn

WAS HABE ICH VERPASST?

Als er im Aufzug hinunterfuhr, nagte etwas an Gaston, aber erst, als er in der Eingangshalle ankam und etwas Unmögliches in einem grauen Superhelden-Anzug mit einem F sah, wurde ihm richtig unbehaglich.

Es gab nur eine Möglichkeit, wie Luna es vor ihm nach unten geschafft hatte.

»Verdammte Schlampe!« Und verdammtes Gör, denn ihm war klar, dass Reba bewusst gewesen war, dass es sich nicht um ihre Freundin handelte. *Während ich noch zu verwirrt von dem Sex war, um klar denken zu können.* Das war eine typische Gefahr für einen Mann mit großem Schwanz und einer begrenzten Menge an Blut.

»Wie bitte? Hast du gerade gesagt, du hast einen Todeswunsch?« Die freche Blondine ging zum Kampfmodus über, aber dank ihres Outfits sah sie, genau wie Reba, eher süß als gefährlich aus.

»Ich nehme mal an, wir haben uns nicht gerade auf dem Dach getroffen?«

»Ich war die ganze Zeit in diesem Stockwerk, da die

Aufzüge gesperrt sind. Melly hat an ihnen gearbeitet. Obwohl, wenn du mich fragst, ist dieser Ort ein Reinfall. Ich bin durch die Vordertür gegangen und es saß nicht einmal eine Wache hinter dem Schreibtisch.«

Eine Täuschung in der Täuschung. Verdammt. »Es ist eine Falle.« Und eine ausgesprochen clevere noch dazu, dafür gedacht, jemanden zu fangen. »Wir müssen so schnell wie möglich ins oberste Stockwerk. Vivienne hat Reba.« Er trat wieder in den Aufzug und drückte den Knopf zum obersten Stockwerk.

Luna folgte ihm mit hochgezogenen Augenbrauen. »Meinst du nicht eher, Reba hat sie? Unterschätze meine Freundin nicht.«

»Ich weiß, dass sie eine gefährliche Kämpferin ist, sowohl unter den Wandlern als auch unter den Menschen. Aber das ist nicht das, womit sie es hier zu tun hat. Keiner von euch versteht, wie viel Macht Vivienne hat. Dazu kommt, dass sie nicht ganz zurechnungsfähig ist, und daraus ergibt sich –«

»Ein Haufen Spaß.« Stacey sprang noch schnell in den Aufzug, bevor sich die Türen schlossen.

»Ich bin von Verrückten umgeben.« Und irgendwie fand er den Gedanken merkwürdig tröstlich. Er wusste, dass er auf diese Frauen zählen konnte, wenn es darum ging, Reba zurückzuholen.

»Nicht von Verrückten, sondern von Löwinnen, du armer Kerl. Das ist noch viel schlimmer.« Luna zwinkerte ihm zu.

»Ich glaube, dass uns *verrückt* jetzt zugutekommt.«

»Mach dir keine Sorgen, Charlemagne. Reba geht es gut.«

Noch, aber sicher nicht mehr lange. Vivienne hatte sicher einen Grund dafür, warum sie sich Reba allein vorknöpfen wollte. Das bedeutete nichts Gutes für sein Kätzchen.

Warum bewegt sich dieser blöde Aufzug nur so langsam? Die Fahrt schien ewig zu dauern. Im fünfzehnten Stock wurde er langsamer und hielt an. Die Türen brauchten eine halbe Ewigkeit, um sich zu öffnen, und bevor sie ganz auf waren, zwängte er sich hindurch, sah den leeren Flur und fluchte.

»Sie sind weg.« Es war seine Schuld. Seine verdammte Schuld, weil ihm nicht klar gewesen war, wer ihm gegenüberstand. Vivienne war wahrscheinlich in dem Moment mit Reba abgehauen, als er ihnen den Rücken gekehrt hatte.

Wie habe ich nur gehen können? Warum habe ich nicht bemerkt, dass sie nicht die war, die zu sein sie vorgab? Weil er mit seinem Schwanz gedacht hatte. Sein Mangel an gesundem Menschenverstand kam ihn teuer zu stehen. Er bemerkte einen Klumpen am anderen Ende des Flurs. Es war der Gürtel seines Kätzchens, der auf den Boden gefallen war. Er schob sich durch die Tür, hielt den Atem an der Stelle an, an der er sie vor Kurzem noch gevögelt hatte, und stieg die Treppe zum Dach hinauf. Er kam zu spät und das leiser werdende Surren der Hubschrauberrotoren erinnerte ihn spöttisch an sein Versagen.

Ein Haufen Stoff auf dem geteerten Asphalt war alles, was übrig geblieben war. Er sank auf die Knie und drückte ihren Anzug an seine Brust. Reba hatte sich offensichtlich verwandelt, aber nicht die Oberhand gewonnen. *Und ich bin zu spät gekommen.*

Er taumelte wieder die Treppe hinunter und als er die Löwinnen sah, rief er: »Sie sind weg.« Seine Worte hielten Luna und Stacey nicht davon ab, mit grimmigen Gesichtern alle Türen in diesem Stockwerk zu öffnen. Sie waren leer. Alle leer. Eine große, gewaltige Falle, um ihn zum Narren zu halten und die eine Sache, die einzige Person, die ihm etwas bedeutete, zu fangen.

Wann war das passiert? Wie war das passiert? Wann haben sich Faszination und Begierde in Zuneigung verwandelt? Wann hatte er begonnen, sie so sehr zu mögen, dass der Gedanke an Reba in Viviennes Reichweite ihn mit Verzweiflung erfüllte?

Der alte Gaston hätte nur mit den Achseln gezuckt, wenn er erfahren hätte, dass Vivienne Reba gefangen hielt. Das waren Kollateralschäden seiner Rache. Aber zum ersten Mal seit langer Zeit war ihm das nicht egal. Und ihrem Löwenrudel war es auch nicht egal. Es war ihnen allen wichtig, aber das half ihnen nicht, sie zu finden, auch wenn sie Stockwerk für Stockwerk nach Hinweisen absuchten.

Auch wenn ihre besten Techno-Freaks nach Antworten suchten.

Niemand fand etwas.

Er war nicht der Einzige, der seine Frustration zum Ausdruck brachte.

Luna, die echte Luna, rief Melly noch einmal an und fragte aufgebracht: »Ich dachte, du hättest Zugang zu allen Hubschraubervermietungen der Gegend? Wie kannst du nicht wissen, wohin zum Teufel sie verschwunden sind? Jemand muss ihr diesen Hubschrauber doch gemietet haben.«

»Außer sie hat ihn nicht gemietet«, erwiderte Melly und man konnte die Verärgerung klar und deutlich an ihrer Stimme hören, besonders da Luna den Lautsprecher angeschaltet hatte. »Du hast ja keine Ahnung, worauf diese Tante alles Zugriff hat. Wir entdecken ständig neue Ressourcen.«

»Willst du mir sagen, dass reiche Leute, die einen

Hubschrauber besitzen, keinen Flugplan oder so etwas anmelden müssen?«

»Nicht in der Höhe, in der sie fliegen.«

»Aber so weit kann sie noch nicht gekommen sein. Schließlich ist es ein Hubschrauber. Irgendwann muss sie ja mal landen, um aufzutanken.«

»Ich suche nach weiteren Adressen, aber diese Kuh ist clever. Sie hat sich in meinen Hack gehackt. Sie hat die ganze Zeit mit mir gespielt, mit uns, die ganze Zeit. Jedes Mal wenn ich denke, dass ich ihren Scheiß enträtselt habe, taucht ein weiterer Faden auf, und sobald ich daran ziehe, erscheint ein weiteres fadenförmiges Durcheinander. Die blöde Kuh ist überall.«

Die Ranken, die Vivienne gewebt hatte, erstreckten sich anscheinend über die ganze Welt. Das war der Grund, warum es Gaston nie ganz gelungen war, sie ein für alle Mal zu besiegen, warum sie immer wieder auftauchte, obwohl es manchmal Jahre dauerte. Doch sobald sie es tat, war Gaston da und reizte sie. Und wozu? Es würde seine Schwester nicht zurückbringen und die Sache hatte ihn nun seine Geliebte gekostet.

»Diese ganzen Verzögerungen sind völlig inakzeptabel. Je länger wir brauchen, um Reba zu finden, desto mehr Zeit hat Vivienne, ihr wehzutun.« Und das konnte er nicht tolerieren.

»Tja, was zum Teufel möchtest du denn hören?«, knurrte Luna. »Mir gefällt die Sache auch nicht besser als dir, aber solange du keinen magischen Zauberspruch hast, den du hervorziehen kannst, müssen wir uns eben an den Prozess halten. In den Filmen sieht es immer so aus, als ob große Entdeckungen und Enthüllungen von einem Moment auf den anderen passieren. Aber in Wirklichkeit brauchen diese Dinge Zeit.«

Aber Zeit war genau das, was sie nicht hatten.

Was er sehr wohl hatte war Zugang zur Magie, ganz besonderer Magie. Aber diese Magie erforderte ein Opfer. Das erforderte Blutmagie immer. Und er sollte es wissen, war er doch ein Nekromant und Blutmagie sein Spezialgebiet. Für all diejenigen, die es nicht wissen, Nekromantie ist die Magie der Toten, doch sie muss von irgendwo herkommen, und um gestärkte Magie zu erzielen, musste er ein Todesopfer bringen.

Er hatte eigentlich geschworen, diese Magie nie wieder zu verwenden. Ihre dunkle Verführungskraft hatte schon mehr als einen Nekromanten auf die dunkle Seite gezogen. Selbst jetzt warf das Verlangen seine Schatten auf ihn. Sorgte dafür, dass Rachegelüste durch seine Adern pulsierten. *Ich habe ihr ja gleich gesagt, dass ich kein guter Mann bin.*

Aber wenn er sich an sein Gelübde hielt und seine Macht nicht nutzte, könnte es sein, dass Reba starb.

Die Wahl fiel ihm ziemlich leicht und das Opfer war leichter zu erbringen, als er gedacht hätte, da Luna einfach sagte: »Ich kann alles, was du benötigst, in einer Stunde hier haben.«

Zwei Stunden später, mit frischem Blut durchweicht, wusste Gaston, wo Reba war. Sie steckte in Schwierigkeiten, natürlich, aber nicht nur wegen Vivienne. *Was hast du getan, chaton?*

Kapitel Achtzehn

OH JA.

Reba träumte von ihm. Tony, ihrem magischen Schatz. Der in einer stürmischen Landschaft auf sie zukommt, sein Blick voller Feuer, groß, schlank und Furcht einflößend, erneut in einen seiner Anzüge gekleidet. Wie sehr sie sich wünschte, endlich mal ausgiebig Zeit und Privatsphäre dafür zu haben, ihm den Anzug auszuziehen und jeden Zentimeter seines wunderbaren Körpers angemessen zu bewundern. *Ein Körper, der mir gehört.*

Mir allein.

Her damit.

»Wo bist du?« Seine Worte kamen von überall und nirgendwo. Sie liebkosten sie mit ihrer Kraft und füllten sie mit Hitze.

»Ich bin genau hier, Süßer.« Sie lief auf ihn zu und sprang los, als er nur noch wenige Meter entfernt war. Sie jauchzte glücklich, als er sie auffing und an sich zog.

»Und wo ist das? Ich muss es sehen, *chaton*. Lass mich in dich eindringen, damit ich sehen kann, wo du dich befindest.«

»Du bist doch bereits ein Teil von mir«, schnurrte sie und rieb sich an ihm. »Ich habe dich als den Meinen markiert. Du gehörst mir. Mir ganz allein.«

»Du hast was getan?« Einen Moment lang erschien ihr großer, tapferer Tony überrascht zu sein.

»Ich habe dich als den Meinen markiert, im Treppenhaus. Erinnerst du dich an den kleinen Biss?«

»Darüber sprechen wir später.«

»Warum nicht jetzt?«, murmelte sie und schlang die Arme um seinen Hals, um ihn an sich zu ziehen. »Wir sind ganz allein.«

»So sehr mir das auch gefallen würde, uns bleibt nicht viel Zeit, *chaton*. Ich benutze Magie, um mit dir zu sprechen. Ich weiß nicht, wo du bist. Vivienne hat dich entführt. Sie denkt, sie kann uns voneinander fernhalten.«

»Die blöde Kuh fängt wirklich an, mich zu nerven.«

»Sie hat viele von uns verärgert, also sag mir, wo ich dich finden kann.«

»Du willst in mich eindringen, Süßer. Dann nur zu, nimm mich.« Sie breitete die Arme weit aus. »Nimm mich schnell und hart.«

»Dann werde ich das tun.« Er hob sie von ihren Füßen, mit seinen großen Händen umfasste er ihren Hintern, hielt sie hoch, und noch besser, sie waren plötzlich nackt. Ihre Haut rieb aneinander, seidig und elektrisiert. Sie presste sich an ihn und bemühte sich, so viel Kontakt wie möglich zu bekommen. Ihr Mund verschmolz mit seinem, ihr Kuss war elektrisch und endlos.

Er drückte seine Eichel gegen den Eingang ihrer Muschi und forderte Einlass.

»Lass mich rein.« Er flüsterte die Worte an sie gedrückt.

»Ja.« Sie gab ihre Zustimmung, ihr Zeichen, öffnete ihm den Weg in sie hinein, nicht nur mit seinem Traumschwanz, sondern mit seinem Wesen. Ein Teil von ihm drang in sie ein, verwob sich mit ihrem Wesen, so wie sich ein Teil von ihr während des Bisses mit ihm verbunden hatte. Die doppelte Penetration war ein Schock. Etwas wogte zwischen ihnen, ein Zauber, der so alt wie das Leben selbst war. Für einen Moment schwebten sie in vollkommener Glückseligkeit, aber irgendwann war alles wieder vorbei. Doch etwas hatte sich geändert.

Ihre Seelen berührten sich nun; sie konnte es im Inneren fühlen. Jeder von ihnen teilte ein Stück des anderen, das über das einfache körperliche Verlangen hinausging. *Wir sind für immer miteinander verbunden.* Aber das bedeutete nicht, dass er den guten Teil überspringen würde.

Sein Traum-Selbst stieß hart und schnell in sie hinein, eine energische Inanspruchnahme ihres Körpers, die dafür sorgte, dass sie keuchte und seinen Namen stöhnte, bis er kam, noch mehr von seiner Essenz in sie hineinschoss und sie mit einem so intensiven Orgasmus beglückte, dass sie heftig keuchend erwachte, bevor sie seinen Namen rief: »Tony!«

Bumm. Der grobe Schlag erschreckte sie und riss sie aus der absoluten Glückseligkeit heraus ... *wo zum Teufel bin ich? Und bei wem?*

Als sie die Augen öffnete, bemerkte sie, dass ihre zweite Ohrfeige von Vivienne kam, die neben Reba stand. Noch besorgniserregender als die Tatsache, dass die blöde Kuh die Frechheit besaß, sie zu schlagen, war die Tatsache, dass sie gegenwärtig an einen steinernen Altar gefesselt war.

Das war nie eine gute Sache. Zumal sie sich ziemlich sicher war, dass ein gewisser Held mit einer Peitsche in den Ruhestand gegangen war. Das machte nichts. Sie brauchte keinen Mann, um sich zu retten.

»Ich werde mich selbst retten«, murmelte sie.

»Das ist unmöglich. Ich weiß, wie man Knoten macht.

Und Gaston wird nicht kommen. Ich habe dich entführt«, Gekicher, »und er hat keine Ahnung, wo du dich befindest.«

»Und trotzdem trägst zu Lippenstift und ist das etwa Parfüm, was ich da rieche?« Reba stellte außerdem fest, dass Vivienne mit ihren offenen blonden Haaren und einem durchsichtigen weißen Gewand, unter dem sich ihre Brustwarzen abzeichneten, sowie die Tatsache, dass jemand sich wohl nicht im Schritt rasierte, recht attraktiv aussah. »Wenn sich da nicht jemand von seiner besten Seite zeigen will«, murmelte sie. Allerdings war sie weniger über Vivs nuttige Kleidung besorgt als über ihre Situation. Sie schien nämlich nicht nur mit Händen und Füßen an einen steinernen Altar gefesselt zu sein, sondern auch das gleiche durchsichtige Kleid zu tragen wie Viv. »Was ist aus meinem eigens für mich angefertigten Anzug geworden?« In den Filmen wurden die Superhelden nie ausgezogen. Und in den Filmen rettete der Typ außerdem immer das Mädchen.

Obwohl sie eine große Verfechterin der Frauenrechte war, würde Reba in diesem Moment eine Ausnahme machen. Es wäre ziemlich heiß, zu sehen, wie Tony kam, um sie zu retten.

Jetzt wäre vielleicht ein guter Zeitpunkt.

»Da du nun wach bist, kann die Zeremonie beginnen.«

»Was für eine Zeremonie?«

»Die Zeremonie, in der ich etwas anderes aus dir mache natürlich. Erst hatte ich vor, einen Whampyr aus dir zu machen. Es gibt nur wenige weibliche Whampyre, weil sie so schwer zu erschaffen sind. Aber dann hielt ich das für Verschwendung, da du nach unserer Hochzeit dann vielleicht immer noch eine Versuchung für Gaston darstellen könntest.«

»Er wird dich nicht heiraten.«

»Doch, das wird er. Er liebt mich. Das ist auch der

Grund dafür, warum er so lange Single geblieben ist. Auf diesen Moment hat er schon sehr lange gewartet.«

»Wie alt bist du eigentlich genau?« Und was war Vivs Geheimnis?

»Neunundzwanzig, für jetzt und immerdar.«

»Du weißt aber schon, dass mein Rudel dich in Stücke reißen wird, wenn du mir etwas tust.«

»Dein Rudel kann mich nicht aufhalten. Das kann niemand. Ich habe so viele Dinge gelernt. Dinge, die selbst Gaston sich nicht vorstellen kann. Diesmal bin ich auf ihn vorbereitet. Diesmal werde ich beweisen, dass ich seine Vergebung wert bin, und ich werde ihn zurückgewinnen.«

Viv hob einen Silberdolch hoch über ihren Kopf und begann zu singen. Es klang wie Kauderwelsch, mit möglicherweise wichtigen Teilen. Also machte Reba es wie Meena und begann daraufloszureden.

»Also, bin ich das oder ist das Haar zwischen deinen Beinen dunkler als dein Kopfhaar? Lässt du es färben? Ich hatte mal eine Tante, die hat ihr Schamhaar blond gefärbt, ihr Kopfhaar aber dunkel gelassen. Es ist mir schleierhaft, warum man so etwas tut. Das Gleiche gilt übrigens auch für ein Schamlippen-Piercing.«

»Argh. Sei Still.«

»Nein.« Stille war für Leute, die nichts zu sagen hatten. Reba hatte immer etwas zu sagen.

»Du denkst wohl, dass du die Kontrolle hast, und doch bin ich diejenige mit dem Messer.« Und besagtes Messer befand sich über Rebas Brust.

»Dann bring es hinter dich und ersteche mich. Du bist wirklich feige.«

»Ich bin nicht feige.«

»Warum hast du mich dann gefesselt?«

»Weil die Leute immer zusammenzucken, wenn ich auf

sie einsteche.« Für ihr schreckliches Lachen hätte sie fast einen Applaus verdient.

»Also, ich bin eine große Verfechterin fairer Kämpfe. Und das solltest du auch sein.« Reba wand sich und riss eine ihrer Fußfesseln los – die Leute unterschätzen immer, wie stark sie war – und trat nach Vivs Arm. Sie traf sie hart und hörte das Klappern des Silberdolchs, als er auf den Steinboden fiel. Aber nur ein freies Bein würde ihr nicht viel bringen. Reba legte sich ins Zeug und rief dabei ihre innere Löwin zu Hilfe, um die anderen Fesseln, die aus einfachen Stoffstreifen bestanden, loszureißen. Eine gute Entführerin hätte Silberketten benutzt.

Aber Reba hatte ganz offensichtlich vergessen, wie schlau Viv war. Sie stand mit bösartigem Lächeln an der Tür des Mausoleums. »Das ist jetzt wohl der richtige Zeitpunkt, um dir zu sagen, dass selbst Ghul-Magie noch zu schade für dich ist. Aber als Futter für meine Haustiere? Bitte achte darauf, dass man dich auf der Kamera schreien hört und leiden sieht. Wenn ich nachher Gaston das Video vorspiele, möchte ich, dass er fühlt, was du gefühlt hast.«

Nachdem Viv ihre typische Bösewicht-Tirade vom Stapel gelassen hatte, schloss sich die Tür zur Krypta mit einem tiefen Krachen, gefolgt von dem Klicken des Schlosses. Ominöser war dann schon das Geräusch von Stein auf Stein.

Es war ein Schleifgeräusch, das aus dem Inneren der Krypta kam, und sie konnte nichts sehen, weil es dunkel war. Reba persönlich war der Ansicht, dass es nicht das Rauchen war, das Menschen tötete, sondern vielmehr die Tatsache, in Momenten wie diesen kein Feuerzeug dabeizuhaben.

Im Zweifelsfall konnte sie sich immer noch in eine Löwin verwandeln. Aber als Reba das versuchte, musste sie feststellen, dass ihr inneres Kätzchen nicht da war. Es schlief tief und fest, stand unter Drogen und war außer Gefecht gesetzt.

Tonys Ex-Freundin geht mir wirklich langsam auf die Nerven.

Sie konnte sich nicht auf ihre Löwin verlassen. Das machte nichts. Schon in jungen Jahren hatten Rebas Eltern dafür gesorgt, dass sie nicht völlig hilflos war. Sie ging halb in die Hocke und war zu allem bereit, außer für den großen Tropfen schleimigen Glibbers, der von oben auf ihr landete.

Plötzlich rasten die Hunderte von Horrorfilmen, die sie im Laufe der Jahre gesehen hatte, durch ihren Kopf und Reba machte etwas sehr Mädchenhaftes.

Sie schrie.

Kapitel Neunzehn

Warum, oh warum mussten Nekromanten immer so klischeehaft sein und nachts auf Friedhöfen kämpfen? Es schien in allen Filmen und Shows zu passieren. Warum musste es auch im wirklichen Leben passieren?

Gaston stieg aus seinem Lamborghini aus, dem schnellsten Auto, das er besaß, um zu diesem riesigen Friedhof außerhalb der Stadt zu gelangen. Und er meinte riesig. Tausende und Abertausende lagen hier begraben. So viele gefangene Seelen, so viele Funken unter der Erde und in den Krypten, die die Landschaft bedeckten. Gefangene ihres verfaulenden Fleisches. Nur Feuer, ein Feuer, das zu Asche verbrannte, konnte diese Energie freisetzen.

Oder ein Nekromant.

Er erinnerte sich noch an das erste Mal, als er einen Seelenfunken berührt hatte. Sein Großvater hatte auf seinem Sterbebett gelegen und Gaston konnte ihn so deutlich sehen, diesen seltsamen Lichtfleck, der versuchte, den Körper zu verlassen. Also half er ihm. Sein Großvater starb und dann hatte sein Vater versucht, ihn töten zu lassen. Es war seine Großmutter, die ihn rettete, die Gaston und seine

Schwester rettete und ihn den Umgang mit den Toten lehrte.

Schade, dass sie vergessen hatte, ihm auch zu zeigen, wie man lebt. Er hatte vor, es mit Reba zu lernen.

Die Funken unter der Erde und in den Gewölben lockten, aber für den Augenblick ließ er die Toten schlafen. Er drehte sich fast einmal ganz im Kreis, hob den Kopf, ähnlich wie ein Raubtier, und witterte den Wind, nur dass er auf einer anderen Ebene roch, einer esoterischeren. Für ihn waren die Schichten der archaischen Magie Farben, die die Realität überlagerten. Alles Lebendige und alles Tote hatte einen Farbton. Aber nur eine Sache konnte sie alle in den Schatten stellen.

Ohne den Kopf zu wenden, drehte er sich, bis er mit dem Gesicht nach Westen stand, und dann ging er langsam zwischen den Gräbern hindurch. Von hinten konnte er das Prasseln hören, das die Reifen auf dem Kies verursachten, als nach ihm weitere Fahrzeuge ankamen.

Er beachtete sie nicht. Genauso wenig kümmerte er sich um die dunklen Schatten, die sich hinter den Statuen versteckten. Noch weitere von Viviennes Überraschungen. Sollten doch die Straßenkatzen und streunenden Hunde der Stadt sich um sie kümmern. Er hatte eine andere Aufgabe im Sinn.

Einige der Monster beachteten Gastons grimmige Gesinnung nicht. Im Gegenteil, sie schlichen sich hinaus und dachten, sie könnten ihn von seiner Aufgabe abhalten.

»Glaubt ihr wirklich, es ist eine gute Idee, sich mir in den Weg zu stellen?«, fragte er laut. »Sagt eurer Herrin, dass sie einen schweren Fehler begangen hat.«

Doch die Kreaturen hörten nicht und die erste von ihnen, ein Lebewesen mit vielen Tentakeln, glitt über die Grabsteine und griff nach ihm.

Dafür habe ich jetzt weder die Zeit noch die Geduld.

Alles, was ihm im Weg stand, musste sterben, aber er musste es so machen, dass er dabei möglichst keine Zeit verlor. Und dafür kannte er eine ausgesprochen effiziente Art. Er riss den Monstern den Lebensfunken aus dem Leib, griff mit geisterhaften Fingern in sie und entriss ihn ihren Körpern. Sie fielen zu Boden, zerfielen zu Asche, und die Dunkelheit in ihm schwelgte in seiner Wildheit.

Er winkte mit der Hand, und der Leichenstaub wehte aus seinem Weg und eine neue Reihe von Hindernissen trat an seine Stelle. Magische Kreaturen lernten nie dazu, sodass diejenigen, die ihm jetzt in den Weg traten, ebenfalls sehr plötzlich verstarben – woraufhin sich seine katzenartigen Verbündeten lautstark beschwerten. »*Lass uns auch noch was übrig, okay?*«

Da würden sie sich schon beeilen müssen, denn er hatte nicht vor, sich von irgendetwas aufhalten zu lassen.

Nicht mal von Vivienne.

Sie stand vor dem Mausoleum, in dem sich das befand, wonach er suchte. Und sie war nichts weiter als ein Fehler aus seiner Vergangenheit, der ihn schon viel zu lange verfolgte.

Heute Nacht hat das alles ein Ende.

»Du bist früher dran, als ich erwartet hätte«, stellte sie fest und die Fackel, die sie neben dem Eingang zur Krypta entzündet hatte, warf Licht auf ihr blondes Haar und ihr durchsichtiges Gewand. »Du konntest es wohl kaum erwarten, mich wiederzusehen, Geliebter.« Sie warf ihm ein gewinnendes Lächeln zu.

Es ließ ihn kalt. »Ich bin nicht dein Geliebter und ich bin auch nicht deinetwegen hier. Geh mir aus dem Weg.«

»Sag mir jetzt nicht, dass du Verlangen nach der Katze verspürst. Bist du dir nicht zu gut dafür? Du bist besser als ihre gesamte Rasse. Es mit Tieren zu treiben. Absolut ekelerregend.«

»Du bist das Einzige hier, was ekelerregend ist. Du bestehst ausschließlich aus Dunkelheit.« Und tatsächlich verfügte Viviennes Aura nicht über das kleinste bisschen Farbe. Sie war wie ein Loch in der Materie, ein schwarzes Loch, das alle Energie um sie herum einsaugte.

Sah er auch so aus? Sahen alle Nekromanten so aus? Er hatte nie nachgefragt und die meisten seiner ausgesprochen seltenen Art hielten ihre Aura fest unter Verschluss.

»Warum musst du unbedingt verurteilen, was wir nicht ändern können? Wir sind Kreaturen der Nacht.«

»Hör auf, Zeit zu schinden, und geh von der Tür weg.« Das Licht dahinter zog ihn an.

Aber Vivienne stand ihm immer noch im Weg. »Du bist bereits zu spät dran. Mittlerweile wurde deine Schlampe schon von den Bewohnern der Krypta in Fetzen gerissen. Sie haben sehr lange geschlafen und haben großen Hunger.«

»Sie ist nicht tot.« Er wusste es genau. Und auch Vivienne wusste, dass Reba noch lebte. Deswegen ließ sie ihn auch nicht durch, sondern versuchte, es hinauszuzögern.

»Aus dem Weg.« Er befahl es ihr, ohne daran zu glauben, dass sie es tatsächlich tun würde.

»Nein.« Vivienne verschränkte die Arme. »Was ich tue, ist zu deinem eigenen Besten. Für unsere gemeinsame Zuk-«

Er machte einen Wink mit der Hand und zog die magische Energie aus der Umgebung – an einem Ort wie diesem, wo so viel Tod herrschte, gab es sehr viel Magie –, woraufhin Vivienne durch die Luft wirbelte, aber nicht so weit, dass er nicht hörte, wie sie gegen etwas prallte. Gut. Er war noch nicht fertig mit ihr.

Er ging die verbleibenden Meter zur Krypta und winkte mit der Hand, um die Versiegelung des Steinportals zu öffnen. Ein Schloss an der Tür wagte es, ihm in die Quere zu kommen. Es zerbröckelte unter seinem zermalmenden Griff.

Er zerrte an der Tür, um sie zu öffnen, und im Schein der Fackeln, der an ihm vorbeizog, bemerkte er einen Raum voller grauer Gestalten, Ghule, gebückt und wild, die mit den Händen nach Reba griffen. Schleim überzog jeden Zentimeter von ihr und sie hing von der Decke, wobei die Kerzen des Kronleuchters, der an einer kurzen Metallkette hing, nicht gerade der beste Ort waren, um sich in Sicherheit zu bringen.

Sie winkte und lächelte. »Hey, Süßer. Wie schön, dass du gekommen bist. Deine Ex und ich haben uns gerade besser kennengelernt. Und wir haben uns auf Anhieb so gut verstanden, dass sie mich als Abendessen für ihre Freunde eingeladen hat.«

Verrücktes Kätzchen. Sein Kätzchen. »*Auudiaat.*« Er zischte das Wort und die Ghule stellten ihre Versuche, nach Reba zu greifen, ein. Wie ein Lebewesen drehten sie sich gemeinsam zu ihm um. Sie konnten seinem Befehl nicht widerstehen, doch es würde nicht lange vorhalten. Die Untoten mussten ständig überwacht werden, um gehorsam zu bleiben.

»Komm zu mir und mach schnell. Der Zauber wird nicht lange halten«, befahl er ihr.

Reba ließ sich auf den Altar fallen und sprang dann über zwei der stehenden Leichen, bevor sie mit gebeugten Beinen auf dem Boden aufkam und zu ihm raste. Er bereitete sich schon darauf vor, angesprungen zu werden. Und natürlich enttäuschte sie ihn nicht.

Sie schlang die Beine um ihn. »Mein Schatz, du bist hier.«

»Ich habe dir doch gesagt, ich lasse es nicht zu, dass dir etwas zustößt.«

»Was bist du doch für ein Held.«

Er verzog das Gesicht. »Nekromanten sind keine Helden.« Nicht mal in einem einzigen Märchen.

»Aber ich wette, dass sie immer die heißesten Mädchen abbekommen.« Sie biss ihn ins Kinn.

»Ich brauche nur dich«, murmelte er, bevor er sich zurückhalten konnte.

»Ist das nicht rührend?«, sagte jemand voller Sarkasmus und Gaston drehte sich langsam um, ganz langsam, weil Einschüchterung einfach dazugehört.

»Wie ich sehe, hast du noch nicht genug. Das war nicht besonders schlau von dir, Vivienne. Aber ich bin heute Nacht ziemlich gnädig.« Eigentlich nicht, aber um mit Vivienne zu kämpfen, hätte er Reba absetzen müssen. Und er war momentan davon überzeugt, dass es durchaus seine Vorteile hatte, sie für immer in den Armen zu halten. »Ich gebe dir jetzt die Chance, zu verschwinden und von vorne anzufangen, ohne dass ich dir ständig auf den Fersen bin. Ich will mich nicht länger für den Tod meiner Schwester rächen.« Es war an der Zeit, sein Leben zu leben – zusammen mit Reba.

Vivienne ging nur auf Teile seiner Rede ein. Sie sah ihn triumphierend an und erwiderte: »Ich wusste, dass du mir früher oder später vergeben würdest. Wir sind füreinander bestimmt.«

»Niemals. Am besten vergisst du mich, Vivienne.«

»Du hast ihn gehört, dumme Kuh. Tony ist vergeben. Weil er mir gehört.«

Ja, ihr.

»Ich rede nicht mit Haustieren. Sei still.« Vivienne hob die Hand und schickte einen Zauberspruch in Rebas Richtung, den er abwehrte.

»Wie kannst du es wagen?«, fuhr er sie an. »Ich habe dir eine Chance gegeben, aber du willst nicht auf mich hören. Ich bin mit dir fertig. Aber wenn du denkst, ich würde es zulassen, dass du meine Seelenverwandte verletzt —«

»Was hast du da gesagt?« Viviennes Gesicht wurde ganz bleich und einen Moment lang sah sie tatsächlich ihrem hohen Alter entsprechend aus.

»Ich habe meine Seele mit der von Reba verwoben. Wir sind bis in alle Ewigkeit aneinander gebunden, und du weißt ja, was das heißt. Es wird nie eine andere Frau für mich geben.«

»Im Ernst?« Reba versperrte ihm plötzlich die Sicht auf Vivienne und strahlte ihn an. »Das ist so unglaublich heiß. Und das heißt wahrscheinlich auch, dass ich keinen Ärger bekomme, weil ich dich markiert habe. Was schade ist, weil ich mich schon auf den Versöhnungssex hinterher gefreut habe.«

»Wir könnten stattdessen Wir-leben-noch-Sex haben. Was hältst du davon?«, murmelte er, als die Erde unter ihren Füßen sich bewegte.

»Das ist aber jetzt kein Erdbeben, oder?«, fragte Reba und ließ sich von ihm hinabgleiten.

»Kennst du den Film *Dawn of the Dead*?«

»Oh mein Gott, es ist die Zombie-Apokalypse.« Reba klatschte in offensichtlicher Vorfreude in die Hände. »Die Verabredungen mit dir sind einfach spitze.«

»Du weißt aber schon, dass es nicht so ist wie im Film. Es wird sie nicht aufhalten, wenn du ihnen die Köpfe abschneidest. Du musst sie auch ihrer Gliedmaßen entledigen.«

»Du meine Güte, wir werden mit den Untoten kämpfen.« Sie hörte sich so verdammt aufgeregt an. Deswegen war es auch klar, dass sie schmollte: »Und ich habe nicht mal mehr mein cooles Outfit.«

»Hast du doch.« Er zog es aus einer Tasche und reichte es ihr, bevor er zurücktrat. Er hatte den Stofffetzen an seinem Herzen aufbewahrt, da er einen Gegenstand brauchte, der ganz nahe bei ihr war, damit er in ihre Gedanken eindringen konnte, während sie schlief.

Das Outfit, das sie erst noch richten musste, half insoweit, als dass es sie einen Moment lang beschäftigte, während er Vivienne zur Rede stellte. Seine ehemalige Verlobte schien über die Wendung der Ereignisse nicht sehr erfreut zu sein. Die Eifersucht ließ ihr Gesicht um Jahrzehnte älter erscheinen und sie hatte die Lippen verzogen. Sie streckte die Arme aus, als sie in sehr gutturalem Ton sagte: »*Surgere.*«

Es ging los.

Ein Wind kam aus dem Nichts, kühl und mit dem Hauch des Grabes. Rund um den Friedhof begann der Boden zu wogen, als Vivienne die Hand ausstreckte und die Funken streichelte, die noch in den verwesenden Körpern steckten. Sie liebkoste diese Energiepunkte und band sie an ihren Willen.

Aber sie war nicht die Einzige, die dazu in der Lage war.

Gaston hob die Arme zum Himmel und neigte den Kopf nach hinten, die Augen geschlossen. Seine Lippen öffneten sich, als er flüsterte: »*Ego præcipio tibi.*« *Ich befehlige euch.*

Ich bin der Herr der Toten. Herr über alles Leben und die Untoten. Beugt euch meinem Willen und kämpft.

Und durch die Macht der Befehle beider Nekromanten erhoben sich die Toten zum Kampf.

Kapitel Zwanzig

V*ERDAMMT NOCH MAL, DAS WAR ZIEMLICH eindrucksvoll.* Selbst Rebas Kätzchen, das gerade erst aufgewacht und noch immer etwas verschlafen war, war beeindruckt von dem, was vor sich ging. Ihr Lebensgefährte konnte die Toten kontrollieren. Ziemlich gruselig. Etwas stinkender, als sie es sich vorgestellt hatte. Und so unglaublich cool.

Tony sah sogar heiß aus, als er das tat, ganz in Schwarz gekleidet, ein geisterhafter Wind, der ihm durchs Haar fuhr, sein Gesicht ernst und unerbittlich.

»Verdammt.« Lunas bewundernder Ausruf, als sie sich neben Reba stellte, brachte sie zum Lächeln.

»Ich weiß«, seufzte sie glücklich. »Er ist so verdammt heiß. Und er gehört mir. Also schau ihn nicht so an, blöde Kuh, sonst reiße ich dir die Augen aus.«

»Ich bin bereits vergeben, also zieh die Krallen wieder ein.«

»Halten wir uns zurück und lassen die Armee von Zombies die Arbeit erledigen, oder wollen wir auch ein bisschen Spaß haben?« Joan ließ die Knöchel ihrer Finger knacken, als sie auf der anderen Seite von Reba auftauchte und sich schon mal streckte, um sich für den Kampf warm zu machen.

»Es wäre unhöflich, es nicht wenigstens anzubieten.«

»Ja, wirklich ausgesprochen unhöflich.«

»Und auch eine Verschwendung wirklich cooler Outfits«, fügte Stacey hinzu, die über Grabsteine gesprungen war und verschiedene Statuen als Sprungbretter genommen hatte, um durch die Luft zu segeln und dabei den Zombies aus dem Weg zu gehen, die bereits angefangen hatten, miteinander zu kämpfen.

»Wollen wir diesmal als Katzen kämpfen?«, fragte Reba. Ihre innere Katze war noch immer dabei, sich gähnend zu strecken, und in keiner Weise kampfbereit.

»Wir können uns nicht verwandeln. Melly hat gesagt, jemand hätte bereits die Medien informiert. Es könnten also Kameras in der Nähe sein und das würde sich im Internet nicht so gut machen. Und vergesst die hier nicht.« Luna verteilte Masken, während Stacey Reba ihren ausgesprochen schicken Baseballschläger lieh. *Schläger hoch.*

Sie legten die Hände aufeinander und riefen: »Schlimmste Schlampen Schlägerei!«

Mit unterschiedlich hohem Gekreische kamen die mehrfarbigen Superheldinnen zum Einsatz. Da sie die guten Zombies nicht von den bösen unterscheiden konnten, töteten sie sie einfach alle. Sie zermalmten sie zu Knochen und anderen grauenvollen Körperteilen. Sie zerstampften und zerschlugen sie, bis selbst diese Teile sich nicht mehr bewegten. Und alle amüsierten sich prächtig.

Reba nahm sich einen Moment Zeit, um durchzuatmen, und bemerkte, dass Gaston und Vivienne sich immer noch gegenüberstanden, ihr Kampf war weniger physischer Natur, und doch bestand keinerlei Zweifel daran, dass sie kämpften. Die Belastung zeigte sich in beiden Gesichtern und in ihrer Körperhaltung.

Es war Zeit, das zu beenden. Reba stolzierte über das Schlachtfeld, holte aus und traf einen teilweise bereits verfaulten Schädel, zertrümmerte ihn und ging weiter. Kopfschüsse machten die Zombies lediglich blind. Es bedurfte ernsthafter Arbeit, um sie vollständig zu vernichten. Aber Reba hatte eine Idee, um die Sache zu verkürzen.

Ich wette, wenn ich die Zombie-Gebieterin ausschalte, ist dieser Kampf vorbei. Mit diesem Gedanken im Hinterkopf verfolgte Reba Viv, wobei sie die Toten auf ihrem Weg beseitigte. Der Plan hätte auch funktioniert, aber Vivienne hatte etwas Besseres als die Toten, die ihr den Rücken frei hielten. Etwas fiel vom Himmel und schnappte sich Reba. Scharfe Krallen gruben sich in ihre Schultern und hielten sie fest, so fest, dass ein Flügelschlag reichte, um Reba hoch über den Boden zu heben.

Irgendwie cool, nur dass dieses Scheißvieh mehrere Stockwerke hochflog und sie dann fallen ließ. Reba stürzte. In Zeiten wie diesen war Reba ziemlich überzeugt, dass die Schwerkraft sie hasste. »Tony!« Es war sein Name, den sie keuchte, als die Erde mit atemberaubender Geschwindigkeit auf sie zuraste, um sie zu begrüßen. Nur dass sie nie auf dem Boden aufschlug. Ein kaltes Kissen aus Luft stoppte ihren Fall und sie landete auf beiden Beinen. Sofort duckte sie sich.

Und das war auch gut so, denn das geflügelte Monster kam für eine weitere Runde zurück und verpasste sie nur knapp.

»Lass sie in Ruhe.« Tony streckte eine Hand aus und sie sah seinen angespannten Gesichtsausdruck, als er versuchte, dem geflügelten Monster etwas anzutun.

»Und während er beschäftigt ist, können wir uns mal von Frau zu Frau unterhalten.« Einer von Viviennes Handlangern vergrub seine Hände in Rebas Haaren und zwang sie vor Vivienne in die Knie.

Sie versuchte, sich zu wehren, aber die Ghule, die sie festhielten, waren nicht so leicht zu besiegen wie die Zombies. »Vielen Dank, dass du meinen Abend so aufregend machst«, zischte Reba, während sie sich wand und es ihr schließlich gelang, dem Ghul, der sie festhielt, das Handgelenk zu brechen. Sie wich einer anderen Hand aus und sprang auf Viv zu, woraufhin sie in der Luft stehen blieb, als die Hexe rief: »*Duratus.*«

»Ich werde allen sagen, dass du schummelst, wenn du ständig so was tust«, grummelte Reba.

»Dieses Spiel wird mir langsam langweilig.«

»Weil ich gewinne.«

»Ich habe die Oberhand. Ich habe die Kontrolle«, kreischte Viv.

Reba gähnte, völlig unbeeindruckt.

»Du dämliche Hure. Dann wollen wir doch mal sehen, wie es Gaston gefällt, wenn dein Blut den Boden tränkt.«

Die Messerspitze ritzte nur ein wenig Rebas Haut auf, als plötzlich ein Urschrei die Luft erschütterte.

»Du. Wirst. Ihr. Nichts. Tun. *Vaaaaade.*« Er zog das Wort in die Länge und obwohl Reba kein Latein verstand, wusste sie in diesem Moment, was es bedeutete, weil sie so eng verbunden mit Tony war.

Hinfort.

Und Tony fügte dem Kommando einen Stoß hinzu, einen harten Stoß, woraufhin überall Zombies innehielten; sogar die Ghule nahmen ihn zur Kenntnis. Dann begann überall Zeug zu explodieren. Und zwar im wahrsten Sinne des Wortes. Körperteile flogen herum. Der geisterhafte Griff an ihrem Körper löste sich, sodass sie das auf sie gerichtete Messer ergreifen und losreißen konnte. Etwas traf sie am Hinterkopf und sie schwankte. Als sie sich wieder aufrichtete, war Vivienne nirgendwo zu sehen. Alles, was übrig blieb? Eine Szene aus einem Horrorfilm, in der Eingeweide und Leichenteile herumlagen.

Cool.

Jemand schlang starke Arme um sie und hob sie an. Tony drückte sie fest an sich. »Und genau deshalb wollte ich, dass du zu Hause bleibst«, murmelte er, völlig unbeeindruckt von der ganzen schrecklichen Szene um sie herum.

»Aber dann hätte ich ja den ganzen Spaß verpasst.«

»Weil es Spaß macht, sich auf einem Friedhof mit Hunderten von verwesenden Leichen herumzutreiben.« Er seufzte. »Du bist einfach perfekt, wie kann das nur sein?«

»Hallo, das liegt daran, dass ich eine Löwin bin. Und bevor du mir noch weitere Komplimente darüber machst, wie toll ich bin, hat irgendwer gesehen, wohin Viv verschwunden ist? Ist sie tot?« Es war schwer zu sagen aufgrund all der verschiedenen Leichenteile, die auf dem Boden herumlagen.

»Ich weiß es nicht.« Er schüttelte den Kopf und sah sich um. »Ich glaube nicht, dass wir so viel Glück hatten. Sie hat sich schon aus gefährlicheren Situationen davongestohlen.«

»Soll das heißen, sie könnte zurückkommen?« Reba machte ein fröhliches Gesicht, als sie rief: »Hey, Mädels, es besteht die Chance, dass wir das hier noch mal machen können.«

Ihre Worte wurden von lautem Jubel und aufgeregtem Geplauder empfangen. »Reba hatte echt die richtige Idee mit ihrem Schläger, nur dass an meinem Nieten dran sein werden.«

»Das nennt sich dann Morgenstern.«

»Nicht wenn der Schläger lang und dünn ist.«

»Ihr seid doch bescheuert. Ich nehme einen Flammenwerfer und dann verarbeiten wir ihre toten Hintern zu Schisch Kebab.«

Und so plauderten sie immer weiter. Selbst Melly, die alles auf Video aufgenommen hatte, hatte ein paar gute Ratschläge, darunter zum Beispiel, einen Taser für die Untoten zu bauen.

Gaston runzelte die Stirn. »Warum hat sie das Gemetzel aufgenommen? Sie wird es doch sicherlich nicht öffentlich machen.«

»Sie wird es tun müssen, um sich in die Ermittlungen einzumischen. Wie sollte man sonst all die herumliegenden Leichen erklären, die, und das muss ich noch einmal betonen, in den Filmen nicht so sehr zu stinken scheinen.«

»Für alle, die eine empfindliche Nase haben, ist die Arbeit mit den Toten nicht gerade angenehm.«

»Das ist nur eine andere Art, um zu sagen, dass es stinkt. Ich persönlich halte mich in Zukunft lieber an Dämonen. Aber ich muss schon sagen, es hat wirklich Spaß gemacht, mit dir zusammenzuarbeiten. Du bist echt knallhart.« Sie schlang ihm die Arme um den Hals.

»Wie knallhart bin ich denn?«

»Das zeige ich dir, sobald du mich unter eine Dusche gebracht hast.« Sie lehnte sich zu ihm und flüsterte in ihrer besten verdorbenen Stimme: »Erst wasche ich dich und dann mache ich dich auf andere Weise wieder schmutzig.«

»Dein Wunsch ist mir Befehl.«

»Aber nicht, solange wir die Situation noch nicht unter Kontrolle haben, ihr ekelhaften Turteltauben«, rief Luna. »Löwinnen. Durchsucht den Friedhof.«

Bei der Durchsuchung fanden sie ein paar Nachzügler und eine weitere Krypta voller Ghule. Sie hatten alle beseitigt, bevor die ersten Polizeiwagen ankamen, natürlich mit Gestaltwandlern besetzt, die dabei halfen, Zeit zu gewinnen, bis das Aufräumkommando eintraf. Und das war nicht das einzige Team, das an diesem Abend viel zu tun hatte. Die Angehörigen der Technikabteilung mussten mit dem

Nachrichtenteam fertigwerden, das einen Teil des Kampfes gesehen hatte. Sie mussten eine Geschichte erfinden, um das Videomaterial zu diskreditieren.

»Sollen wir bleiben und ihnen helfen?«, fragte sie.

»Was sind wir denn? Diener?« Jemanden, der so arrogant war, musste man einfach lieben.

Oh mein Gott, ich liebe diesen Kerl.

Und auch wenn er nicht die Macht hatte zu teleportieren – worüber sie ein wenig enttäuscht war –, hatte er immerhin den Lamborghini mitgebracht, und außerdem hatte er Zugriff auf eine neue Wohnung, eine große Wohnung mit einer enormen Dusche. Doch bevor sie unter die Dusche gehen konnte, wurde sie plötzlich von geisterhaften Händen festgehalten und ein paar Zentimeter über dem Boden an die Wand gedrückt.

»Was machst du da?«, fragte sie ausgesprochen fasziniert.

»Mir ist gerade eingefallen, dass ich in dem ganzen Rummel vergessen habe, dir zu zeigen, wie ich es dir ohne Hände besorgen kann.«

»Das ist nicht so wichtig. Mir gefällt es, deine Hände an meinem Körper zu spüren.«

»Mir gefällt es auch, aber dabei kann ich dein Gesicht nicht so gut beobachten.« Er lehnte sich mit der Hüfte an die Ablage des Badezimmers und sah sie mit halb geschlossenen Augen von oben bis unten an. »Mir kommt es vor, als hättest du viel zu viel an.«

Ja. Ja, das habe ich. Nur gut, dass er vorhatte, etwas dagegen zu tun.

Unsichtbare Finger schälten sie aus ihrem Anzug, zogen ihn über Brüste, deren Brustwarzen bereits hart waren, zogen ihn über ihre vollen Hüften und weit genug über ihre Oberschenkel, sodass die Schwerkraft den Rest erledigen konnte.

Der Anzug landete auf dem Boden und sie schwebte immer noch darüber, wobei das geisterhafte Gewicht sie festhielt. Ihr Blick war auf Tonys Augen gerichtet; sie liebte es, wie er sie beobachtete.

Ich sollte ihm etwas geben, das er bewundern kann. »Soll ich es mir vor dir selbst besorgen?«

»Nein. Ich kümmere mich schon darum.« Eine Kraft hob ihr die Hände über den Kopf und streckte dabei ihren Körper, sodass ihre Brüste hervortraten. Ein Druck gegen ihre Oberschenkel öffnete diese. Sie war ihm komplett ausgeliefert. Aber das machte ihr keine Angst. Ganz im Gegenteil. Es machte sie ausgesprochen feucht.

Kribbelnde Liebkosungen begannen, über ihre Haut zu streichen, fast wie ein kühler Wind, der über sensibilisierte Brustwarzen strich und an ihren feuchten Schamlippen vorbeiwehte. Die gespenstischen Berührungen wurden fester, etwas kniff sie in die Brustwarzen und sorgte dafür, dass sie scharf keuchte.

Sie stieß die Hüften nach vorne, als eine unsichtbare Kraft ihr Geschlecht berührte.

»Tony.« Sie stöhnte seinen Namen. Er streichelte sie vielleicht nicht mit seiner eigenen Hand, doch war sie sich immer der Tatsache bewusst, dass er es war, der sie berührte. Er beobachtete sie, sah zu, wie sie sich wand und stöhnte, während er sie streichelte. Er konnte seine Erregung nicht verbergen, seine Augen glitzerten, seine Haut war gerötet. Sie konnte seine Erregung riechen und wollte eine Kostprobe davon.

Ups, das hatte sie laut gesagt oder besser gesagt geknurrt.

»Möchtest du nicht, dass ich erst dafür sorge, dass du kommst?«, fragte er, stieß sich von der Ablage und knöpfte sich das Hemd auf, sodass sie seinen bloßen Oberkörper sehen konnte.

»Ich mag es, dich zu berühren und zu schmecken.«

»Aber ich war noch nicht fertig.« Er drang mit seinen geisterhaften Fingern in sie ein, tief, und drückte gegen ihren G-Punkt. Sie keuchte und ihre Muschi zog sich zusammen um ... gar nichts.

»Ich brauche dich, mein Schatz. Ich will, dass du mich wirklich anfasst. Ich will, dass du mich richtig fickst. Und ja, jetzt bettele ich darum.«

»Aber erst waschen wir uns den Geruch des Todes vom Leib.« Er ließ sie in die Dusche schweben und folgte ihr. In der riesigen Kabine gab es mehrere Strahler, die zu beiden Seiten in die Wand eingelassen waren, und aus ihnen schoss Wasser, das am Anfang eiskalt war, sodass sie erst aufschrie und schließlich vor Glückseligkeit schnurrte, da das Wasser augenblicklich warm wurde. Er entließ sie aus seinem geisterhaften Griff, sodass sie den Kopf dem Strahl der Dusche entgegen heben konnte und das Wasser über ihren gesamten Körper lief und zwischen ihren Brüsten hindurchrann.

Diesmal waren es echte Hände, die eine Seife mit Kräuterduft hielten und über ihre Haut fuhren.

»Ist es so besser?«, fragte er.

Sie nahm ihm das Stück Seife ab, damit sie ihm damit über seine Haut, die wohlgeformten Muskeln und den Waschbrettbauch fahren konnte. Vielleicht hatte sie dabei vor Freude geschnurrt. »So gefällt es mir, Süßer, echte Hände. Echte«, sie griff mit ihren schlüpfrigen Händen nach seinem Schwanz, »Hände.« Sie gab ihm eine ordentliche Abreibung.

Und dann zog sie daran. Er fühlte sich so groß in ihrer Hand an, groß und dick und so bereit. Aber sie wollte spielen. Sie hatte für ihre Rolle heute einen Preis verdient. Immer schneller streichelte sie ihn und sie spürte, wie sein

Schwanz in ihrer Hand pulsierte und zitterte, kurz davor zu explodieren.

Tony versuchte immer so sehr, ruhig und beherrscht zu sein, aber sie wusste einfach genau, wie sie ihn dazu bringen konnte, sich in ihrer Gegenwart gehen zu lassen.

Er murmelte: »Wenn du so weitermachst, werde ich kommen.«

Ihre Antwort darauf lautete: »Gut.«

Kapitel Einundzwanzig

Gut?

Er stand kurz davor zu kommen wie ein unerfahrener kleiner Junge, und sie hielt das für okay? Kam überhaupt nicht infrage. Es war an der Zeit, sie daran zu erinnern, wer hier die Oberhand hatte. Er wirbelte sie herum, bis sie sich mit den Händen an der Wand der Dusche abstützte. Er griff sie bei den Hüften, lehnte sich zu ihr, küsste ihren Nacken und rieb sich an ihrem Hintern. »Es ist nicht gut, *chaton*. Ich möchte zur Abwechslung mal die ganze Nummer durchziehen. Nicht nur ein schnelles Gefummel. Oder einen Quickie. Ich will genießen, wie du schweigst, spüren, wie du an meiner Zunge kommst. Und dann will ich, dass mein Schwanz in dir ist, während du kommst.«

»Du sagst wirklich immer so unglaublich heiße Sachen. Aber das kommt mir ein wenig unfair vor. Ich will dich auch in meinem Mund spüren. Bis jetzt durfte ich dich auch noch nicht schmecken.«

»Ich wüsste einen Weg, wie wir beide bekommen, was wir wollen. Vertraust du mir?«

»Mit meinem Leben.«

Und dieses Leben strahlte so hell aus ihr heraus, wenn sie zusammen waren. Sie zog ihn an wie ein Leuchtturm im Nebel, so voller Leben und Licht, dass sie selbst die Schatten auf seiner Seele vertrieb.

Sie kreischte leise auf, als er sie erneut mit Magie herummanövrierte und mit dem Kopf nach unten schweben ließ, bis sie auf genau der richtigen Höhe war.

»Wenn ich runterfalle, bringe ich dich um«, schrie sie.

»Wenn ich dich fallen lasse, bringe ich mich selbst zuerst um. Bei mir brauchst du keine Angst zu haben. Ich werde immer dafür sorgen, dass du in Sicherheit bist.« Und befriedigt. Er hatte sie aus gutem Grund auf den Kopf gestellt. Denn so konnte sie ihren Mund über seinen Schwanz stülpen, und ein Knurren entkam seiner Kehle, als er seinen Mund zwischen ihre Schenkel drückte.

In seiner Welt war diese Stellung als Fliegende Neunundsechzig bekannt und sie sorgte für eine ausgesprochen große Manövrierfähigkeit. Er konnte sich an ihren Schenkeln festhalten, sie weit öffnen und nach Herzenslust lecken. Während sie, lieber Gott noch mal, an den er gar nicht glaubte, richtig gut blasen konnte. Sie saugte so fest an ihm, dass er fast gekommen wäre, ihr fast gegeben hätte, was sie wollte.

Er hatte vielleicht sein Herz an sie verloren, aber so schnell würde er nicht verlieren, wenn es darum ging, ihr Befriedigung zu bereiten. Er bewegte seine Hüften im Takt mit ihren Saugbewegungen, während er die Süße ihrer Muschi genoss. Er leckte zwischen ihren Schamlippen entlang, schmeckte ihren Nektar und spürte, wie sie vor Erregung geschwollen war, und die leichten Schauer, die sie bereits durchliefen.

Ihr Mund an seinem Schwanz erwies sich als ziemliche Ablenkung. Während er sie leckte, blies sie ihm einen, und zwar in einer unglaublich verdorbenen Neunundsechziger

Stellung, bei der er fast gekommen wäre. Aber er wollte nicht, dass die Dinge damit endeten. Er wollte in ihr sein, und das länger als nur eine Minute.

Das wird diesmal kein Quickie. Doch es war eine Sache, das zu beschließen, aber eine völlig andere, es auch tatsächlich durchzuziehen. Sie erregte ihn einfach so sehr.

Mit Hilfe seiner Magie drehte er sie um und ließ sie knapp über seinem Schwanz in der Luft schweben.

»Du schummelst«, rief sie, ohne wirklichen Nachdruck, die Augen fast vollständig geschlossen, weil das Verlangen ihre Lider schwer machte.

»Ich bin keiner von den guten Jungs, *chaton*.«

»Gott sei Dank, weil die bösen Jungs so viel mehr Spaß machen.« Sie griff nach ihm, legte ihre Hand um seinen Schwanz und zog ihn zu sich. »Und jetzt fick mich. Fick mich so richtig durch.«

Wie er es liebte, wenn sie schmutzige Sachen sagte. Er liebte es noch mehr, schmutzige Dinge mit ihr zu tun. Er packte sie um die Taille und zog sie fest an sich, schob die Spitze seines Schafts an ihren glatten Schamlippen vorbei und stieß in ihre enge und geschwollene Muschi. Er genoss jeden Zentimeter Hitze und das Pulsieren ihres Körpers an seinem Schwanz.

Er ließ es langsam angehen. Er wollte es voll auskosten. Sie wollte nichts davon wissen. Sie packte ihn und knurrte ihn an: »Besorg es mir.«

Er fing an, sie zu ficken, und stieß immer härter und härter in sie hinein. Immer schneller und schneller und er spürte ihre Reaktion. Er fühlte, wie ihr Körper zitterte und bebte, dann wie er sich verkrampfte, als sie schreiend kam. Und er kam mit ihr. Ihre enge Verbindung bedeutete, dass er ihre Lust so fühlte, wie sie seine fühlte, und sie waren so miteinander verbunden, dass, als der eine kam, es die andere auch tat, und zwar mit enormer Intensität. Es war so intensiv, dass es Risse in den Fliesen gab, als sie fertig waren.

Es war ihm egal. Er hatte einen Fliesenleger unter Vertrag für solche Reparaturen, wenn es sein musste, denn er konnte es jetzt schon nicht mehr erwarten, sie erneut zu nehmen.

»Das war wirklich unglaublich«, stellte sie mit zufriedenem Grinsen fest. Sie hielt sich schwer atmend an ihm fest und fühlte sich in seinen Armen genau richtig. »Werden wir jedes Mal etwas kaputt machen, wenn wir Sex miteinander haben?«

»Möglicherweise.«

»Cool. Ich wollte schon immer einen Mann haben, der die Erde zum Beben bringt. *Amabo te in perpetuum.*«

Er erstarrte. »Was hast du gesagt?«

»*Amabo te in perpetuum.* Ich werde dich für immer lieben. Hast du mir das nicht in unserem Traum gesagt?«

»Du warst die ganze Zeit über da und hast nichts gesagt?« Das erklärte ihre enge Verbindung miteinander.

Sie grinste. »Als würde ich es dir so leicht machen.«

»Ich werde dich für immer lieben. Ich habe ein ganzes Leben lang gebraucht, um dich zu finden. Meine perfekte Frau. Meine Seelenverwandte.«

Und selbst der Tod würde sie nicht scheiden können. Dafür würde er sorgen.

Epilog

Die Schlimmsten Schlampen wurden über Nacht zu Internet-Berühmtheiten. Das Video davon, wie sie den Zombies in den Arsch getreten hatten, wurde von den Leuten, die nicht nur von ihren Kampfkünsten, sondern auch von der Computergrafik und den Spezialeffekten beeindruckt waren, mit Begeisterung aufgenommen. Die Löwinnen waren verzückt.

Arik war wütend. »Wie konntest du sie nur auf Video aufnehmen lassen?«

»Es ist nicht so, als hätten sie gesehen, was oder wer wir waren.« Wie in einem Comic konnte man ihre Identität nicht erkennen, weil sie Masken und Anzüge trugen. Tatsächlich wurden sie durch die Tatsache, dass sie maskiert waren, nur umso interessanter.

Obwohl alle ihre Namen nicht richtig verstanden. Rebas P wurde Pfiffig. Lunas F wurde zu Funky – was sie total zum Fauchen brachte. Die anderen Mädchen bekamen auch Spitznamen, einige davon bessere als andere. Was Gaston anbelangte, so war sein Gesicht verschwommen und er wurde als »Der Zauberer« bekannt, der coolste Name von allen, was Arik noch wütender machte.

Es schien, als wären der Alpha des Rudels und seine Jungs von den Polizisten erwischt worden, wie sie auf dem Weg zum Friedhof zu schnell fuhren, und sie hatten einige Stunden auf dem Revier verbracht und mussten wegen rücksichtslosen Fahrens Strafe zahlen. Für diesen kleinen Gefallen mussten die Mädels bezahlen, aber es war es wert gewesen, um den Spaß nicht mit den Jungs teilen zu müssen.

Und der Spaß hörte mit dem Friedhof nicht auf. Es schien, als führte Gaston ein interessanteres Leben als erwartet, wie Reba entdeckte, als er sie mit nach Europa nahm, um eines seiner versteckten Anwesen zu besuchen. Da hatte wohl jemand einen Adelstitel und ein Schloss.

»Ihr könnt mich Frau Gräfin nennen«, erklärte sie ihren Mädels während eines Video-Anrufs aus einem ihrer vier Wohnzimmer. Natürlich waren die Mädels unglaublich eifersüchtig.

Ihre neue Rolle bedeutete auch, dass sie ihre Garderobe aufstocken musste. Als Frau eines Nekromanten brauchte man Kleidung für jede Gelegenheit.

»Ich bin ein Zauberer, kein Vampir«, bemerkte er, als er sie in ihrem bodenlangen, körperbetonten roten Kleid mit schwarzem Spitzenbesatz sah.

»Ist das deine Art, mir zu sagen, dass dir mein Kleid nicht gefällt?« Sie strich mit ihren Händen über den Stoff, der ihre Kurven umhüllte.

»Dir ist aber schon klar, dass wir heute mit ein paar Staatsoberhäuptern zu Abend essen, oder nicht?«

»Deswegen trage ich ja auch keine Unterwäsche. Ich gehe davon aus, dass wir zwischen dem Hauptgang und dem Nachtisch genügend Zeit haben, uns kurz zu verdrücken.« Sie warf Tony ein verspieltes Lächeln mit einer Spur Verderbtheit zu.

»Wie konnte ich nur ohne dich leben?«

Weil sie so eng miteinander verbunden waren, hörte sie, was er auf seine eigene Frage antwortete. *Vor dir hatte ich kein Leben. Du bist mein Leben.* Und er war der Grund dafür, warum sie nicht die Finger von ihm lassen konnte und ihn einfach anspringen musste.

Brüll.

———

»Du müsstest bitte etwas für mich überbringen, und zwar sicher.« Das war die einzige Anweisung, die der Chef Jean Francois gab, außer dass er ihm sagte, er sollte auf dem Flugplatz warten.

Und warten. Wäre Jean ein weniger geduldiger Mann, wäre er gegangen, aber der Boss bezahlte für seinen Mobilfunkvertrag, sodass er sich damit abfand und eine Episode von *Breaking Bad* auf Netflix ansah.

Der Sportwagen, in leuchtendem Kirschrot, der überraschenderweise nicht von einer Kolonne Polizeisirenen verfolgt wurde, blieb vor dem Flugzeug stehen. Ein kurviger Rotschopf in einem Outfit, das nie das Tageslicht sehen sollte, sprang aus dem Auto und hielt einen Karton in die Luft.

Endlich. Das Paket zur Auslieferung. Wurde auch Zeit.

»Das nehme ich.« Er streckte die Hand danach aus.

»Was bist du für ein Schatz. Vielen Dank.« Sie strahlte ihn an, als sie ihm das Paket übergab. Bei dem Gewicht desselben wurden ihm fast die Arme lahm.

»Was zum Teufel ist in diesem Ding drin? Steine? Eine Leiche?« Bei seinem Chef konnte man nie wissen.

»Ich darf es nicht sagen. Es ist ein Geheimnis. Ich kann

dir nur sagen, dass ich es brauche.«

»Und wofür brauchst du es?«, fragte er, während sie die Außentreppe zur offenen Tür des Flugzeugs hochmarschierte.

»Wir brauchen es für unsere Reise in die Tropen.«

Wir? »Unsere Reise?«

»Hat Gaston es dir denn gar nicht erzählt? Du kommst mit mir mit.«

Sie war das Paket? »Dabei handelt es sich sicher um einen Fehler.«

»Nein, das tut es nicht, Knackarsch. Und wenn du diesen Karton an Bord verstaut hast, vergiss bitte nicht, mein Gepäck aus dem Kofferraum zu holen.«

»Ich denke, da hat jemand einen Fehler gemacht. Niemand hat mir irgendetwas von einer Reise erzählt.« Sicherlich hasste Gaston ihn nicht so sehr. Er würde wetten, dass das hier das Werk der neuen Freundin seines Chefs war. Sie schickte ihn mit ihrem Schmusekätzchen weg. *Sehe ich so aus, als würde ich auf Haustiere aufpassen?*

Der fraglichen Katze schien sein Widerwille völlig zu entgehen. Sie machte in der Tür des Flugzeugs halt, einen Fuß noch auf der obersten Stufe, und bot einen tollen Anblick, der seine Aufmerksamkeit auf sich zog – und dann war da noch der rote Punkt von einem Laserobjektiv.

Peng.

END E? NEIN.
~ WENN EINE LÖWIN KNURRT (BUCH 7) (DEMNÄCHST ERHÄLTLICH)

www.ingramcontent.com/pod-product-compliance
Lightning Source LLC
LaVergne TN
LVHW041628060526
838200LV00040B/1486